鸣川文集

跨越心墙

乔雨诗文作品选

乔雨 著

北京出版集团
北京出版社

图书在版编目（CIP）数据

跨越心墙：乔雨诗文作品选 / 乔雨著. — 北京：
北京出版社，2021.12
（妫川文集）
ISBN 978-7-200-16727-6

Ⅰ.①跨… Ⅱ.①乔… Ⅲ.①散文集—中国—当代②
诗集—中国—当代 Ⅳ.①I217.2

中国版本图书馆CIP数据核字（2021）第244332号

妫川文集

跨越心墙

乔雨诗文作品选

KUAYUE XINQIANG

乔雨　著

*

北 京 出 版 集 团
　　　　　　　　　　　出版
北 京 出 版 社

（北京北三环中路6号）

邮政编码：100120

网　　　址：www.bph.com.cn

北 京 出 版 集 团 总 发 行

新 华 书 店 经 销

北京朝阳印刷厂有限公司印刷

*

787毫米×1092毫米　　16开本　　20印张　　275千字
2021年12月第1版　　2023年7月第2次印刷
ISBN 978-7-200-16727-6
定价：58.00元
如有印装质量问题，由本社负责调换
质量监督电话：010-58572393

"妫川文集"编委会

序

飞雪迎春到

　　2022年，四年一度的冬奥会即将在北京举行，届时大会将上演一场拥抱冰雪的激情盛宴，而最令人感奋的高山滑雪等精彩项目是在延庆境内北京第二高峰海陀山上举行。为迎接冬奥会来临，中国国际文化交流基金会妫川文学发展基金管委会、延庆区作协联手北京出版集团编辑出版了这套大型丛书"妫川文集"，以之作为盛会文化礼品，这是一个非常值得称赞的文化创意。

　　延庆，古称妫川。28年前，我任北京市副市长的时候主管科技、教育，多次到过延庆，结识了一些文化、科技、教育工作者。特别是1997年兼任北京控股集团有限公司董事局主席时，吸纳八达岭旅游公司加盟北控在香港成功上市，进而收购龙庆峡、开发玉渡山风景区之后，跟延庆的联系就更紧密了。延庆是个被历史文化深深浸润着的地方，缓缓流动着的古老妫水，炎黄阪泉之战的古战场，春秋时期山戎族遗迹，古崖居遗址，饮誉海内外的八达岭长城，厚重的历史人文和钟灵毓秀的山川，滋润着这片土地，也滋润着这里文化的传承和发展。

一转眼快30年了，无论我在北京工作，还是后来到香港工作，我对延庆的文化、科技、教育发展始终投以关注，也相知、相识了一批默默推动文学艺术发展的有志之士。延庆乡土作家孟广臣同志是个代表人物，20世纪50年代曾出席过全国文联代表大会，受到过毛泽东主席和周恩来总理的接见，出版过许多颇有影响的文学作品，他影响和培养了一大批文学爱好者，对当地的文化发展做出了卓越贡献。

而更重要的是，坚持推动地区社会主义文化艺术繁荣发展，一直为延庆区委、区政府所高度重视。据了解，延庆区作协成立较晚，但是最近5年，在党和政府的大力支持下，他们做了许多事情，在对重点作家进行培养、助力文学新人成长方面，打造了一种积极热情的社会氛围。特别是在挖掘弘扬延庆红色文化方面，做出了不俗的成绩。在这里，还要特别提到一位也曾在延庆工作过的乔雨同志，他当时是我们北京控股集团有限公司董事局最年轻的执行董事、八达岭旅游公司董事长，也是中国作家协会会员。乔雨在诗歌、散文、纪实摄影创作方面成绩斐然，先后在伦敦、巴黎举办了"行走中国"个人摄影展。更重要的是，他对延庆当地文学艺术创作的发展，发挥了承前启后的推动作用。

进入21世纪以来，当代文学创作多少受到了经济发展的冲击，延庆也一样。这个时候，在相隔10年的时间里，乔雨先后主编出版了《妫川文学作品精选集》《妫川文学作品精选集（2001—2011）》。前一套汇集了1950年至2000年80余位延庆籍作家的260余篇作品，后一套汇集了21世纪前10年的佳作，计有135位延庆作者的500篇作品选入。这两套书的出版，在当地产生了较大的影响，团结和发现了一批文学创作者，激励和调动了他们的创作热情，这些人中的佼佼者先后加入了北京作家协会和中国作家协会，成为当今妫川文学创作的中坚力量。

还有，在乔雨的积极奔走努力下，2018年夏天，中国国际文化交流基金会专门为延庆设立了"妫川文学发展基金"，资助延庆作家出版图书；设立妫川文学奖，每两年评选一次；激励、支持延庆作家和文学爱好者进行文学创作，冲击国内外大型文学奖，从而促进延庆作家创作出具有时代意义和世界眼光的精品力作。这对延庆的文学艺术发展，是一件功在当今、泽及后人的事情。据了解，这个基金成立后作用显著，已经有19位作家正式出版了个人文学专集或获奖。以上这些都为本次大型丛书"妫川文集"的诞生，奠定了坚实而重要的基础。

文学，作为文化重要的表现形式，在德化民风、善润民心方面发挥着不可替代的作用。延庆正是因为有了像孟广臣、乔雨、赵安良、周诠、谢久忠等一大批埋头苦干、默默耕耘者的无私奉献，才推动了妫川文学大发展、大繁荣。

本次编辑出版的"妫川文集"，是对延庆文学创作的一次大检阅和汇总，也是延庆经济和文化共同繁荣发展的一个标志，更是当代延庆文艺工作者留给历史的文学记忆。本文集精选了乔雨、石中元、陈超、华夏、远山、谢久忠、郭东亮、周诠、林遥、张和平、浅黛11位作家的文学作品，以个人单集的形式出版，汇成文集。石中元创作的报告文学《白河之光》，真实再现了"南有红旗渠，北有白河堡"的历史画卷，是记录妫川儿女在那个火红的社会主义建设年代中埋头苦干、默默奉献的群英谱；郭东亮主编的《妫川骄子》涉及古往今来41位延庆籍人物，从侧面反映了延庆的历史发展进程；周诠的《龙关战事》收录了近年来他创作并在《解放军文艺》等期刊发表的5部中篇小说，基本代表妫川小说的水平。"妫川文集"收录的作品包括诗歌、散文、小说、报告文学、摄影作品，大部分都是在全国文学期刊和报纸上发表过的，有不少曾结集出版，其中还包含了许多曾获得过全国奖项的作品。它不仅能够体现一个地区的文学水平，其中有的作品甚而达到了中国当代文坛的艺术水准。

伟大的时代需要创造伟大的业绩，伟大的业绩需要伟大的作品来讴歌和表达。新的历史时期，以习近平同志为核心的党中央高度重视社会主义文艺工作。习近平指出："文艺是时代前进的号角，最能代表一个时代的风貌，最能引领一个时代的风气，实现'两个一百年'奋斗目标，实现中华民族伟大复兴的中国梦，文艺的作用不可替代，文艺工作者大有可为。广大文艺工作者要从这样的高度认识文艺的地位和作用，认识自己所担负的历史使命和责任，坚持以人民为中心的创作导向，努力创作更多无愧于时代的优秀作品，弘扬中国精神、凝聚中国力量，鼓舞全国各族人民朝气蓬勃迈向未来。"引导广大文艺工作者，也包括入选本文集的延庆籍的作家们，应充分意识到重任在肩，时不我待，要结合实际，深入生活，扎根人民。为人民书写，为人民立传，为时代放歌，创作出更多无愧于时代的优秀作品，推动社会主义文学艺术繁荣，这不仅是我们的责任，更是我们的光荣使命。

古往今来，包含民族精粹的博大精深的文化和当代的文学艺术，都是推动社会发展进步的重要动力。我深信，这套大型文集的出版，无论是对宣传延庆、展示延庆，提升延庆的知名度和美誉度，还是对延庆文化的传承创新以及经济社会发展，都将产生积极而深远的影响，也为实现首都"四个功能"战略定位贡献一份力量。

是为序。

胡昭广

2021 年金秋于北京

注：

胡昭广，北京市原副市长，中关村科技园区第一任主任，（香港）北京控股集团有限公司董事局主席，京泰集团董事长，中国国际文化交流中心顾问。

目录

诗歌

散文诗

散文

诗
歌

记忆千年
——2000年的遐想

燧人氏的火把从上古传来

传了厚厚的千年

千年之后还是

千年

燕赵的侠士，楚汉的剑客早已离去

剑是吴钩，从靖康磨到辛丑

终于在一个风昏雨暗的夜里

从鉴湖侠女的手中　　跌落

长亭与短亭，长别与短聚

一杯黄藤酒尚温

从陆游饮到邹容，最终

在一个留着八字须的绍兴人嘴里

才品出真正的冷与热

曾经，郑三宝的楼船浩浩南下

引来万番来朝

曾经，国姓爷的战舰列列北来

把"红毛鬼"赶入大海

泱泱天圆帝国，何以相撼！

自从罂粟花清香升起

青龙旗黯然垂下

东方的帝国沉沉地睡去
五百年过去又是五百年
谁料想一个爱吃辣椒的湘潭人
一个身着长衫手擎雨伞的书生
竟点燃了寒寂的大地
燃烧起千年最耀眼的火炬

人们往往容易忘记
却又偏爱沉湎于怀念
如今，还有多少来者会留意
楚河与汉界，苏祠和草堂
细述圆明园的大火
楼兰啼血的残阳？
有谁还去吟诵《出师表》
诠译一曲岁岁重阳？

可山能记得，水亦能记得
冰如砒霜的古栈还记得
山是封禅的泰山，是千佛的蓬莱
是盘古斧劈的昆仑
劈开丝路古道、烟锁秦关
水也记得，水是易水是汨罗
是两千年忠魂不散的潇湘
还有荒寂的古道
那是西去的阳关
关河千里玉门冷落
一匹瘦马驮起千年的孤寂

匆匆走过的是张骞是李广

是千里远嫁单于的新娘

飞逝的光阴，重复的故事

生生不息的是记忆

苔深似锁古人不在

往事越千年

如今烟锁秦关的浓雾弥漫在

香榭丽舍的街头

牧童悠悠的笛声高高挂在

荷兰的风车上

曾经是杏花春雨的江南

宋人的水墨唐人的诗篇全都浸泡在

奥尔良葡萄酒翻腾的泡沫中

扩展的空间，浓缩的距离

使历史相交又重叠

在蘑菇云升起太阳旗落下的岛屿

"二战"的休止符却止不住隆隆鼓噪

难道以焦土为代价的警示钟

还不能融化任何仇视与隔阂吗？

和平共荣，人类这一千年心愿

还能经得起几个千年的

风萧雨凄！

西出阳关
——机舱里的遐想

春风已度玉门关

春风又绿黄河岸

银色的大鹏送他往边城

沿着张骞驼队的蹄印

寻着苏武牧羊的笛声

一路西行

人间四月雨润土苏

莺飞草长燕争春泥

左宗棠亲手种植的杨柳

该萌出青芽了吧

迎娶昭君的花轿刚过

归汉的文姬已到渭城

筘一拍琴一曲

耳边响起空姐的细语

入耳的却是悠扬的《阳关三叠》

渭城朝雨浥轻尘

客舍青青柳色新

劝君更尽一杯酒

西出阳关无故人

那是开疆扩土的西部

建功立业英雄辈出的西部啊

是他多少次千里梦回的西部
要是时光倒流
他一定是个挺枪策马的将军
大漠千里擒单于
箭如雨枪似林。弦音
撵着蹄声搅动荒芜的戈壁
或是持节西进开通西域的汉使
香囊里揣着磨损的诏书
渐渐隐身如血的夕阳里
要是时光倒流，要是
舷窗外翻卷的不是云涛而是海浪
那他一定要跟随班超的军团
越过西域，直达中亚腹地
拦住甘英已经掉转的船头
渡过波涛汹涌的波斯湾
让两个帝国跨越两千年握手
然后跻身那支七下西洋的舰队
乘着强劲的东北季风
领军人类航海的处女时代……

八千米高空上的遐想
像似长出斑斓的翅膀
羽化成执着的精卫鸟
归去又来兮
任窗外云朵从托日的云海
烧炼成赤火的彩虹
陶醉于久远的遐想

一醉至今都未醒
如今驿马四十一天的陆路
化作一个半小时的空中飞行
秦关望楚路
再回首大鹏已过万重山

从雨的霏霏飞到雪的纷纷
把燕山都飞绿了又青
黄河水冻了又化
整整一个夏季
一季的秋风
眼看隆冬就要被晓钟敲退
弹指一笑中一路西行

东临碣石

那块海边的巨石

沉默地等待

一场奇特的暴风雨打湿了历史的蓑衣

诗篇在滔天的海浪里

飘摇　那远方的几只打鱼船真的不见了

谁站在上面观海

谁都会作诗　只是

他的诗囊里要装得下

桀骜的杨修

或是

击鼓狂歌的祢衡

那苍茫的远方

一排一排的巨浪　吞吐着

碎玉般白色的浪花　天崩地坼

把那个戏台上长须丞相的脸

洗黑又洗白

但巨石无语

那只挥鞭的巨手远去了千年

直到秋风又起的某天

一位有着伟岸身躯的伟人

踏在了它的上面

反背双手久久地眺望远方

他看到了什么

献刀的校尉正在编练青州的降卒
官渡的严寒猎猎的旌旗　远山之外
阵阵的厮杀一直持续到
火光冲天的赤壁
火燎的长须笑对羽扇纶巾的少年
三声朗笑惊落曹兵手中的　戟

如今
萧瑟的秋风掠过傲立的巨石
滔天的白浪
满地的暴雨
在一声声浓重口音的吟哦中
渐成不朽

那块巨石叫碣石
站在上面吟诗的人叫英雄

刀丛中的诗意
——上海虹桥鲁迅先生墓前联想

初春或晚秋

清晨或傍晚

甚至有雪无雪的冬天

我总喜欢长时间地在那座

青铜的雕像下伫立

头发钢丝般竖立

嘴角是恨

眼窝是爱

脚下普通的黄胶鞋

是一种坚韧的真实

只有那短短胡髭精心修剪

如同他的文章

删繁就简，可有可无的全都这样去掉

剩下真，真爱或真恨

箭镞般的目光

射向远方，历史的深邃

在这目光的注视下

你必须赤裸你的灵魂

最后一条遮羞的布丝

飘然落下

对有些人来说

他是一头羸瘦的牛

吃不动多少草了

也挤不出多少奶了

但挤总是有的

只是掺杂了殷红的血丝

对有些人来说

他是一匹狼

在野草茫茫的旷野上

孤独地彷徨在暮色中

永远保持尖齿的锋利

那白色寒光令人胆寒

一声凄凉的长嗥

是一种没有回应的呐喊

低头舔尽伤口的鲜血

坚守寂寞

他是火石

是战士

是戟

是匕首

是刀丛中的诗意

他是冷

是热

是剑锋上闪烁的寒光

是白炽熔岩的沸腾

是民族钢化的脊梁

不论是敌手

还是朋友

是青年

还是长者

在这里无一例外

深深弓下腰

尊一声

先生

懂你

菊，花之隐者。莲，花之仙者。梅，花之儒者。牡
丹，花之王者。而你和他，都是人中的君子。

一

昨天的昨天

遥远，太遥远

他弯腰在没脚的小溪里

水底细沙上投映着明暗的波影

他交给你那条小鱼

在你手捧的一泓清水中

细读稚嫩的掌纹

喃喃自语

水

一滴一滴

从指缝中　滑落

二

昨天的昨天

遥远

那漫卷黄沙的狂风

在一片北国荒原上

他执着地播种辉煌的梦想

他为你披上一件厚厚的棉大衣

一只手按住疾风掀起的衣摆

一只手像垦荒农夫般坚定地指向远方

那时

你和他总是喝那种

价格便宜却浓烈的白酒

三

昨天的昨天

桂花熏熏，朗月当空的夜晚

江南一条瘦瘦的长堤上

你和他挽臂搂肩

高歌谈笑，搅动一湖清水

语惊月中仙

那时

你和他总是喝那种陈够年头的花雕

像你们的话语一样烫嘴　暖心

四

今天

他一只手擎起一杯琥珀色的美酒

一只手抚摸杂芜的胡须楂儿

关切的目光始终追逐着你

使你心中暖暖涌动醉酒的冲动

而他一如既往地不知疲倦

虽然旧宅院门前的老槐树上

已挂满了一树的茂盛和灿烂

可他从不通过空乏的炫耀去满足

你嘴角又扬起了他熟悉的微笑

因为他知道　你懂
你俩都是人中的君子

与其虚荣
还不如回味那些朴实而细微的幸福

咏菊

是谁站在渐紧的秋风里

喃喃自语

此花开后更无花

更远的南山下

一位执杖荷锄的老人

凝视着慢慢舒展的金色花须

把一个飘逸脱俗的"菊"字

深深刻在近千年的每一个深秋季节

最好是一个天如染、月如霜的时刻

与他们一起

看看那些开放的花朵

想着灿烂、热烈、绚丽等等

那些与秋阳般明亮的

词语

或者什么都不想

西风渐紧

不想也罢了

反正人都瘦了

更何况那朵花

《江城子·十年生死两茫茫》的变奏
——游杭州苏东坡纪念馆浮想联翩

你往千里的另一个世界

连一个回眸也不曾留下

漫漫的十年

磨不损那凄苦的记忆

走了　你带着相思

只留下一座孤坟

听不见我的诉说

如此断肠之夜

偏偏遇月光几缕

空照着山冈上一层

松林的葱郁

我疲惫地睡去

梦中依稀见你淑房的轩窗

而你那惺忪初醒的眸子

就好像刚刚解冻的冰湖

看倦了

那梳妆台上的盛妆

拿起一把木梳

又把目光投向远方

如今我回来了

可你能相信吗

怎么凭空就有了这

满面的旅尘　两鬓如霜

枫叶

彩蝶舞断了最后的疯狂
秋霜停留在血洗的枫叶上
那火红的依恋与张狂的痴想
再也不用在梦的边缘
徘徊彷徨
拥有了这满目杜鹃啼血似的绚丽
哪儿管他短篱的残菊为谁绽放为谁黄

自是乱山深处的重阳
这别样的浓妆
已经浸透了那悸动的心房
萧瑟的西风
酿就了这楚天的秋色
冷冷的清霜
荡涤了那边西山的月光
在第一场瑞雪还未飘落的时候
就让我把你这渗透生命的色彩
收藏
在合起的《诗经》上

潭柘寺的夏如古井

潭柘寺的夏深如古井

钟声依然隆隆如洪

千年的音韵回荡在殿外

一层淡似一层

倦了诵经的和尚

也倦了进山的香客

只有寂寂寥寥的几个僧人

在午后空旷的经室里漫翻"佛经"

窗外，那棵千年银杏树参天蔽日

粗大躯干撑起茂盛的枝叶直插云霄

仿佛触摸到天国那脆弱的神经

老银杏经历多少帝王、多少册封

乾隆朱墨未干，同治的诏书已出皇城

可再粗的树干能挑起几朝的光荣？

高高的殿壁上

隐居皇子的背影

久久地凝望着京城

站在潭柘寺殿宇的最高处

风更硬，月更明

真的就能够望到金碧辉煌的宫城？

看到那菜市口香案上的时辰已到

鬼头刀森森寒气逼近上书言志的书生

看到困居瀛台里度日如年的圣上

021

还有太和殿上，在调遣议和的桂良

和老迈的载垣？

别再望了，六爷啊我的恭王

洋枪队已经过了天津

我们得赶紧出城

储秀宫早已经人走楼空

珍妃也被投了井

僧王爷吗？

连同科尔沁的八千子弟兵

已经饮恨在通州城

八里桥外三万铁骑对六千联军

那鲜血啊染红了厚厚的黄土和王旗上的金缨

快走吧王爷，哪儿还有勤王的兵？

趁夜黑风高

我们兴许赶得上刚出大同的花轿

追上那队臃肿的官兵

别犹豫了，东方泛红不是日出的曙光

那是圆明园的大火

燃尽了大清的光荣

上马吧王爷，手里怎么还拿着"佛经"

冰冷冷的"佛经"救不了摇摇欲坠的大清

……

潭柘寺的夏寂静幽幽深如古井

木鱼

一声慢似一声随袅袅香烟飘出墙外

走在郁郁葱葱古树与巍峨的大殿之间
尽力去体味百年前那段孤寂与悲凉
该发生的都已成为历史
该离去的早已杳无踪影
昨世是红尘来世真的就是极乐吗？

关于男人

我是一片渴望你停靠的
岸
你不肯驶过来你憔悴的舢板
风浪只不过是你的借口
你宁肯漂泊
去寻一片传说的岛屿
然后去　后悔

关于女人

我是一只乘风破浪的

船

你是一片荒凉贫瘠的岸

幸好风浪给了我借口

我宁肯离岸远航

去流浪　　去探险

也不愿困在一片乏味的岛上　　遗憾

酒光

所有的月光都是诱惑
采一束酿一坛老酒
醉你
也醉我

话说得并不多
话都泡进酒里了
像一支多须的吉林老参
而我们都想慢慢地品尝
彼此的刚阳和温柔的滋味
从从容容
把一片微笑从嘴角摘下
让你品尝这幽然的新鲜

角落可独成一个天地
我们默默地幸福
抑或是默默地痛苦
都不希望被人打搅
现在举杯祝福
彼此并没说什么
话都泡在酒里了
酒因此呈琥珀色
浓烈欲滴

咏物五章

茶

你不苦

便升腾不出

那沁沁的缕缕清香

你痛苦地蜷缩着身子

直到遇见水

才得以舒展

等了很久

默默地等着水积蕴了足够的热情

等着水那滚烫的冲击

终于激动起来

在水中梦般地盘旋飞舞

缓缓落在水的怀抱中

你的苦虽苦

却回味无穷

雪

你飘扬得太久了

直到落在地上

才感到踏实

即使失去了珠玉般的洁白

颤蕊样的精巧

甚至被践踏成泥

仍不后悔

有人称你作花

你说你只是一片落叶

寻不出你所倚恃的树了

你却认定了你的根

于是决然地

从众人仰视的地方一跃

向黑色的泥土

落下来

当人们的羡慕冷却的时候

你却成一个个水分子的单纯

以不可割裂的形式

在每一个生命里

微笑

双响爆竹

太自信了

自认为抓住了机会

便喷发出过多的热情

奋力向上冲去

总是给你一个没有结局的结局

总是在刚刚起步之后

就被自己的热情毁灭了

一个粉碎了的收场

在天空中飘扬

几缕淡淡的硝烟如魂

云系不住

又被风吹散

就算是粉身碎骨吧

也是在追求之中发生

也许你早已知道

你摆不脱沉重的地球引力

你把自己炸得粉碎

不过是想高高地发一个震耳的声响

唤醒那些仰着头，张着嘴

在地上站着瞧你热闹的看客

台 球

滚动中一赌输赢

每一击

都可能存在偏差

每一次碰撞

都改变了原有的运动轨迹

这里

谁也不能主宰自己的位置

明知前方就是陷阱

也只能无奈地向前滚去

歪打正着是规律
间接回力是阴谋
由此
才激动人心

咖啡

浓浓，热热，黑黑
加一块方糖进去
苦和甜撞出的香味
所以香得好深沉
如同你的人生
香味在升腾
苦的和甜的却都留在了水里
要人们慢慢品味

不仅是舌际唇间的回味
谁都知道
你给人们的
又是一个振奋的夜晚

物启六篇

时钟

甘于墨守成规

才能以准确赢得人们的信任

气球

只有把自己吹起来

才能展现飘逸的身姿

蜡烛与香烟

同样是点燃自己

一个是毁灭自己带来光明

一个是毁灭了自己也中伤了别人

蝉

只要唱的都是自己的心声

管他别人心烦意乱

轴承钢珠

在高速的转动中

越圆滑越高效

窗

即使开得再大

周围也有框子

山花的故乡

大青山下有一片辽阔的草原
羊群皮袄骏马上的少年
穿行在草场毡房炊烟间
这里是山花的故乡我的童年

四十年前，雏雁北飞
草原妈妈的手温暖轻柔如绵
滚烫的奶茶像妈妈的乳汁一样甘甜
教会了我马上驰骋
教会我把套杆伸展
还有宽容和善良
坚毅与果敢
马背上的故乡
雄鹰展翅的起点
从此有了故乡的眷恋

大青山下有一片辽阔的草原
羊群皮袄骏马上的少年
穿行在草场毡房炊烟间
这里是山花的故乡我的童年

四十年后，雄鹰南归
山花少年亲吻着肥沃的草原
大青山下的马头琴诉说着爱的甘泉

多少泪珠穿起昨天

多少欢笑连着明天

爱的故事在流传

叮咛与祈盼

马背上的歌声

恰似故乡的云烟

我的梦想　永远的眷恋

悟

我经常能感受到
一种刀削斧刻般的痛苦
正是这种痛苦
使我褪尽迟钝保持
尖锐

经常有一种
身不由己的感觉
一只手把握着我的
左右进退
我只能服从
因为我知道
追求
盲目的自由毫无意义
任何事情都有
限制

我经常穿着
不同风格的衣服
可我很清楚
那斑斓多彩的外表
其实并不重要
决定我的是
里面沉甸甸正直的

内心

在我的生命历程中

无论长或短

我都渴望

留下不可磨灭的

印迹

也有错误的时候

那时只要颠倒过来看问题

就很容易改正

你也许猜得出来

我只是一支头上戴着一块橡皮的

铅笔

星空的旋律
——听理查德·克莱德曼钢琴随想

从亘古

从星空

弥漫出的寒凉

于今夜凝固

在高高的星与星之间

时间被冻僵

成一条不会蠕动的虫

天穹蓝如深海

却再没有波涛动荡

窗户里的星火如萤

天空被割碎

踏一片空旷

去田野踮脚相望

繁星拥挤

想构一幅深刻的图景

却又杂乱了自己的位置

倾听星星的悄语

不怕相距太远

清晰得尖细

只是无法翻译

动一动　飘一飘
身子去拥抱星空
今夜星光神秘如水

天山琴声

陈年的伊力特下肚

滚滚的烽烟一次次的火攻

胡人的马蹄长安的信使

还有楼兰古城的残墙断壁

在眼前往来奔腾

吐鲁番里果香幽幽

摘葡萄的女孩羞涩如熟透的葡萄

卖香馕的大嫂说

来碗滚滚的奶茶吧

对付隔夜的烧酒

好客的维吾尔族老汉弹起热瓦普

弦音穿过大漠戈壁，曾是

三十六国的繁华长安人口中的西域

掸落充军伊犁大臣①衣襟上的尘

那是虎门罂粟花焚后的残骸

催眠了廊下沉思的长者

---

① 充军伊犁大臣：即林则徐（1785—1850），字元抚，又字少穆、石麟，晚号俟村老人，侯官（今福州市）人。1838年任湖广总督，严禁吸食鸦片，成效卓著。1838年12月，钦命为钦差大臣，赴广东查禁鸦片并节制广东水师，于虎门海滩当众销毁英国商人鸦片2万多箱。因此，林则徐成了中国近代抵御外侮第一人。后被道光帝于1840年10月3日以"误国病民，办理不善"的罪名革职查办，遣戍伊犁。曾写出"苟利国家生死以，岂因祸福避趋之"名句。

汶川吟

一

通向青天的蜀道这头叫汶川

一条银链与城头垂柳擦肩流向天边

大江东去滔滔复滔滔，漂过

千帆万帆，舳舻相继楼船相连

漂过多少英雄多少从前

入蜀的李白出川的杜甫

苏轼的草船与陆游的孤帆

白帝城下的残阳映红多少渡口

花重锦官城、繁华越千年

二

千山之外，唐山十八层地下

蛰伏三十二年的"幽灵"蠢蠢地复活

沿着蜀道悄悄地匍匐

向着汶川，向着安宁

冷冷的磷光幽幽地闪

似狼嚎的狂笑撕裂地幔

山崩地裂江河易貌

广厦万间顷刻间晃成海啸中的舢板

史前的巨石赫然压下，向着

工厂、学校、楼宇一切建筑，向着

母亲、孩子、老人一切生命，向着

繁荣、富足、骄傲人类一切的尊严

鲜血、折骨、毁灭和死亡

废墟、亲人、绝望与坚强

三

雄鹰在废墟最深处掠过

十五朵祥云在七级佛塔的顶端绽放

五星旗帜高高扬起

千万只臂膀坚定地回应

战鼓一通紧似一通

各路大军朝发夕至

利斧，就是盘古的那一把

劈开巨石荆棘挡路的怪兽

架桥，用鲁班绘制的战图索引

从金水桥一路架到天府

数万军鞋疾进在登天的蜀道

合着十三亿颗炽热心房起伏的节奏

在大禹走过的泥里

横流的洪水阻挡不住他

李冰蹚过的水里

狂泻的激流难不倒他

热忱的爱与烈烈忠诚燃起巨大的力量

这就是龙族的脊梁，总是

在惊涛骇浪中撑起希望，总是

在深重灾难中挺起胸膛，总是

在危急时刻万众一心凝聚刚强

中华民族从来不惧任何狂风恶浪

淬火的宝剑愈挫愈强

哪管你是撒旦或是黑白无常

……

四

嫦娥舒展广袖为亡魂舞

化作的便是这倾盆雨

千滴万点落在汶川、什邡的废墟上

落在绵竹、德阳、都江堰的大堤旁

落在老将军紧锁的双眉上，落在

年轻士兵布满汗水与尘土的脸上，落在

白衣天使焦急的眉弯上，落在

婴儿嘴中警察妈妈的乳房上，打湿了

护住学生已经僵硬的臂膀

雨水落在啊，落在一直奔走在

废墟上的那位老人鬓角新增的银丝上

还有，"敬礼娃娃"举起的小手上

感恩的小手

举起了明天的希望

雨水打湿了屏幕前亿万双眼睛

在亿万颗善良的心井里汇聚成力量

五

轻香一炷从草堂缓缓燃起

在天府上空萦绕回环

站在汶川的高山上与天堂对望

洁白的天使正为来者梳妆

天使燃起的烛火与江湖上无数的荷花灯

把天堂之路照亮

五星红旗在金水桥前半挂

昆仑领群山低首

巨龙垂下了眼眸。防空警报、汽笛

与亿万龙族胸中的呐喊同时响起：

——逝者安息

悲痛需要用坚强来疗伤

重建家乡才能告慰天堂！

此刻

所有血管里奔腾的是易水是汨罗

是黄河的咆哮与长江的滔滔

黑夜、暗礁、巨浪或是骤雨飓风

都阻挡不住巨龙坚定的脚步，因为

苦难是一种力量

坚强是一种信仰

燧人氏的火把已经把前方照亮

时间消磨不了痛苦

时间消磨不了痛苦

它会在你辗转反侧的床头

拾起满窗清光与你对望

痛苦是个拉幕手

它会耐心地等候天亮

在每一个梦醒的早晨

为你拉开厚重的夜幕

把过去的一幕幕在你眼前重复

繁忙消磨不了痛苦

疲惫的只是身体，也可以

把神经麻木得像一根枯藤

而大脑总会倔强地为痛苦

留出一块清醒

在喧闹的时候更容易

与痛苦相遇。午后独坐时

它会突然一闪

呷一口你半温的咖啡

让刚刚平静的心情溜走

故地不敢重游

那是痛苦的老巢

早把激情、欢笑和记忆

制成了痛穴，刺入

最深的那一层

美酒也成了帮凶

醉酒是直通车，一站地

只需加满两壶花雕酒

就会与痛苦联起手

痛苦来自通宵的春雨

把空寂的长街拉得更长

愁肠浇得更透，点点冷雨

滴滴回忆。痛苦来自

一想起茫茫世界中

你留下我独自游走、孤独地

奋斗

宫墙

历史的石料

堆砌成一个个王朝

重复演绎着相同的故事

那厚厚的墙

究竟能隔断什么

许多墙里的故事流传久远

而那些曾经叱咤风云的将相王侯

在你面前

如同你在时空面前

不过小立而已

故园的冷月如水

那年十月
秋霜染红了山后的杜鹃
冷雨打湿了渡海的客船
我隔海回首
百合花在重山后面摇头
一摇九洲岛台下凄雨迷离
再摇浪碎澳门的渔人码头
那时啊　故园的枫叶
映红了倚窗女孩的娇柔

今年三月
淋漓的春雨拂过山前的樱桃
茸茸的青草淹没了送别的脚印
你隔海回眸
青青杨柳在燕山脚下招手
一招西山垂下懒散的酒幌
再招委婉的箫声洒落空旷的客舟
今夜啊　故园如水的冷月
泻入无眠人的床头

四季歌

在春的呢喃里

淡淡的冷香　和着

泥土的芬芳潜入小窗

杨柳枝上催发出　星星点点

嫩绿的希望

在夏的旖旎里

像夜一样　太酽化不开的

情绪

一圈一圈荡漾开去

渐渐地　渐渐地

在模糊中

听蛙声起自枕边

在秋的悲凉里

任渐起的西风　吹落

一地的花瓣

那不是花瓣

是海棠一怀的怅惘

在冬的料峭里

萧瑟的北风　卷起

片片雪儿

飞扬

飞扬
斩断梅花所有的柔肠

让一树一树的花开
绿的，青的，蓝的
让花一朵一朵地绽放
赤的，橙的，黄的
带着一个一个紫色的梦
飞入
你的小窗

思念

思念曾是禅院里的钟声
深远悠长
空寂的古道上露渐成霜

思念曾是四月天的浮云
游走他乡
随燕语飞过女儿墙

思念曾是六月里的梅雨
缠绵悱恻
催熟杨梅的青涩与彷徨

而今夜
思念是案头半掩的书卷
月下弦筝的悠扬

让思念编织起一轮明月

让思念编织起一轮明月
挂在南海的夜空中央
芭蕉茎梗的泪珠上人影朦胧
与清光对望

乡愁离不开美酒
伴着涛声
伴着碎浪
还有空中那皎洁的月亮
隔着千山万湖一起举杯
你的面容在雾里依稀
又在酒杯中模糊

守着故乡的梦和千百年前
一样的月光
悉数掌纹的经纬短长
让月光与传说中的思念
在这里交汇　延长
直伸到南海岸边望月人的
身旁

隔海的风铃

隔海传来悠扬的铃声

似边城迎风转动的风铃

辗转千里的画眉

纤柔的手指　一拨

便点醒了澳门的海风

青山尽处楚烟轻

高楼远眺望不到边城

收回的租城荡漾阵阵铃声

那个临行前绾的　结

在心海里飘零

在等待拨响风铃的那只

纤柔的手再次

转动

门环无痕

在你隔海眺望的方向
涉过泽国水乡，跨越
崇山峻岭的北方
紫藤古槐的老屋已进入梦乡
有一扇窗，彻夜燃着烛光
有一扇门，在等待着门环的叩响
有一张嘴，干枯已久的唇在渴望
有一张床，在渡轮过海以后总是洒满
冷冷的清光

窗下的烛光照着无眠的人
无眠的人在聆听指环叩响的门
冰冷的门环啊寂静　无痕

插在水中的玫瑰

所有的柔情

在那个很深很深的夜晚

像一滴浓血坠入清水

迅速地洇展

那枝插在水中的玫瑰

悄悄地开放了

我用饱满着柔情的手指

轻轻抚摸你的长发

感受光滑和一种

丝帛般的柔润

让它散飘在我起伏的

胸膛上

温暖着我的心房

此刻

澎湃的血液已成为一种

燃烧的燃料

你的那黑亮的头发

在夜色里熠熠生辉

于是我郑重地把我的心

用一条象征永恒的黄丝带

束在那枝玫瑰上

轻轻放在你舒展的手心上

当你我都老了的时候

当你我都老了的时候
一定还会相依相偎
我蹒跚着不稳的脚步
而你那只小手
一定还挽在我绅士的臂弯上

当你我都老了的时候
一定还会想起我们最初结缘的季节
还会一遍遍回忆
那一季的风那一季的雨
还会一次次回味
那一程的山那一程的水

当你我都老了的时候
我们还会在金色的夕阳中散步
我还会在每一个日子的早晨
从背后闪出一枝带露水的玫瑰
或是草莓

当你我都老了的时候
你关注的目光
依然没有一丝的疲惫
我心中的爱情之树
依然绿意葱葱

我们脸上的笑容
依然真实而灿烂

那时
所有懂得生活或渴望生活的人
都将羡慕我们之间的真诚和久远
并深深地被感动

隔山的前缘

长风远去
八百里一望是青山
日月闲闲
望断西去的归烟

你蛰居西川
我心焦东山
一根银线辗转鸿传
牵回你的娇柔在我耳边
可牵回你的思念
牵不回你的百媚
牵回你的梦呓
牵不回你的偎依
隔山的铃声是暮归的钟声
可钟声岂能当归?

你眉如新月
我垂首如蝉
你隔山织你的梦
我隔山弄我的笛
从潮涨到潮落
从月望到月朔
是情缘或是前缘?

前尘你该是个采桑少女
在杏花春雨的江南
白如莲藕的赤足踏响
油油的青石板
而我便是你竹篮里桑堆上
肥肥的蚕
窃窃喊喊地诉说缠绵

前尘你该是西域路上
矮矮的驿站
漠漠大道滚着狼烟
杏黄色的酒香在你
窗前闪现
而我便是你门斗上的酒幌
迎风得意地招展

前尘你该是如来门前的
一株白兰
天性柔弱却不减傲然
那我定是书童壶中的
潺潺清泉
孜孜不倦地滋润你的
任性和孤单
直到力竭泉干

晚霞已染红山巅
群山之外是青山

落日的方向是你东归的方向
前尘隔山
山的尽头是前缘

听，一夜的雨声

窗外，一夜的雨声
左耳凄凄，右耳窈窈
像是回到家乡童年的雨季

稻田散落的蛙鸣
穿梭林间的布谷，还有
池塘边游戏的知了
全在湿冷的风起时散去
母亲在巷口撑起花伞
在等载着油纸伞的渡船靠岸
花伞与纸伞撑起的雨季
外婆煮起姜茶的雨季，随着
收起的雨伞一起
进入了湿漉漉的记忆

窗外，一夜的雨声
左耳凄凄，右耳窈窈
曾经伫立花伞的小巷
油湿的小巷，静默地通向远方

沿你低垂的目光

沿你低垂的目光
攀缘而上
你那挺秀的鼻梁
是一座无法逾越的山

远远地望着你
以心的沉默祝福
请相信我
纵然你并未道一声珍重
便悄然离去
我也同样坦然、欣然

相逢是命运
等待是追求
你每一神态都是
羞怯的音符

在你的眼里
在我的身上
永远有一种矜持存在
而我宁愿站在雨中而不戴斗笠
并远远地望着你

夜雪

尤其是这样一个夜晚

谁在悄悄地呼唤

在季节之初

雪　诺言般地开放

弥弥散散

迷住你我的视线

如梦行在其中

思想被净化在

那色彩苍白的涸河之畔

走出一片雪地

又踏入一片雪地

每一片雪花都注定落在我的眼前

即使冰已结到唇边舌际

我也还有温暖的梦境和丰富的想象

满怀都是沾满了白色碎屑的心事

沉默是我失眠的粮食

今夜的唐诗是吟不成了

冬萧然无迹

在次第的季节里

都是花开花落

比如现在

或是别的某个有花的时刻

有一种清香荡漾着

来自雪或温湿的泥土

咀嚼起来感到十分亲切

漫天的迷离

满地的纯粹

并不觉得很孤独　况且

你的微笑始终骄傲地感动着我

抓一把雪放在手中

看掌纹清晰而紊乱

然后攥成一颗涩涩的果子

掷向　你

看你被击中

如一名受伤的俘虏

那雪团在你胸前碎散成雾

漫漫纷扬升腾

一颗不发芽的种子跌落在你脚下

从此　你就永远抖不尽

落在你肩上的那层薄薄的雪花

直到有一天

你的头发重新被打湿成

湿漉温柔的一团故事

有那么一天

有那么一天
举杯独酌在月下
痛楚的眼睛被风干

有那么一天，不要承诺
不要永远，不要表白，
也不要抱歉
什么都不要
只要这一刻让我幸福沉醉，自由
自在地喝酒，没有压力
没有豪言壮语地那样喝酒
可是我的爱人，只要你轻轻地
轻轻拍一拍我的肩头，我就会
为你放弃所有！

有那么一天，我出嫁了
如果我眼睛里噙满泪水
那是因为
嫁的人不是　你
如果有那么一天，能遇到一个
肯给我挡风遮雨的人，即便
看不懂我眼中的忧郁
心中的哀伤，只要肯大杯陪我喝酒
静静地陪在我身旁，静静地只要

就嫁给他吧。只是

如果有那么一天，我还会

想你

在相遇以前

在相遇以前
我们快乐而又满足
就像两只无忧的小鸟
在阳光下
轻松地辗转盘旋
走着一个人的路，却做着
两个人的梦

我独自徘徊在海边
想象你的夏天，就像
我不知该怎样祈祷，祈祷
远山的预言
走过许多城市，寻找
不到相似的面孔
涉过许多河流，寻找
不到相交的双手
在相遇以前，我只能
这样静静地流连

曾经天是蓝的，风是清的
我们生活在各自的世界里
没有争吵，没有怨言
我们想起相遇以前
就像想起，童年

边城吟

一

当你，摇落一头秀发在夕阳里
我便迷失在云中雾里
起自千里戈壁的风沙
撼不住我胯下的瘦马
滚滚黄泥浊浪催动我逆水的孤帆
飞将军的热血在我的体内汹涌
汉军点燃似鬼魂的狼烟
在日落的方向召唤

当满山枫叶落红西山的时候
我已远走天涯
关河冷落乡关远
野山深处无人家
而此时西窗画帘半卷
壶起杯落醉眼迷离
花雕的热浪那是心中的热浪
浪涛卷起的是一张桃花似的面容

我是蛰居孤山的隐士
而你用聪慧柔媚劫杀我唯一的归途
逼退我昂扬的诗心
在这个月朗风清的夜晚
叫铿锵的古筝如何成曲？

二

思绪如连绵的流云

飘过关山流向燕山

时间仿佛已不再移动

思念是一种忧伤的美丽和甜蜜的惆怅

好似一株带刺的月季

被西风摘掉

随烟雨共妖娆

枕着彩虹燃烧

或是化作轻轻的柳絮

在清风中缓缓地　飘

蔚蓝的天空一张

断线的思绪就离散在迷雾风中

雨湿润了长亭外的柳

风涨满了桅杆上的帆

君问归期未有期

当季风回头时帆会鼓起

千里归来

我们对酒黄叶村杏花坞里

醉看西山火红的枫叶像啼血的杜鹃

然后驾着闲云野鹤般的心灵

蛰居于青山秀水阔阔楚烟……

三

梦中的女孩

你的梦可曾掠过草原飞越关山

嫦娥的素罗裙是否擦痒了你的脸？
有秦时的明月为伴
梦里也不让你孤单

你可梦到我们
剪烛西窗的寒夜
懒懒炉火正映红你的脸
还有空中荡漾着你那江湖的对话
或是那辗转之间
我们许下的遥远承诺
窗外雨打浮萍
是催发的兰舟
我自是断剑的游侠
故不与人群
可你的梦牵系着游离的浮云
让我束缰无语，在
风起的夕阳里

在风起时
我是出征的剑客
江阔云低，决绝而去
把冰冷的背影洒向古道里
女孩，我自是出鞘的宝剑
豪情侠义怎能溶化在
你纤娇手中的花雕里
我已醉卧在失落千年的汉朝
千里戈壁竟涌动着千年的相思

想你要在梦中微笑

在欢愉中摇散不安与烦躁

日落长安远

断简残篇的诗脚词韵里

迷失了我的画笔

女孩啊，我要用云海洗过的翠竹

饱蘸雨后的彩虹

以皑皑白雪的祁连山为背景

绘一幅激昂的《边城吟》在你　心里

花落无声

我曾努力
隐藏我的感受
不去看远山夕阳燃起的炊烟
不去想春雨迷蒙巷口的花伞
不去听蛙噪咕唤惊蛰的声音
我以为　思念
就像春天的花，开过了
就会　落

然而　我总是
在攒动的人群间看见从前
在清冷的月光下想起永远
在滴答的雨声中听到往事
在晶莹的酒杯里望穿誓言
在无眠的梦里，总是啊总是
遇到　昨天

难道思念就像春天的花
落了，真的还会
再开

远行的心

枫舞月光

把誓言凝结成身后的清霜

雨打梧桐

让思念随雨落满画廊

淡酒已冷，晚来风凉

孤独的行囊里爱人的柔肠

远行的心憔悴

似秋风下的玫瑰

零乱檐下无处　归

绿色的记忆

那个夜晚的月亮很柔和
而你也很美丽
令人想着一首诗
和流水的声音
有一种温柔
流淌在血管
你沐浴后的秀发
蓬勃如一团黑色的火焰

你终于读懂了
我眼睛里
那让你踏实或喜欢的
某种含义

天空的月亮或圆或缺
都不再理会
草坪松软如海滩
你就像海滩上搁浅的
一条纤细的鱼
梦幻脆薄如空气
在你我之间流淌
你听
有一种热流如潮
撞击着你我的心房

湖边上的那株百合花

在今夜悄悄绽开

第九次开放

竟如咖啡般的苦涩

浓浓

把年龄交给我

你去年轻地活着

注视你的目光永远

不会疲惫

你说

不要讲老

既然我们相识的那个季节

至今还在　绿着

丁香

你用一星一点的朴素
竟组合出如此非凡的华丽
有暗香浮动如厚厚的积雨云
远远地漂泊
谁也无法看清你的苦涩
总有一番滋味在心头
那个与你在雨巷一同结伴的女孩
今夜不知在哪儿撑伞

可我喜欢在晴朗的夜晚
看着你
看你没有开发的内心里
那一千里的花海
并有所期待地
倾听着脚步声
敲打着你的根须

走来走去
走不出你那种或浓或淡的诱惑
有些感觉至今无法破译
足令那些咏你爱你的诗人们
惭愧

但我对你的眷恋太深

总有一片叶子以最温柔的姿态
与我对视

一张素笺
被花写满了忧郁
而我连一次结郁的日子也
无处可写

也罢
季节深浅在碎碎的花瓣上
总有一只斟满的酒杯无人举起
可那枚嵌在我心上的丁香呢？

错过了时间

错过了时间
错过永远
楼船已竖起了桅帆
在那浅浅的一湾
海风轻轻拂面
一如从前
一如那说出口的誓言从不曾改变
孤鸿远去从此海阔天涯更远
纵是风光千种又万种
把酒与谁欢颜？

错过了时间
错过永远
风干的冷月看惯世事变迁
多少蓬莱旧事，不要提了
旧赋新词从今休再作了
屏山上的路遥寻不到归程
只有歌如旧，风如昨

醉晚的月色像别时一样圆
独酒对婵娟

那个时候

那个时候

天是湛蓝蓝的

星星会笑

空气中总弥漫着百合花的幽香

风轻盈无痕，像你走路的样子

你紧随我的脚步，从一座城到

另一座城

桃花带雨，春正年轻

朗月对无言的清风，因为，话儿

都泡在热得烫嘴的酒里了

那一季的梅雨熏染了梦里的期待

顾盼流连，言语早已失去了色彩

那个时候

青苔茵茵春雨痴迷

你的气息浸润三月的桃花儿

梦就如同春草在雨中漫山开来

把燃烧的胴体交给冷雨

任淋漓的雨滴浇遍画楼

摇落你的春愁

然后伴着浅绿的脚步

渐行渐浓，悠悠如海

从春分到谷雨，从过去到现在

轻声呼唤

我对你的眷恋总是
那么浓郁　悠长
犹如你背后似血的残阳
在无奈中放尽最后的辉煌

经历了沧桑起伏几番风雨
往事，雨丝般轻轻滑落
记忆，春水般明明清澈
在桃花带雨的季节
只知嬉戏，不知
珍惜
但若有一天
你彷徨于沮丧无边的暮色
我会用深埋心中的点点往事
轻声呼唤你
就像牧人抱起迷途的羔羊

无论世事经历多少虚华
无论岁月把容颜多少变迁
哪怕是沧海桑田，星移斗转
我都会把阳光
和你点点滴滴的微笑
收藏
还会固守在山外的那个小屋

看屋顶上

不知疲倦地生起袅袅炊烟。然后

轻声呼唤你

就像大海收容流浪的溪流

天堂印象

那一汪涟漪的湖水
揉碎了夕阳的金色
鸥鸟矫健的翅膀
驮着宝石山上的落霞流光
从水面飞掠而过

最好是桂花满垄的日子
在那条瘦瘦的堤岸上
仰望深秋
三两只小船划近又划远

想闭上眼　深深地隐入南屏古人的楹联里
守候迟到的钟声
从森林深处沉重地走出
灵隐寺中的佛　离开远山飘来
一阵阵又飞越了心灵

残荷是寂静的小梦
亭阁是欲飞的琴声
几声竹径深处小鸟的短啾
细管清音明

不能成句的诗情
如淅沥的雨滴

跌落在九溪潺潺的诗篇里
一抬头　却已无迹可循了

怀念月色给三潭影子
很像重逢或离别时的背景
不管有雨无雨的断桥上
肯定有不凡的爱情

于是有先人告诉我
那座城市的名字叫天堂

马踏苏堤

晚冬午后的阳光

懒散又炙热

枯树在微风中幸福地颤抖

闭目聆听

冻土里春的声音

你扬鞭策马

在冬日暖阳里信马由缰

感觉风在耳畔

鞭在手中　马在胯下

你飒爽如金桂临风

阵阵花香从满觉陇弥漫散开

熏暖了西湖上的斜阳

这如醉痴迷的美景

如穿越时空的流火

从前一个朝代走来

拴马桩还留在长安　而你

又踏入了杏花春雨江南

而今，你的马蹄

从苏堤上踏过

撞碎了半天夕阳

化作漫天的星光

罗马古道

岁月踏过，变成了往事

千蹄万蹄踩过，演绎成历史

条条通罗马的大路通向迢迢

可罗马早已陷落

两千年的沉默，辙痕浅了

屐痕平了，苍苔深砌

风中回首的英雄

两千年的蓄发疯长

却再不能回马由缰，在这

千年古道上

威尼斯水巷

"贡都拉"高翘的船头

只微微地一扬

便划入了十七世纪

迷宫似的水巷

变装秀的倒影随水光曼舞

笙歌嵌入古宅的老墙上

佛洛里安的咖啡煮了四百年

四百年的研磨浓郁悠长

像这　长长的水巷

还有　壶中的时光

壶外的斜阳

曾经

曾经有一段经历渐渐变成记忆
有那么一个地方我们再也回不去
有些已经拥有的却不得不放弃
而那些往事啊就此刻骨铭心

曾经有一个誓言渐渐变成了回忆
浪打堤岸的音律却挥之不去
一夜的疾风竟吹白了双鬓
而那些豪情啊就此随风远去

曾经的一种哀愁渐渐变成痕迹
需要用一生的泪水来拭去
喜剧已经谢幕而神话还将继续
而西窗的红烛啊从此凄凉孤寂

情感森林

在绿色林带里
站成一棵树
心被羁系于根部
并深埋土中
一如既往
任凭它再滋生一串串的传奇

已不再是丛林深处
捕捉灵感的时候了
手中最后的一只风筝已经放飞
风依然懒懒地吹着
从一张嘴到另一张嘴里
故事仍在旅行
主人公失踪了很久

把眼睛微微开启
眸成两片娇嫩的柳叶
看别的每一片叶子在悸动
试图领会那神秘的暗示

无望
兴奋的蝉鸣不成曲调
薰薰草香在战栗的空气中
无忌地掠夺九月

中秋丝雨

所谓季节

不过是一种加强的观念

春风秋雨

都是一种空气的流动

十年光阴

逝水似箭不再复返

而你身上的每一条曲线

都已渐成熟

只不属于我

所有单纯都交付蓝天

我竟连伤感也未曾学会

刻骨铭心的寒悸

并未发生在冬季

儿时见到的月亮

已掉进井里

再没有一只愚蠢的猴子

试图捞起

疏云朗月

清风虫鸣

风景中的中秋与中秋中的风景

枉自美丽

所有诗情都让人疲倦

而如今

连朗月也不见了

雨丝情愁

一杯淡酒

便让人伴着丝丝细雨昏然入睡

莫负秋水

晚秋时节见你
犹如季风鼓起久泊的船
枫叶零落了心径
也催熟了樱桃在山腰
听你谈笑风生
犹如听一曲长笛的吹奏
空灵委婉又带些
淡淡的忧伤

你是宋朝的才女吧
来自哪座城池
哪家画楼？
萍水相逢隔空对话
是一段佳话的起笔
还是前世待续的缠绵？

而今，就在这个晚秋时节
就在今夜秋风初起的夜晚
浅饮薄醉曲水流觞之间
让我们魂归宋城吧
才不会辜负这一池的秋水
漫天的秋光

其实

其实　我所盼望的
不过是这样看着你
片刻
哪怕　只是昙花的一个开合
我从未奢望过　你
给我一生的承诺

如果可能
我会选择
在遍山开满梨花的季节
在浸满薰衣草幽香的山坡上
与你相遇

如果可能
我愿意
与你深深地相爱一次再别离
并且从此　不再期待
期待一次不期而遇的相逢

如果真是这样
那么　再长的一生
其实　也只是再回首的
片刻

散文诗

宋词人物

一

烟水迷离的秦淮河只能出现在梦里了，没有哪只红袖能拭去你流淌的清泪。只有在夜静人空的庭院深处才敢吐出你那声重重的叹息。从此，懂词和不懂词的人都明白了那一江春水里流淌着的是什么。

可你还是无奈地走了，在一个本该是轻罗小扇扑流萤的七夕之夜，在一个本该是丝弦弄音，听那首霓裳羽衣曲的七夕之夜，被迫放下了你放不下的书画词曲，喝下了那杯为你预备良久的鸩酒。

每当你一字一珠的那些幽怨灵秀的文字触到我的眼睛便会使我一阵阵地心痛。

有多少帝王的玉砌雕栏都在历史的风雨中灰飞烟灭，而你在瑶天笙鹤般的吟哦中，在用才情创造的艺术终极形态里找到了真正的永恒。

二

在那种冷落凄清的季节里，所有的人都会渴望一种相逢。

思念在分手后开始生长，长成矗立岸边的一棵棵杨柳，盼望着青衫上酒渍斑斑的你乘一叶扁舟从暮霭沉沉的烟波中驶来，轻诉千种风情。

那晓风残月依旧醉着，你可曾记得执手相看泪眼的离别里是谁与你浅斟低吟吗？

早知道凡有井水的地方就有人吟唱你的词，可不曾想到，自从你把士大夫的精雕细刻变成了一种流行之后，你笔下的那句"衣带渐宽终不悔"竟成为铭刻古今的爱情誓言。

三

那杯你一饮而尽的黄藤酒谁尝谁都说是苦的。默默看着你的那双眼睛依旧流泪，而你的心却如春雨淅沥般地滴血。

渴望相逢又害怕相逢，不敢再看那泪光闪闪的眸子。浸满了泪痕的那条鲛绢依然湿着，而你错落交织的全部心情，都写进了一首叫作《钗头凤》的词里。

春风又绿宫墙柳，可那双让你魂牵梦萦的红酥手，竟永远地弃你而去，再不能与你琴瑟相对、诗词相和了。

绿蘸寺桥下水波映你的身影永远孤单，那只飞走了的惊鸿不再回转。而沈园那座墙壁上的斑斑墨迹已在你心中慢慢地结成了一片永远抚不平的瘢痕。

四

每逢雨疏风骤的夜晚便想起你，想800年前卷起珠帘的那双纤手和雨后零落满地的菊花瓣。

雨湿秋千，风摧落红，都可以成为你眉头和心头上的"愁"字。那时，你不过是一个有性情的漂亮的女孩。

直到在你十几屋的藏书被南下的金人毁之一炬之后，直到在你的国、你的家、你的爱人像你钟爱的金石一样破碎之后，你才知道，一个"愁"字所能表达的实在有限。

在一个靖康之后的凄清而又漫长的黄昏，你独自在窗前坐了很久。然后，用一种沉郁的调子把国恨家仇一声一声，慢慢地吟给了后人。

到800年后的今天，仍有不少人知道那天的黄昏有雨，而且下了很久，很久……

五

走进你的词，每每会使人感到剑气逼人，未曾打开剑匣便已隐隐听到那龙吟般的铮铮剑鸣。

那把"吴钩"呢？曾被你无数次在醉后的深夜里挑灯看过的，看那清冷的剑身在昏暗的灯火下闪烁着幽幽的光。

不敢再轻易地登上那落日楼头，栏杆拍遍亦枉然。你本是一位旌旗拥万夫的将军，直到白发苍苍也只能在梦里布阵点兵。

可惜你这把锋利的剑，始终未能再饮胡虏血，一腔壮志未酬的悲愤化作了一首首剑一般豪雄的词，在那里，热血撞击你心壁的声音清晰可辨。

六

每次梦见你逸怀浩气，举首高歌，都是在一个月光如水的夜晚，清晰地看你舞动长长的衣袖潇洒而又孤独。那轮曾让你要乘风归去的明月常常在我将醉的时候跌落在我的酒杯中。

一句大江东去唱红了关西大汉的脸，手上的钢钹和铁绰板仍铿锵作响。历史的巨浪淘尽了古今多少王侯公卿、才子佳人，却淘不掉你词中的一个字。你那横空出世般的亘古旷达更使那些咬文嚼字的匠人们自惭形秽。

每当我翻到宋朝的那一页时，你的天风海雨般的文字便迎面扑来，抽打着我身上的琐屑绮俗。

风萧萧兮易水寒
——秦朝故事

那该是一个初冬的黄昏，你的披发和衣袂，如梦如幻般地飘摇着。

西风猎猎，衰草萋萋，远处黄尘滚滚。

你倜傥地把剑一横，那条被称为易水的河畔上，所有热切的眼睛都湿润了。并在你转身的那一瞬间，清泪如雨。

所有的人都匍匐在地，生离也是死别，身上的麻衣纯白如雪。你没有回头，只是朗声念出两句自己的诗，那声音至今仍在每个热血汉子的血管里汹涌着。

你要会的是一个匕首般的人物，凶残且锋利。你的背部感到沉重，肩负的行囊里是一个知己的头颅。你要把自己的头颅和那颗将军的头颅，都变成坚石，用自己的破碎去钝锉那匕首的锋刃。

秦楼楚馆的浅斟低吟，燕国闹市的狂歌痛饮，这一切你都俱已忘却。因为你的前路，不再有小饮陶然、薄醉纵横的日子。沿着咸阳宫绵延的石阶，你一步一步走向至高无上的辉煌，走向注定不变的死亡。当整个大殿上，只有嬴政惊魂未定的粗重的喘息时，你静静地伏在血泊中，脸上一片灿烂，嘴角一丝遗憾。

历史并没有因为你而改变，你却以一个侠客的直勇走进历史，与那些改变历史的人，并排站立着。你留给人们的都在历史之外，你那一去兮不复返的决绝和坚毅，已成为永恒的壮美。从此，历史书对每一个真正的男人，都发出轻轻的低唤：

去读读荆轲，去读读荆轲！

丰碑
——叶选宁同志逝世百天祭

身卧江湖，心怀社稷，赤诚肝胆照九州；道义在肩，真理在手，出将入相真风流。

——题记

你是一座丰碑，巍峨耸立在祖国的群山之巅，迎接第一缕曙光，为强国梦呐喊似凌冰怒放的寒梅。

你是民族的脊梁，当代钟馗。挎着一只残臂，奔走在刀丛险地，为民请命，鞠躬尽瘁。

你是一面旗帜，为了理想不计荣辱，何惜玉碎。跟定共产党，百折不回。

你是一名侠士，侠骨柔肠，把百姓全当亲姊妹。埋头耕耘不惧风霜诋毁，让人们无限的思念啊百转千回……

你是一个哲人，惯看风云变幻，笑谈野鹤霞飞。弄墨人生，一支绣笔指点乾坤，把翰墨化作滚滚春雷。

你是从苦难中走出来的孩子，幼年的颠沛流离磨炼出你钢铁一般的意志；荆棘坎坷造就你宽广的胸襟，成为一名真正的战士，不忘初心，百姓的苦乐与你形影相随。

秋风落叶铺满江南江北，似血的枫叶落在梅州的庭院，落在湖南荷塘乡的老屋，落在珠海临海的书房……书案上的墨迹未干，烟斗里还冒出缕缕轻烟……

你已远行，给江湖上留下一段传说，树起一座丰碑。

端午断想

苟余心之端直兮，虽僻远其何伤？（《九章·涉江》）

——题记

一

这是个重新被记起的日子。

这是个想忘却忘不了的日子。

那个仰天长问的倔强身姿，斧凿成一个深刻的剪影，映在几千年的时光背影上面，弥新。

沉淀成一种风俗，或一种文化，或一种色彩。

行吟泽畔，踏碎了冷月，憔悴了山河。沧浪之水或清或浊，雄黄酒或醉或醒。传送着叩天宫的雷声，滚滚如万马出栏。到头来，青杏园林，一壶煮酒。目极千里兮，伤心悲。

二

站在汨罗江岸上喊你，滔滔回声拍岸千波又万波。龙舟载着薪火传着，从上个千年到下个千年。

在江湖之上寻你，有水的地方就有楚歌回应。从前江的鼓声到后江的荷灯。郁孤台上岳阳楼下，到处游荡着你的魂影，长太息以掩涕兮，哀民生之多艰！琴弦断处滚滚惊雷急。

三

那只被赋予太多含义的四角粽子，层层包裹之下，究竟是哪道风景？

水上逆流而进的龙舟，鼓手舞动的槌绸鲜红。

清明寒雨霏霏
——献给母亲

清明寒雨霏霏低回，古桥边青青新柳，依依低垂。人头攒动，来往匆匆，是过客还是断魂？

凭栏顾盼，哪片是牧童遥指的杏林，哪条小路通向酒家高挑的帘门？桥下滚滚奔腾的就是奈河①吧，有去无归的蹊径，生离死别的长亭。就让我跨过这座古桥吧，去追寻纷纷走过的先人。

寒烟迷离湿雨霏霏低回，原上青青新柳，似缕缕孤魂。细雨淋漓，从清晨下到黄昏，雨滴落在伞上，却从腮边淌下，滴到母亲寂寞的孤坟。那把从外婆桥打开的油纸伞，撑起绵绵思念，也撑过整整一个清明。

淋漓的细雨一直懒散地下着，从童年长长的暑假下到中年漂泊的深秋；从妫河②边故园的老屋落下，落满燕京的灰瓦红墙，打湿了迎亲的花轿和花轿里娇美的新娘。打落了桃花落了又开。打散了浮萍聚了又散。漂泊的浪子已经回头，慈祥的母亲却再也不能倚门来迎。湿漉漉的记忆随坟茔上的荒草增长、延长却依然飘零。

清明寒雨霏霏低回。青青新柳，依依低垂。寒雨来时蝉还未醒，冰冷的墓碑亦未醒。竖起的墓碑边燃起新烟，随风飘散。一块墓碑分开前世与今生，前世轻轻把往事带走，却把苦苦的思念留在了今生。

---

① 奈河：佛教所说的地狱中的河名。《宣室志》第四卷："行十余里，至一水，广不数尺，流而西南。观问习，习曰：'此俗所谓奈河，其源出地府。'观即视，其水皆血，而腥秽不可近。"因河上有桥，故名"奈河桥"。桥险窄光滑，有日游神、夜游神日夜把守。桥下血河里虫蛇满布，波涛翻滚，腥风扑面。恶人鬼魂坠入河中。民间传说：人死亡后魂都要过奈河桥，善者有神佛护佑顺利过奈何桥。

② 妫河：北京延庆境内的一条河。

洒一把流星雨

夜色如水，寂静如蝉。春泥带着雨腥蠢蠢弥散，自窗下直到漫漫天边。梦窗半掩，聆听柳梢上的新翠，对一钩淡月诉说着无眠。

洒一把流星雨，让火树不夜半壁苍天。荧荧星雨，璀璨了江山，也把观星人的孤寂排遣。流星，从天外落下；心愿，自心底升起。古人说，一颗流星坠落，一个灵魂就会带着一份期盼升天。

洒一把流星雨，把你的七彩梦装点。杨柳青青碧水打湿绿岸，你罗裙凤冠骑鹤下江南。粉墙黛瓦的江南莲藕遍地，哪个是你采莲的池塘，哪只是你摇到外婆桥的篷船？小桥流水的江南杏花春雨的从前，你的前世还是你的童年？

你离开祖屋太久琵琶怕已生疏，老屋的紫藤不老，绍兴花雕尚温，绣花针依旧别在绣楼里的绣球上，而你早已款款下楼，环佩叮当。

人在楼下，茶在壶里，壶在炉上，桃花蒲扇在你手中，慢展轻摇，嘴里哼诵的还是那支江南小调。芳香透过轩窗阵阵飘过粉墙。

"好烈的芬芳啊，这是谁家的玉兰就这么开了吗？"

墙外斜阳如血，赶考的书生勒住嗒嗒的马蹄。去意流连。

洒一把流星雨，从天琴座①泻下，向着梧桐、老屋、紫藤和那一湾浅浅的童年。洒向灯昏烛醉的倾诉，短巷长街里的缠绵。向着流光溢彩的十里外滩，星光解缆，泪断远去的孤帆。向着连阴雨的江南，向着数载风雨漂泊的江湖，和江湖中的思念。向着啊，向着随风逝去的从前。

洒一把流星雨啊流星雨，洒进你半掩的梦窗到床前，跌入你的春梦。让你梦中星光漫天，月掩轩辕②。

---

① 天琴座：天琴座流星雨，一般出现于春季。

② 轩辕：古指狮子座。

历历青山淡水一湾

历历青山淡水一湾，红杏灿灿晚霞映天边。一支歌儿从心里飞出，哪边是彩云哪边是故乡的云烟。

青春年少，花样的春天，楼台燕语，草绿水暖。在一个阴雨连天的傍晚，轻轻地，轻轻地许下了遥远的诺言。然而火热的华年，只知薄醉纵横，墨蝶嬉戏春光，却辜负了半塘春色，一窗晓霜寒。

怎么一下子就步入了秋天，侠客试剑，茫茫四顾天长水远，任凭江湖风高浪险，笑傲群山。阳关慢曲，一唱三叹，那是《阳关三叠》的委婉，空落一峡的缠绵。

如今客舟泊入淡水一湾，历历青山。舟在水上，月在中天。谁曾指点江山，谁曾策马漫道阳关；谁曾虎落平阳，谁曾龙困浅滩；又是谁长安市上酒家眠？

江湖老去，侠客暮年，画堂春暖，闲窗外，煮茶夕阳西下溪水边。月中天，人未还，沉浮一生弹指间。仰首苍天：再过百年，谁不长眠！

秋水无言

　　醉酒的红颜，摇动天边的彩船，把凝眸定格在午后的松散。深似龙潭，淡若无言，秋水化成一抹彩霞，染红夕阳的腼腆。

　　长廊下，清风闲闲，薄酒几盏填词几段在似醒似醉间。玫瑰色的酒滴洒春衫，却不曾有留下什么诺言。潺潺溪泉忽明忽暗，歌声渐行渐远是归林的杜鹃。只有秋水无言，默默拍打着远去的客船。

　　拾起一片枫叶，读它是今夜的无眠，也许是，明朝的思念。

广陵散
——听陈雷激古琴曲随想

2012年2月5日，著名古琴表演艺术家陈雷激①先生在国家大剧院"古酒 古琴演奏会"上手操猿啸青萝②演奏古曲《广陵散》③，晋魏风骨渲染满堂。曰："前人弄酒狂，我意弦中放，痛饮红曲酒，祝君皆安康！"

那一曲刑场上的绝唱绕梁千年不退。三千太学学子泪飘风摇。

你素袍披发，孤松独立，从容不迫登上高台，飘飘若仙。你临风回眸，东市的日影坠落角楼，金黄的冷光打在刀架上的鬼头刀上又折射在你冷峻的脸上。

你仰天长叹："昔袁孝尼尝从吾学《广陵散》，吾每靳固之，《广陵散》于今绝矣！"

----

① 陈雷激：古琴家，1967年出生于上海音乐世家，9岁开始学习古琴，后旅居法国。担任"法国国际州立音乐学院青年学生乐团"音乐总监及常任指挥等。在欧洲等地举办了个人古琴独奏音乐会达百场，荣获2005年法国基金会评选的"世界音乐最佳演奏唱片奖"。2008年，在北京奥运会开幕式上独奏古琴曲。现任中国音乐学院附中"青年民族乐团"首席指挥。

② 猿啸青萝："猿啸青萝"乃著名宗教界人士夏莲居于20世纪20年代在大连古玩冷摊上所获，引起古琴界震动。该琴通长120.5厘米，通身髹黑漆，漆面呈大蛇腹断纹，琴身嵌十三螺钿徽。配有象牙琴轸，青玉雁足。龙池上题"猿啸青萝"行书四字，池下铭文为行书："事余欢弄，龙舞凤翔。诸色俗累，一时消忘。横琴山庐藏。"再下是5厘米见方满汉合璧"唐凯"大印。琴腹内有"太康二年于冲"浅墨楷书一行，始知此琴为晋制。至20世纪50年代，管平湖将久已失传的古曲《广陵散》发掘成功，夏莲居以"猿啸青萝"赠予多年梦想获得此琴的管平湖。

③ 《广陵散》：又名《广陵止息》。是古代一首大型琴曲，它是我国著名十大古曲之一。即古时的《聂政刺韩王曲》，魏晋琴家嵇康以善弹此曲著称，临刑前仍从容不迫，索琴弹奏此曲，并慨然长叹：《广陵散》于今绝矣！"今所见《广陵散》谱重要者有三，以《神奇秘谱》的《广陵散》为最早，也较为完整，是今日经常演奏的版本。全曲共45段，全曲贯注一种愤慨不屈的浩然之气，"纷披灿烂，戈矛纵横"。

须臾，索琴伏案，全场肃然。你左手按弦，右手抹挑吟猱①，顿时法场被油漆成一种古褐色。弦歌之绸缪，颤声之诉泣。轻音清而爽，重音沉而浊。时而缓行徐徐，时而铿锵霍霍。如抱琴半醉，似癫似狂；又若独鹤归林，似竹下清风。

　　空灵的曲调，丁丁的弦音，一泻千里，飘进了每个人的心灵。你失落的是一颗高傲的头颅，司马家丧失了无限江山。

---

　　① 吟猱：弹奏古琴的指法。左手按弦，往复移动，使发颤声。小曰吟，大曰猱。元方回《听孙炼师琴》诗："从容整暇未肯忙，小俟吟猱观抑按。"清薛雪《一瓢诗话》："琴有正调、外调。调者，调也……今人但知于勾剔、抹挑、吟猱、绰注间求之，必无纯调。"

远去的红尘
——杭州虎跑寺吊弘一法师

三千乌丝落地，惊走一湖鸥鹭。长亭外，决绝红尘似漠北的孤烟。从此，纱灯木鱼，面对半窗的弯月，悠悠的青山。

云浮于天上，月沉在泉底。虎跑泉的潺潺清流把翠绿的雀舌一芽一叶地舒展，叶底成朵，朵朵披霜，在青花瓷的盖碗里面缓缓回旋。

曾经的小诗，散落在城南来时的路上；印章封入了西泠印社冰凉的壁洞里。折笔藏印，分遗藏书，断了一切送行人的念想。息翁印藏，封住了金石印章却封不住那一缕幽幽淡荷的清香。

多少次你袈裟芒鞋踱步在脚下这碎石铺地的小路上，步步清风，宛若风吹彩莲；诵经习法，似雨后饮露的金蝉。

风动竹墙，娇妻的呼唤隔墙传来，搅碎了一池凄凉的冷月。前尘影事如过火的乔木，一触成灰。

清静的大慈山灵气郁盘，兰香习习，月到天心，光明殊皎洁。一汪清泉，惯看山中岁月。千年古刹，任它花落花开。此时，故园春草已湮没了矮矮的篱墙。离亭外，几番风雨，只有人归去，今宵别梦寒。

你幽幽地说，一事无成人已老，一文不值何消说。既然来了就饮杯清茶吧。

禅茶一味。你眼中的禅，后人心里的怅然。

养壶记

小巧的紫砂壶带着涩涩的青光，从我的香囊里转到你的手上。

好可爱的小壶啊，你说。该是上好的宜兴紫泥，做工倒也仔细，技师嘛，还算小有名气。先放在这里吧，养壶要心如止水，就像修养性情一样启动禅心舒静气。茶汤需用上等的香片，玉泉山隔年的雪水，还需用耐心，慢慢地让它光泽内聚。这些你自然不懂，只管回去备些好茶候着吧。

从此紫砂壶就像只宠物狗，寄养在你的茶楼里。早上龙井，午后茉莉，掌灯时要饮过乌龙汤它才肯睡去。

转眼惊蛰过去眼看就到了谷雨，问你何时开壶让它荣归故里。你笑而不答，嘴角微微一翘，顿时茶室里玄机四起。你却洗盏更碟把小壶款款端起，紫砂壶青涩渐褪，玲珑的壶身闪烁着圆润的紫光仙气，壶嘴一吐，淡淡的兰花清香四溢。

难道归期就在这淡淡的兰花清香里？

等谷雨过后吧。你幽幽地吐了一口仙气。现在入口微微还有些泥沙气，等到色不艳质不腻，再择个黄道日把壶开启。开壶的日子需要朗天配佳客。还有，甘泉只认清明前的新绿。这些你要切记呀切记！

现在嘛，收起你的香囊，踏实地回去。只是，记得常来把它探望，免得将来生分它会怠慢你。笑什么呀你，好壶都有灵气。唉，这么灵性的宝贝归了你，我还真是担心它会嫌弃你！

月满霜天

人到中年束冠已经年。踌躇满志笑看指点江山的少年。沉稳是渡江的船，厚重是顺风的帆，尽管心中烈火熊熊依然似当年。长笛一曲芳草碧连天。

人到中年月满霜天。竹林里煮上新茶山外渐起青烟。秋风吹展眉弯，细雨遣散了幽怨，秋江千里孕育着机缘。从此收起泪水笑傲沧海桑田。

长亭向晚把酒凭栏，栏杆拍遍就要下楚烟。任凭冷雨打湿船头的帆，即使憔悴了明月也不让韶光空遣。远山木鱼声声召唤着随缘，隔江百合灿灿已砌满堤岸。剪断了虚名，成败都在从容间。

一梦醒来

　　一梦醒来，蜡梅依然开放在窗前。淡云懒散地挂在天边。

　　老屋的古钟还是一个节奏地轻摇慢摆。只是，镜中已经不见了翩翩少年意气风发的那张脸。

　　飞扬的侠义托付给了骚动的春天，似水的柔情交给了连绵的梅雨，而晶莹的雪花只能飘落在记忆，凌云的壮志早已随秋风散去。

　　一梦醒来，画眉在窗外，蛾眉在窗里，画帘半卷遮燕泥。外婆哼唱的民谣已镶入摇曳的船桨上，船儿摇摇晃晃在江南的水乡，水乡散落在尘封经年的断简残片里。只是摇船的手已布满老茧。

　　露桃开，柳眠又起，古桥青苔幽幽，柳絮在碎石的古道上翻飞，却不见红裙女孩单车上的长发随风招摇。

　　一梦醒来，40年风雨，悠悠，催熟了后山的青桃一茬又一茬。风干了初开的情窦与欲滴的樱桃。

　　江南的思念交给了4月满山的杨梅，誓言早已浸入那坛尘封的青梅酒。歌声哑了，知了散了。只有前山的小河静静流淌，没有结冰，像从前一样。

吹起风笛远行

当过江的冷雨拨动胡琴挽住垂柳，一叶扁舟早把书生的散发扬起。天是楚天，江却不是江湖。酒入了豪肠，任侠义自由地张扬。

多少眸子蓦然回首，哪双是杨柳岸上的憔悴，哪双是连营里挑灯的豪情？

岁月无边，闲闲的光阴悠悠荡成一索秋千，似江中摇曳的舢板。左舷的明月照亮童年五彩的蝴蝶，蝴蝶的羽翼上挂满梦中童话的斑斓，盘桓旋转；右舷的朝阳把相思送上客船，远去的独帆朦胧，是碧水打湿的伤感。

每次进山，梨花的气息让山风拂面。空翠烟霏，溪绕清泉。白云深处林涛涌动，铮铮，如剑气临风，逼出一条幽径断归程。群山之外，第见罗汉参差欲连环。麻衣草履的山人焚香默坐，说：云在青天水在瓶。

茅屋的清茶，清香又芬芳。悟道与迷津，一阵山雨一阵蝉鸣，故事就是青峰岭下的顽石，哪来的空虚聚散与浮幻的缠绵。

散尽了夕阳是解缆的星光，一场聚散一场秋霜。不要短笛和长亭，不要折柳和缠绵的暮雨。饮尽了杯中的苦酒依然吹起风笛，远行。

月亮河

一定有过一场很绵很绵的春雨，不然你没有那么纯净；

一定有过一时很深很深的满足，不然你没有那么安宁；

一定有过一段很冷很冷的回忆，不然你没有那么忧郁；

一定有歌，只是哑了。一定有笑，只是散了。不然你怎么一下就跌进了这冰冷的河水里？

这河从此便叫月亮河，从此总有一个湿漉漉的月亮浮在上面。而我独立于河畔，正与枯萎的水草为伍。用一种或仰或俯的姿态将目光和月光交织成夜幕。

我凝望明月，明月也凝望着我。我站在水中之月之上，我站在天上之月之下。收集着只属于我的束束月光，只想编织一个新的传说。没有带一张网，面对天上的月亮水中的月亮，无论猎取或拯救都不曾想过。我只想默默地以凝望去领悟或被领悟，直到花期复临的季节。

十五的深情在十六圆满了你，满地散落着你银白色的向往。成梦之后又残缺了，直到成一个弯钩仍对那天和水依恋不改。任流云或薄或淡；任繁星或明或暗。即便残缺，但只要有了你，便会构成月亮河的全部风景。

空白了多年的天空，空流了多年的流水，因你才获得了一个富有诗意的名字。而我在饱饮月华之后，将在很远的地方等你。你深邃的眼里是一片白热，也是一片清冷。

大青山下有一片辽阔的草原

序

20世纪60年代，南方一些地区大批孤儿面临饥饿与死亡。时任全国妇联主席的康克清同志向内蒙古自治区求助，自治区领导随即决定收养这些孤儿。乌兰夫同志提出："接一个，活一个，养一个，壮一个。"3年间，上海、江苏、安徽等地先后有3000余名孤儿被送到内蒙古牧民家庭，宽厚仁慈的草原人民把这些孩子亲切地称为"国家的孩子"。哺育他们长大成人！

时隔40多年，富裕起来的上海市、江苏省等地人民没有忘记草原人民的恩情，他们以一颗对兄弟民族感恩的心，与"山花工程"携手资助大青山地区的贫困学生。

大青山下有一片辽阔的草原，这里是山花的故乡我的童年。穿行在草场毡房炊烟间，蓝天白云歌声远，羊群绕身边。霞飞天际外，情深山花鲜，这是我的家园，是我永远的眷恋。

40年前，雏雁北飞。3000枝烂漫的花朵轻轻播种在茫茫无垠的草原。草原妈妈的手温暖轻柔如绵，滚烫的奶茶像妈妈的乳汁一样甘甜，融化冰寒把饥饿驱赶。毡房牛粪马头琴的草原，从此有了故乡的眷恋。

春去秋来，一年又一年，孩子们稚嫩的双肩越磨越宽。左肩挑起茫茫大漠如烟，右肩承载厚厚的深情厚谊似泰山。滚滚碧浪充实着胸襟，袅袅炊烟把童年烘暖，踏语西风是励志的艰难，提弓饮雪哪管朔风寒。马背上的歌声，雄鹰展翅的起点。

111

秋叶纷飞，雄鹰再次北归。大青山层林尽染白云低还。滚滚碧浪如练马蹄浅，汩汩甘泉把青山浇灌，山花亲吻着碧翠的草原。

草原上有多少颗星星就有多少爱的故事流传。左手揽起江南的弯月，右手挽着脉脉大青山。牧过羊群驯过骏马也把金杯双手举过头，驱过豺狼顶过风雪也让马头琴回响在白云间。草原上的沧桑孕育着山花的希望，马背上的歌声放飞了理想的童年。

踏语西风落叶浅，花香沁心田。欢歌毡帐外，斗酒啸长天。40年的艰辛奋进，3000只火种真善美的承传。40年酿就的美酒，天长地久真情永留心间。

大青山下有一片辽阔的草原，这里是山花的故乡我的童年，穿行在草场毡房炊烟间。山花烂漫天涯远。蓝天白云是我永远的眷恋。

青山遮不住　毕竟东流去

　　谁也不能停止历史的脚步，谁也不能减慢时间的步伐。1997年7月1日，这个辉煌的时刻，正一步一步，向着600万渴望的心，向着12亿热盼的眼中迈步走来。

　　百年屈辱的历史，不堪回首也得回首，不了解从前的屈辱，就不会理解众盼回归的热望，就不会理解万众欢欣的兴奋，就不会理解扬眉吐气的心情，就不会理解祖国强大的自豪。

　　1841年1月26日，香港。

　　强盗的兵舰从海上驶来，阵阵炮弹的爆炸声撕破了渔村的安逸。高傲的大炮冒出滚滚的硝烟，染黑了蔚蓝色的天空，无辜村民的鲜血，染红了银白色的沙滩。

　　面对明火执仗的强盗，病弱无力的母亲无法保护自己的孩子。从此，这颗东方璀璨的明珠，被嵌在了英国女王的王冠上。中华文明古国，自此开始了割地乞和的屈辱历程。

　　《南京条约》《中英北京条约》《中英展拓香港界址专条》，一个个强加给中国的不平等条约，像一把把锋利的屠刀，一下一下地向我们割来。割下港岛，割下九龙，割下新界。从贫瘠多难的母亲身上，割下一块块带血的肉。

　　岁月悠悠，世事沉浮。

　　聪明勤劳的香港人在近百年的时间里，使香港从屈辱中崛起，这个原属广东新安县的小镇子，这块贫瘠得只能长几棵相思树的土地，如今成为最明亮的东方之珠。

　　昔日小渔村，今天小巨龙。

　　无论是贫是富，都是祖国母亲的孩子。无论是聚是散，都是母亲的心头肉。如果说香港是一朵芬芳的奇葩，祖国就是它的根。如果说香港是一条风光旖旎的小溪，祖国就是它的源。祖国大陆数十年以母亲的慈怀给予了香港这个游子无限的爱。

东江之水越山来，无论国际风云如何变幻，慈母无私地把无限的爱意随着汩汩的东江流水，源源不断地倾注到了游子的身上。当祖国的母亲倚门而望，盼着历尽苦难屈辱的游子，盼着渐渐富起来的游子早日归来的时候，香港也盼望着能早日回到母亲的怀抱。唱了多年的《游子吟》已化成一曲饱蘸亲情的《我的中国心》。

香港人心里最清楚，在香港崛起的过程中，祖国母亲给了多少无私的帮助。除了水，多少年来保持食物和日用品的低价供应，从港转口的贸易，又使香港获得了多少财富。改革开放以来，香港成为进入内地的第一站，为香港的旅游业锦上添花。没有祖国的根，这朵奇葩就会凋谢；没有祖国的源，这条小溪就会干涸；没有祖国的支持，香港就犹如一潭死水；没有母亲的爱，孩子的生存都是问题。但是，最大的支持是祖国强大起来了！

是时候了，那位精神矍铄的东方智慧老人，用手那么一挥，使得每个中国人的心都滚烫起来。今日的中国不是1841年的中国，今日的大不列颠也不是昔日的"日不落"。香港回归，是人心所向，更是历史所趋。

此时此刻，有谁能不思潮翻滚呢？那躲在故宫深处嘤嘤自泣的道光皇帝，那客死避暑山庄的咸丰皇帝，那匆匆西逃在马车上长吁短叹的慈禧太后，有谁敢想到今天呢？今天，唯有今天，有伟大强盛的祖国作为后盾，我们中国人才能在国际舞台上维护民族的尊严，一洗前耻。

尽情地笑吧！每一个中国人，让胜利的笑容浮在脸上，让骄傲的笑容浮在脸上。

在历史之川汹涌向前的波涛面前，任何阻挡的企图都是可笑的。

青山遮不住，最多添一些曲折。青山遮不住，毕竟东流去。

1997年5月29日夜于香港维多利亚湾

我见青山多妩媚
——香港回归10周年纪

10年行云流水，紫荆花10个开合。10年香江回转大江东去，卷起浪花几多。月朗云轻的夜晚在太平山上行走，不知是仙境还是梦游。璀璨绚丽的灯火与漫天星光相连，汇成华美的乐章，五线谱演化出七律九弦，高音激昂，低音铿锵，在平静的维多利亚海湾倒映下如梦如幻，溢彩流光。

当年，那位精神矍铄的老人，一句"马照跑，舞照跳"定夺了50年的方寸，安抚了600万颗悸动的心房。在人民大会堂外的台阶上，铁娘子一个趔趄惊起英伦三岛上一片哗然。

把世界的目光聚焦在维多利亚湾会展中心的新翼下，只是为《义勇军进行曲》奏响的那一刻。10年前那个庄严的30分钟，注定要永载世界史册，定格成永恒。30分钟，分针画过半个圆，历史长河一个瞬间，却走过了48年的艰辛与光荣，背负着百年的耻辱和梦想。

60秒的跳动，13亿颗心房的起伏，每一秒都是一个世纪的漫长。我们的心就要跃出胸膛，我们的血就要奔涌激荡！150年的等待，150年的心酸，耻辱的150年啊，一秒钟都不能再彷徨！1997年7月1日零时零分零秒，指挥棒准时起拍，《义勇军进行曲》响彻维多利亚湾，回荡在九天外。

米字旗徐徐降下，五星红旗冉冉升起。一个耻辱标志终结，一个崭新的历史开始！国歌响起，所有中华儿女的心都聚到了一起，多少双眼睛里噙满幸福的泪花，多少风中飘扬的白发激动地垂下，多少骄傲的胸膛自豪地挺起。此时，三元里的暴雨该歇一歇了吧，150年的冲刷洗浅了牌楼上的弹痕，却洗不去伫立在伊犁黄昏中那位佚村老

115

人①胸中的愤懑和忧虑；虎门的总督、定海的总兵终于松开了手中紧紧握着、谁也拿不下的钢刀。那个，匍匐于祖宗前的耆英②偷偷地把遮颜的手，放下。

如今，登岛的访客如潮，随退随涨。莲花禅寺香火更旺，敬过了妈祖又拜菩萨。西方所谓先知们的"香港将要死亡"，香港岛即将"沉没"的预言竟然杳无踪迹。那年一些听信了预言的港客伸手解缆英皇码头仓皇出走，客舟出海10年的航程又回到起点。许多人甚至穿过了维多利亚湾渡海北上，泊船在珠江，在上海，在朝气蓬勃的渤海湾。

10年的浪涌云浮，高歌渐进。纵然时有夜风转紧，寒流过海掀起风浪几许，经历了百年的荆棘坎坷路，又何惧风霜雪雨严相逼！600万的游子扬眉吐气，13亿人众志成城吐气成云。

第一股寒流叫天灾，禽流感袭来；接着"沙士"攻入。恐慌蔓延甚于寒流，此时谁是龙城的飞将，谁是御敌的田横？

第二股寒流叫人祸。金融大鳄自泰国上岸，来势汹汹，一通鼓就折了泰国主帅庵雷·威拉旺③，再通鼓挑下大将伦差·马拉甲④，剑锋指处，泰国、菲律宾相继失守，马来西亚、印度尼西亚望风而降。文莱早已没顶。唇亡齿寒的新加坡，已是难守的孤城。

---

① 俟村老人：即林则徐（1785—1850），字元抚，又字少穆、石麟，晚号俟村老人，侯官（今福州市）人。1838年任湖广总督，严禁吸食鸦片，成效卓著。1838年12月，钦命为钦差大臣，赴广东查禁鸦片并节制广东水师，于虎门海滩当众销毁英国商人鸦片2万多箱。因此，林则徐成了中国近代抵御外侮第一人。后被道光帝于1840年10月3日以"误国病民，办理不善"的罪名革职查办，遣戍伊犁。曾写出"苟利国家生死以，岂因祸福避趋之"名句。

② 耆英（1790—1858）：满族，爱新觉罗氏，字介春，隶满洲正蓝旗，历官内阁学士、护军统领、内务府大臣、礼部和户部尚书、钦差大臣兼两广总督、文渊阁大学士。主持签订了中国近代史上第一个不平等条约——《南京条约》。1843年，耆英再任钦差大臣，与英国签订中英《五口通商章程》和《虎门条约》。1844年，他任两广总督兼办通商事务，与美国签订了《望厦条约》，与法国签订了《黄埔条约》。1858年第二次鸦片战争期间，他被派赴天津与英法联军交涉，由于英军在占领广州期间查获大量档案文件，发现耆英在上报朝廷的时候并没有如实禀报英方的要求，因此拒绝与其谈判。耆英因惧罪擅自回京，咸丰帝令其自尽。

③ 庵雷·威拉旺：泰国老财政部部长。

④ 伦差·马拉甲：泰国央行行长。

香港背靠强大的祖国勇对强敌。左手握着神农尝过的百草，华佗斩妖的神刀；右手举起盘古的利斧，后羿的弓箭，会挽雕弓如满月，射天狼！

在万里之外宙斯的故乡，那把圣火就要点燃。八百里加急沿张骞踏出的古驿道，一路下来。身后跟着的不是商旅的驼队也不是进贡的番臣或是和亲的队伍，而是七大洲的绿色军团，橄榄枝和五环旗。一路直奔京城，向着筑好的鸟巢；一路跨过罗湖桥，在沙田和粉岭马场扎下连营。是赤兔，是黄骠，还是乌龙驹；或是狄龙，是神骏，还是白蹄乌，都牵出来遛遛。

自太平山下来已是夜色阑珊。兰桂坊却还是火树银花宝马雕车香满路。一壶研磨许久的咖啡，一扎泡沫四溢的啤酒充满了和谐与安逸。隔海"星光大道"上"幻彩咏香江"灯光音乐会余音袅袅在海面上久久回荡，和着紫荆花的气息，纷纷，洒落梦游人一身。

相濡以沫的红烛
——赠一对相濡以沫四十载的老人

又是一个霜天峥嵘的隆冬，室外寒风凛冽，屋里却温暖如春。一对老人与一双红烛对望，40年的衷肠，相知相爱时光。

在人生的道路上相携相伴四十载。当初的山盟海誓，已化为一句句看似平淡的嘘寒问暖；花前月下的喁喁细语，已默契成一个个心灵相通的眼神；那浪漫娇艳的玫瑰，早已烧制成寒冬里一杯杯热腾腾的香茶！

不论春夏还是秋冬，不论顺境还是峥嵘，他们都相依相偎，互相扶助，共同走过今生！

古语说：盟定三生①！我们由衷地祝愿40年前在西窗下点燃起来的那对红蜡烛永远并排燃烧，相互眷顾地照耀着，共同去抵御四周的夜寒，迎接每一个黎明！

---

① 盟定三生：传说冥海之畔有块三生石，若有情人到那里诚心地拜三拜，就会有三生三世的缘分。

橘黄味的普洱茶

　　窗外皇宫角楼森森压下，探寻壶里的乾坤。小黄印①枝叶在紫砂壶中任沸腾的甘泉搅动，氤氲上升的雾气仿佛告诉你，这一壶普洱茶是民国年间，古道瘦马背上的那一坨。躲过了战乱与饥荒，避过了天灾和人祸，如今终于静卧在小小的壶底，只是为了与你，默默地对望。

　　天上云卷云舒，而茶屋香气悠然，似有若无。茶香入口涤心荡肺，清凉意爽。这茶，抑或是哪家古刹僧人种植、采制，供佛、待客、自饮又结缘相赠。抑或是茶农日出而作，顺天随意，春华秋实后的满眼金黄。

　　只是在今天，在这个晚春的午后，在皇城下的小小的茶舍，煮上一壶橘黄味的普洱茶，与你默默地嗅着，品着，体味着。古朴的茶桌散发着檀木的清香，抑或是你的馨香和着茶的芬芳，让茶楼充满忧郁的橘黄。

---

　　① 小黄印：指"云南七子饼"，由勐海茶厂20世纪50年代末所产的，被称为"现代拼配茶菁的普洱茶品始祖"的"黄印圆茶"。黄印圆茶，由于毫头多，陈化后都转变为金黄色，是以茶饼呈黄色，故其外包纸标记8个红色"中"字组成的圆圈中"茶"字为黄色，而内正标记为绿色"茶"字。

119

边城吟

一

女孩，当你摇落一头秀发，在夕阳里，我便迷失在云中雾里。起自千里戈壁的风沙撼不住我胯下的瘦马，滚滚黄泥浊浪催动我逆水的孤帆。飞将军的热血在我的体内汹涌；汉军点燃似鬼的狼烟在日落的方向召唤。女孩，当满山枫叶落红西山的时候，我已远走天涯。关河冷落乡关远，你可要好自珍重啊！

然而，此时西窗画帘半卷，壶起杯落而你醉眼迷离。花雕热浪就是你心中的热浪。浪涛卷起的是你似桃红的面容。女孩啊，我是蛰居孤山的隐士，而你用聪慧柔媚劫杀我唯一的归途，逼退我苍凉的诗心，在这月朗风清的夜晚叫铿锵的古筝如何成曲？

二

思绪如连绵的流云飘过关山流向燕山，时间仿佛已不再移动。思念，是一种忧伤的美丽和甜蜜的惆怅，好似一株带刺的月季，被西风摘掉，随烟雨共妖娆，枕着彩虹燃烧；或是化作轻轻的柳絮，在清风中缓缓地飘……

卧在你绵绵的怀里飘然睡去从来就让我痴迷，任你似水柔情覆盖在我孤独的身上，任母爱的乳汁溢出你丰满的胸膛。每当此时，我总有一种归宿感，亲亲静静甜甜，像远航归来疲惫的破船，泊入静静的港湾……

蔚蓝的天空一张，断线的思绪就离散在迷雾风中；雨湿润了长亭外青青的柳，风涨满了桅杆上鼓的帆。君问归期未有期，当季风回头时，我想，当季风回头时帆会鼓起。千里归来对酒西山，醉看漫山枫叶像啼血的杜鹃。驾船出海，你迎风束发，像探险的海员，异国的风情丰富你的旅程。拾起南太平洋的贝壳用粗糙的麻绳穿起，套在你洁白的颈上。火树银花的化装舞会已经响起舞曲，折下花坛里的玫瑰，别在你的头上就像将要出嫁的新娘。

在众目之下，挽起那只纤纤的小手，拉你到甲板上看夕阳坠海。太平洋波涛涌荡，摇碎琼田千顷又万顷，相依在甲板上任桅杆挑起的冷月照亮你的无眠。然后弃舟登岸，驾着闲云野鹤般的心灵，蛰居在一个白浪细沙的小岛，在岁月洗尽铅华之后，携手看海天成一线……

三

曾经在寒冬的夜晚，你从他乡归来，十里长亭上迎接我疲惫的女孩。用我火热的胸膛温暖你冰冷的小手，以炙热的嘴抵住你干枯的唇，诉说着山外的传说。

紧紧揽你入怀，任我澎湃的心涛拍打你丰满的胸脯随春潮起伏而波动。静静吧，我心爱的女孩。摇篮儿轻摆动，有我为你挡雨遮风，为你浅吟低唱《摇篮曲》，你可以安然入静。

可是今夜你睡得好吗？你已进入梦乡了吗？

你的梦可曾掠过草原、飞越关山，嫦娥的素罗裙是否擦痒了你的脸？有秦时的明月为伴，梦里也不让你孤单。

梦中的女孩，你可梦到我们剪烛西窗？懒懒炉火正映红你的脸，还有空中荡漾着你那江湖的对话，或是那辗转之间我们许下的遥远承诺。窗外雨打浮萍，是催发的兰舟，我自是断剑的游侠，故不与人群。可你的梦牵系着游离的浮云，让我束缰无语，在风起的夕阳里。

在风起时，我是出征的剑客，江阔云低，决绝而去把冰冷的背影洒向古道里。女孩，我自是出鞘的宝剑，豪情侠义怎能溶化在你纤娇手中的花雕里！

我已醉卧在失落千年的汉朝，千里戈壁竟涌动着千年的相思。想你要在梦中微笑，在欢愉中摇散不安与烦躁。日落长安远，断简残篇的诗脚词韵里迷失了我的画笔。女孩啊，我要用云海洗过的翠竹饱蘸雨后的彩虹，以皑皑白雪的祁连山为背景，绘一幅激昂的《边城吟》，在你的心里。

2002年晚秋于边城

飞来蜻蜓，飞去蜻蜓

飞来蜻蜓，飞去蜻蜓，朝发京城，夕息边城。

青和节当春。春风已度玉门关，春风又绿黄河岸，银色的大鹏送他往边城。沿着张骞驼队的蹄印，寻着苏武牧羊的笛声一路西行。人间四月，雨润土苏，草长莺飞，左宗棠亲手种植的杨柳该萌出青芽了吧，迎娶昭君的花轿刚过，归汉的文姬已到渭城。筑一拍琴一曲，耳边响起空姐的细语，入耳的却是悠扬的《阳关三叠》：

渭城朝雨浥轻尘，客舍青青柳色新。劝君更尽一杯酒，西出阳关无故人。

那是开疆扩土的西部，建功立业英雄辈出的西部啊。要是时光倒流，他一定要做个挺枪策马、大漠千里追单于的将军，箭如雨枪似林，弦音撵着蹄声搅动荒芜的戈壁；或是持节西进开通西域的汉使、香囊里揣着磨损的诏书，渐渐隐身如血的夕阳里。

要是时光倒流，要是舷窗外翻卷的不是云涛而是海浪，那他一定要跟随班超的军团越过西域，直达中亚腹地，拦住甘英已经掉转的船头，渡过波涛汹涌的波斯湾，让两个帝国跨越两千年握手。然后跻身那支七下西洋的舰队，乘着强劲的东北季风，领军人类航海的处女时代……

8000米高空上的遐想似长出斑斓的翅膀，羽化成美丽的蜻蜓，飞过来飞过去，任窗外云朵从托日的云海烧炼成赤火的彩虹。漂亮的空姐不时有点水一样的问候，可她哪儿知他已经陶醉于久远遐想，一醉至今都未醒！如今，驿马41天的陆路化作一个半小时的空中飞行。秦关望楚路，再回首大鹏已过万重山，羌笛无须怨杨柳，春风已度玉门关。

123

燕京，边城。边城，燕京。飞来蜻蜓，飞去蜻蜓，从雨的霏霏飞到雪的纷纷。把燕山都飞绿了又青，黄河水冰了又化。整整一个夏季，一季的秋风，眼看隆冬就要被晓钟敲退，弹指一笑中，又是不停的马蹄声声……

　　　　　　　　　　2002年7月7日在北京飞往兰州的飞机上

五环旗在鸟巢飘扬

五环旗在北京鸟巢飘扬。

五大洲的体育健儿在北京鸟巢里相聚，地球村的几多民族在奥林匹克大家庭里相聚一堂。同一个世界同一个梦想，五环旗下编织出绚丽的七彩光。

红色军团阔步昂扬，他们从虎门销烟中走来，踏着圆明园的残骸，穿过黄海海面上血红般的狼烟，踩着武昌城鼙鼓的鼓点，举着井冈山点燃的火把，身披卢沟桥的晓月，从天安门广场整队，拾起刘长春失落的接力棒一路奋勇走来。终于，在北京鸟巢放飞了中华儿女的梦想。

1932年，洛杉矶第十届奥运会，刘长春孑然一身孤军奋战。时隔52年，1984年还是在洛杉矶，225个"刘长春"并肩作战，沉甸甸的历史压在肩上，化作排山倒海的动力。序幕刚刚开启，许海峰枪起牌落，摘取了本届奥运会的第一块金牌，实现了中华儿女在奥运会上金牌"零的突破"，一雪百余年来"东亚病夫"的耻辱。同时催生一个梦想，什么时候五环旗升起在古老的东方……

2008年8月8日，北京鸟巢，奥林匹克火炬燃起，中华儿女为之自豪，为之热泪盈眶。中国军团580名体坛健儿，斩获了51枚金牌，为奥运会获得金牌数最多的国家。中国军团580名体坛健儿用汗水与泪水抚平了历史留下的民族伤痕，把民族的脊梁高高挺起。

到远方去旅行

到远方去旅行。到童年的故事里，流传经年的土地上，那种既熟悉又陌生的感觉让人心涌热浪。

到远方去旅行。游历大自然的山川湖海让你很容易迷失自己，究竟是探险还是回归，谁是这颗星球真正的主人？

或是沿着历史斑驳的轨迹，先贤错落的足印，重拾起历史的碎片去追寻，去印证，去感悟。

到远方去旅行。到没人迹的地方，未开发的处女地，怀着新奇和憧憬的心境去探险，去创造新的神话。

曾几何时，到远方去旅行深深地吸引着我，游历的半径也随着年龄的增长而延长。摄影是旅行日记，对焦切换之间记录着旅程，一张张的照片就是一幅幅的白描，而文字是追忆和思索。

千里归家，燃上檀香，煮上香茶，一边整理着照片一边梳理着记忆，得意得像个秋后盘点收成的农夫。

旅行最重要的收获就是经历。观察、探索、感悟和启迪是旅行留给旅行者的财富。

人生本身就是一次远行。目的地早已锁定，可路程却各不相同。我的理想就是尽可能地把旅程做得充实丰满、色彩斑斓一些，等到达终点回顾一路走来的时候能够说：不虚此行！

在寂寞中穿行

在寂寞中穿行，一脉青山是我牵挂的春梦。放鹤人在草房门外眺望，童话随白云撞碎在山岭。回声在深谷中游荡，千年传回声。

在寂寞中穿行，潺潺的小溪是我浅浅的哀鸣。仙鹤追云，大鹏击水，三千里扶摇倥偬行。我只能默默地前行，逶迤在繁华的沙漠，去寻找传说里的浮萍。

在寂寞中穿行，豪雨过后松枝的气息让我痴情。捉月人在森林中游走，皓发如霜，清冷似寒露把残荷点醒。淡淡的忧伤从玻璃杯翠绿的清茶中冉冉升起化作山顶的青云，静静地守望着那份记忆中的羞涩与纯情。

在寂寞中穿行，记忆让心灵踏上归程。童年的萤火环绕在夏季的蒲扇上，老槐一树，欢愉满庭；少年的寒窗似瘦马在夕阳下，马背上驮着醉酒的李白去会流放的苏轼，守关的尹喜拦住青牛探寻褡裢里的金丹。有人问我蓬莱事，悠然一笑曰：云在青天水在瓶。

记忆是落在长巷里的秋雨，是打在花纸伞上的雨滴。路灯下，独自长叹。漂泊的渡船何时靠岸？他乡的云烟为何总是伴着无眠。

在寂寞中穿行，孤独能否与欢愉同行？

等着我

等着我。

在我娶你的那天，我希望你坐在窗前等着我。我希望看到一个干净甜美的女孩子，无须化妆和点染，你那青春无比的脸是我一生所追求的最生动的风景。

等着我。

不要任何古典或浪漫的婚纱。我只希望你穿上那件红色的棉袄。就像我以前见到的一个琉璃古花瓶的那种红色，就像水晶杯里醉人的苏格兰红酒的那种红色，那丝绸质地上流光四溢的红色让我迷离。

然后就等着我。

按捺住热烈的心跳，细细倾听那由远及近的嗒嗒蹄声。让我用一头温驯的小毛驴驮起你和你那火一样的小棉袄，从朦胧遥远的梦境，走到渐渐清晰的现实中来……

相忘于江湖

一

是谁失落了一串足印于绒绒的雪地，竟使我在这万籁俱寂的夜晚徘徊于这萧索未尽的十里小径呢？

初春的夜晚，我来到这青柳依依的小径，夜色如旧，小径依然，日月轮转给它增添了几分生疏的清寒。起自西北的夜风如泣如诉，像是为这清寒，又像是有了它更觉清寒。于是路旁稀疏的杨柳便越发地招摇起来，莫非是认出了故人而卖弄风骚？

雪早已荡涤无存了，剩下的只有这直铺的小路和在夜风料峭中战栗的杨柳。是我又来迟了吗？皑皑白雪上那一串偕行的足印呢？

记得你是喜欢冬天的，也是你执意要在那雪后之夜来到这冬雪铺银的小径。

你说你喜欢冬天，因为你生长在冰寒料峭的北国。

我说我偏爱秋天，因为多愁善感是秋天的特色，多愁像你，善感似我。

你说秋天太忧郁了，不如冰清雪洁，银装素裹。

我说冬天多寒冷，哪有秋天知人情，你没见漫山落红枫叶传思情！

你无语了，我也无语，你纤娇的手却在我掌中颤抖。

二

我们并不善于离别，不然怎会留下遗恨数缕缠绵？你匆匆上路，竟没能容我折柳相送你十里长亭。一封断笺残篇留下你愁情万缕，一首惜别小诗带去了我惆怅情思。从此，在我生命之叶上，你题遍了相思。

如今，你浪迹东洋，独身异乡，尽管那里可能有你的理想和事业，但远离家乡温馨的土地，你可会如意？饶你有多少豪情侠义，我还是担心你经不起三番五次的风萧雨凄，八千里乡愁离恨，魂牵梦系，且客舟中海阔云低，风又萧萧，雨又飘飘……

三

日起日落，月望月朔，你那娇容与多情的笑语依然缠绵在小路，我们何时能重逢于这十里小径呢，在一个月圆的冬雪之夜？

隔空传来你的口信，我却茫然不知所措。相濡以沫，不如相忘于江湖。你终于有了归宿，我也踏上新路，既然上苍注定我们是这小路的过客，又何必去重蹈？与其隔山隔水空劳牵挂，倒不如相忘于江湖，相忘于道路。

放歌让今夜心动

月色正朦胧，清风把酒相送。太多的诗颂，让烛火把西窗映红；太多的迷蒙，是新月东起情深且浓。

酒是说不出的感动，放歌让今夜泪光闪动。纵使星光散尽银河沉落，怎经得起你回眸一瞥惊鸿。

放歌是今夜的弦动，分别让今宵肝胆剧痛。当《送别》一曲未央的时候，悠悠长调随风飘送。泪如泉涌，水乳交融，让今夜的人儿啊心仪万重。

过客

流年逝水，幽恨重重。

当年，他不顾道别匆匆离了家乡，自信有满腹经纶，总抵得住风雨潇潇；自有沸腾热血，足够纵横千里不与人群。哪怕是，西风瘦马或是晚来风疾；就是她似水柔情千肠百转，也没能留住他嗒嗒的马蹄。面对恶毒龌龊的言语，他笑傲苍穹：我自有出鞘宝剑，谁敢相撼！

如今，豪壮的声音远去了，竟成了绝响。风在奏着挽歌，雨在抽泣。蓦然之间，去了豪情，走了激昂，留下的只是一颗苍老的孤心。

他是过客，不是归人，自不与人群。

寒悸

我的冬天不是一种季节。

我的冬天不在肆虐的寒风，我的冬天不在飘洒的雪花里；我的冬天不在那晶莹动人的树挂，我的冬天不在冷酷的坚冰里。

我的冬天在我的心里，那是一种无法名状的寒悸。

其实只需你一个微笑，我的生命四季便都是春意。

砺

　　你不是一种普通的石头，你的价值全在于你的粗糙。于是，所有金属铸成的人都想接近你，让钝圆的面置于你之上，凭你的坚硬和沉着，在岁月的往返搏斗中，在霍霍有声的反复中变成一条锋利的线。

　　那时间锈蚀的思想在锈迹斑斑的历史中滴水而吟。铮铮作响的节奏为惊险伴奏，往来从容。

　　终于，所有一切在注目中都渐渐地雪亮起来。

林海

这茫茫一片碧翠森森之间，一株银白是你痴情的召唤吗？

那无声的歌吹，又一次骚动着蓝色海洋的夜空。月亮无法圆满一如我无声的思念。

这是真正的静寂，静寂到使人忘记了耳朵。你叶片的絮语在山谷翻飞地消失了。此时的迷津是一种幸福，一种彻底的享受。

美丽的幽会于静寂之中，魂已飘走。那是月之魅吗？

无论我如何侠义风发，今夜已注定走不出你金银闪烁的林海。

凝视

不要换一个角度看我，就这样对我凝视着。

我喜欢你这样看我，就这样心无旁骛地凝视着我。

让我装满你的眼睛，装满你的心。

不要切换，重叠，聚焦，就这样平平常常地看着我。

让你的眼睛流出羞涩、关切和欣喜。

不要换一个角度看我，那样你会不认识我。

雪竹

不为映衬不为点缀什么也不为，一点点精白的寒冷封冻了情感，翠竹在冰川时代不能神采洋溢，诗的世界在绿色与白色中相交相融。

今日无风。

结实的绿色没有折断也没有弯曲，稍稍倾斜不过是折射一种潇洒的风度。我悄悄祈祷明日多云转阴有大雪，这样便能让所有的绿色在洁白的围困里学会含蓄。

溪流

　　只是因为没有一个足够的高度供你跌落你才没有了瀑布的壮观。你只能平缓地爬过河床连一串忧郁的泡沫都不曾翻腾。

　　没有人问你从哪里来，也没有人注意那一个深深的漩涡为什么蓄了一泓沉重的黄色。你深知没有谁能听到你的叹息，于是你紧闭双唇默默地流向远方，期冀着地平线下有一个突然的断裂，让你一跃而下，有一个粉碎的爆发！

征服

云过山回首，风吹柳摇头，不是强求，是紫藤对老屋的祝福。在吉他弹起时，你倚窗回眸。就这样，就是这样被你征服。

雨过沙留印，鹧鸪雪踏痕。不是无奈，是苍天对黄土的眷顾。当第三杯咖啡的清香淡去，你把蛾眉扬起。就这样，就是这样被你征服。

枫叶随秋风飘落，杜鹃如泣如诉。不是悲伤，是一腔热血感动了上苍。当秋叶落满舟头的时候，你捧出桂花酒，说，天凉了，喝下这滚烫的壮行酒。就这样，就是这样被你征服。

寂寞沙洲冷

当年为你写的诗已随风散去了吧，信笺上的玫瑰凋谢了却犹有余香，只是，已被岁月风干似画屏上枯萎的孤帆。

当年为你填的词你该随水丢掉了吧，不然信笺上如何爬满了青苔，苔痕上阶绿、草色入帘青，从唇边舌际直到白雪皑皑的天山。

当年淋漓的冷雨中、催熟杨梅的春雨啊，那冷雨，你许下的誓言早已忘了吧，不然我的生命中的寒季为何漫漫无期。

良辰美景尽是虚设，孤酒圆月，寂寞沙洲冷。

有你我就坚强如钢

我虽然不曾背井离乡，心中却总是弥漫着淡淡的忧伤。

周遭的冷眼似秋霜，让一腔热血如岩浆裹着地火激荡。只要有你的爱怜与期望，我就会坚韧如钢，笑对风霜刀剑，愈挫愈强。

只要有你在西窗下的淡酒与凝望，不要叮咛，不要嘱托，只要专注地凝望，我就会如出鞘的利剑，侠义飞扬，拥着你奔向太阳，就像夸父那样！

雨滴无语

一双脚，一生能蹚过几条河，哪条河上的风景让你回眸最多？

一双鞋，一生能翻过几座山，哪座山上的传说最蹉跎？

鱼儿在询问，山雀跳上了枝头、风中回首。浪花让欢歌回答了，山风过岭白杨随声相和。

一壶酒，一生能醉去几回，哪杯酒点燃在口中，燃烧在胸口？

一把剑，一生能踏过几座城，哪座城池让你挥泪最多，又欢笑似向阳绽放的花朵？

浮云在聆听，星星也在私语。梳妆盒里那个酒渍洇红的木塞儿回答了；西山林荫小路上的落叶也回答了。

一把油纸伞，一生能经历几场春雨，哪场春雨打湿了折下杨梅的手。说，快来尝儿尝，好鲜美的！

一朵白云啊一生能牵几回手，有哪条牵手的小路可以重走？

微风过后，柳枝轻轻地摇头；雨滴无语，梨花带雨微微低眸……

雨夜人未归

冷雨纷纷，不易安眠。

——题记

三更的残茶已淡，桌上的纱灯更明，深夜把惦念托付给黎明。一场春雨浇透了春梦，也把思念轻轻唤醒。

窗外的夜雨，合起了多少把伞，关闭了多少扇窗，拧开了几盏桌上的灯，等冷了几壶重温的酒，淋湿了谁家未归的人？

梦醒时分

真梦不醒，幻想在迷蒙中才醉你也醉我。

——题记

当梦想的彩船偏航，罗盘也就失去了方向，命运的星座黯淡了灵光。誓言随流星滑落无声，轻风挽不回迷途的羔羊，就如同日出后散尽的星光。

当一轮弯月已成为月球时，诗也就折断了翅膀。

让我们定一个约会

让我们定一个约会，在一个有雪有酒的日子里。

让我们重新拾起幼时的乳名和绰号，让我们一起大碗地喝酒大块地吃肉，让我们摘掉斯文的面具彻底松弛自己，甚至允许粗鲁。让我们放声大笑而不必有所顾忌，让我们那一天不醉不归。

让我们定一个约会，在一个有花有月的日子里。

让我看看你攥在手心里的那刚刚涂好的红指甲，让我看看你还不曾起雾的如月亮般明亮的眸子，让我小心地轻吻你湿润的红唇如一触即碎的嫩蕊，让我在有生之年保存你的纯真和甜美。让我们永远如花好月圆那一天盛开的玫瑰。

让我们定一个约会，在一个有风有浪的日子里。

让我们的胸膛承受拍击，让我们的臂膀在风浪中变得有力，让我们看看哪个勇立于潮头旗不湿，让我们一起拒绝湍流和漩涡，让我们用欢笑去驱散伤痛和疲惫，让我们永远如那一天抚平风浪从容面对。

让我们定一个约会，在我们都有青春的日子里。

让我们在年老之后回首往事的时候，能够轻松地彼此会心地一笑，说：无怨无悔！

山寺桃花红了

一

最是那一杯香茶在唇齿间流连，暖意在周遭缓缓洇展，一窗蝉声，半天霞烟，树影山外山。

最是那一缕缱绻在墨迹未干时浮现，纸草的芬芳带着淡淡的忧伤，剥去尘封的片片记忆，泪痕竟未干……

最是那一丝清澈在眼神里蔓延，梨花带雨，溪绕泉边，燕语诉说着从前，诉说着误了那一班渡船和那山外的云烟。

最是那一点洁白在心的交汇处翩跹，弦音拨动，心音震颤，似三月里的春雨打湿绿油油的苍苔间，打湿了一怀愁绪，与抚琴者的容颜。

二

迷恋着你的，最是那一副傲骨在灵魂中游走，纵使江湖浪恶风险，人间荆棘错落，你昂扬着把苦难伴酒滚入豪肠，饮下昨日的悲欢，笑对明朝的沧海桑田。

倾心着你的，最是那一身气节在山海间神闲，竹下酣畅，傲雨凌霜；舟摇风飘之间，醉扶孤帆登高赋远，平沙落雁，僧踪寒山。

感念着你的，最是那一份担当在无语间，沉默总是相聚时的委婉，别离又是霜打的无言。那一番悠悠如春雨似的关注与惦念总环绕在身边，随着足印踏遍青山、绿水与客船。他乡的云烟从此不再寂寞孤单。

三

今夜，悄然窗外清风携来细雨，挤着，笑着，闹着，窗棂挡不住雨丝纷飞入书房，说：西山的泥土松动了，一片晴朗朗的四月天。

山寺里桃花又红了。

何须春秋计　人生正黄金
——贺胡昭广先生华诞

岁次甲午，杏花三月，惠风和畅，草长莺飞。蛰虫惊醒于春雷，群峰朗润在夜雨。

万马奔腾，一马当先乃先生人生之写照；半生宦海，叱咤风云为先生际遇之荣耀。适逢先生福寿佳辰，亲朋良友聚于香山庐室。少长咸集，群贤毕至。轻调素琴，慢展书画。南山欣作颂，北海喜开樽。

遥想当年，先生主政京畿海淀，发水木清华学识之厚积，毕高瞻远瞩之卓识，披荆斩棘，创华夏之硅谷，沧海横流，尽显英雄本色；旋入主京兆，掌治京师，逆因传统而动，逆水行舟向痛而生。顺汹汹世界趋势而上，控赫赫名企于掌，决胜擘画，建北控于香江，纵横国际金融之大潮，功莫大焉。而今先生处江湖之远，心系庙堂，盛而弥坚，不失搴旗之志，鼎力中国画院，运筹帷幄之中，决胜千里之外。

而今正值先生盛年华诞，风正帆悬，振聋发聩于书界画坛，身体力行于艺术家园。潮平岸阔，乘风破浪唯旗手是瞻。

甲午春月于香山

伞为你撑起

春雨淋漓，烟起长堤，空旷的长街上独行的你。

愿为你撑起一把小伞在长长的雨巷里。

伞，是带荷花印的那一把，小到只装得下我揽着柔弱的你。把温暖与依恋收入伞底，等待雨后的彩虹在你头上把一轮橘色晕染成云，映衬着你的娇羞脸庞，玲珑剔透，红艳欲滴。

伞外冷雨围成了幕帐，为的是让我温暖孤寂的你，陪你漫步长长的雨巷里。

向隅不泣

古代有一成语：向隅而泣。

向隅而泣不好。汉刘向《说苑·贵德》中说："今有满堂饮酒者，有一人独索然向隅而泣，则一堂之人皆不乐矣。"弄得大家扫兴，终究不好。

他经常向隅不泣。向隅便能围成一个小小的空间，从喧嚣杂扰的尘世中解脱出来，面壁，默然地审视自己。向隅便可以做一些自己想做的事情。默默地愁，静静地思；无声地扼腕而叹，或悠然地喜悦在心，都与他人无关。向隅便有一种真正的从容，一种不再害怕被别人偷窥的彻底的放松。

向隅不泣，即便心上伤口累累，也不泣。向隅而躲开幸灾乐祸的眼睛，轻轻地舔尽血痕，耐心地等着它愈合。

向隅不泣，既然历史之川不是由眼泪汇成。

向隅而泣是一种可怜，向隅不泣是一种自信；向隅而泣是一种软弱，向隅不泣是一种淬火的坚韧；向隅而泣是一种无奈，向隅不泣是一种积蓄和等待。

向隅并非是找一个墙角失魂落魄，诗、词、音乐都可以成为你心魂的一隅。

去试试向隅不泣。

思念

不要告诉她你在哪里，这样她的思念便可在想象中自由地游浮。

她愿把你想象成一个牧人，孤独地坐在远方的那座山上，望着无云的蓝天，默默地抽着那支老也抽不完的烟。

她愿把你想象成一个过客，忧郁的目光盯着泥泞的前方，身后是一串空谷足音。

她更愿把你想象成一个归人，热切的手指叩响久待的门环，温柔的目光抚摸你离家时绾在她心里的那个结，一触便融化了。

她不知道你在哪里，这使她的思念如云似雾，弥漫而不可收拾。

枕着水乡入眠

序

七里山塘，唐宝历元年（825），白居易①从杭州调任苏州刺史，为了苏州水陆交通便利，开凿了一条西起虎丘东至阊门的山塘河，依河建道，称为"山塘街"，山塘河和山塘街长约七里，古称"七里山塘"。

当夕阳西下的时候，七里山塘笼罩起一层淡淡的橘黄色。泊舟杨柳岸，隔林袅袅起炊烟。粉墙黛瓦，长巷短桥，暮霭沉沉小桥流水人家，若隐若现宛若一幅米氏②的水墨白描，又似白居易一唱三叹的小令。一叹岁月如梭，再叹命运蹉跎，三叹香山下檀香袅袅皈依弥陀③。然而三叹的曲调能否换回老屋外芭蕉下旧日里的红颜？

客栈的酒幌，茶楼的纱灯，伴着低回委婉、浅吟悄唱的评弹话从前。流水潺潺绕榻而去，一杯嫩绿的碧螺春袅袅淡香，纱窗竹影透霜天。画堂

---

① 白居易（772—846）：字乐天，晚年又号香山居士，河南新郑（今郑州新郑）人，我国唐代伟大的现实主义诗人，中国文学史上负有盛名且影响深远的诗人和文学家。他的诗歌题材广泛，形式多样，语言平易通俗，有"诗魔"和"诗王"之称。官至翰林学士、左赞善大夫。有《白氏长庆集》传世，代表诗作有《长恨歌》《卖炭翁》《琵琶行》等。白居易故居纪念馆坐落于洛阳市郊。白园（白居易墓）坐落在洛阳城南香山的琵琶峰。

② 米氏：指米芾，中国北宋书法家、画家、书画理论家。吴人，祖籍太原。天资高迈、人物潇洒、好洁成癖。被服效唐人，多蓄奇石。世号米颠。书画自成一家，精于鉴别。曾任校书郎、书画博士、礼部员外郎。善诗，工书法，擅篆、隶、楷、行、草等书体，长于临摹古人书法，达到乱真程度。

③ 弥陀：弥陀即阿弥陀佛，佛教八大菩萨之一，是释迦牟尼佛的继任者，常被尊称为弥陀佛。白居易75岁病逝，葬于洛阳龙门香山琵琶峰，李商隐为其撰写墓志铭。白居易是弥勒信徒，他组织了一个学会，叫"一时上升会"。希望大家共同上升到弥勒境界。

外，寒山寺的箫鼓悠悠，锁住一钩弯月对窗寒。

岁月无边，江南的烟花绚丽了多少个三月，玉楼里妆台前的红灯笼映出多少羞涩或是流泪的容颜，又照耀着多少个无眠。

枕着水乡入眠，梦里也是湿漉漉的。千年前的刺史总是无酒不眠。总是在良辰美景，或雪朝月夕，先拂酒坛，次开诗箧①。一时笙箫交汇，自弄琴弦。一曲《霓裳羽衣》诉不尽风花雪月的流年。

白翁志在兼济，行在独善，却醉吟偏山。一贬刺史放江州，再贬江州闲司马。闲闲的日月，抱琴饮酌，丝竹伴奏中行过多少樽的酒令，填满几叶轻舟的新词？就如同今夜，也是沽酒独坐，月下无眠。

枕着水乡入眠，悠悠荡荡似后花园的秋千。符离村②谁家的姑娘晶莹剔透，燕语莺声。从《寄湘灵》到《长相思》竟然写了35年。遥知别后西楼上，独自莫凭栏。书楼雨榭烟霞晚，琵琶肠断，漫漫群山，却是望眼欲穿。

枕着水乡入眠，半窗弯月半床荷风，一夜的春梦千年难醒。花开花落，江湖上依然行走着前世的诺言。

---

① 诗箧：放诗的竹箱子。

② 符离村：白居易11岁时，因避家乡战乱，随母将家迁至父亲白季庚任官所在地——徐州符离（今安徽省宿县境内）。之后在那里与一个比他小4岁的邻家女子相识，她的名字叫湘灵，长得活泼可爱，还懂点音律，于是两人就成了朝夕不离、青梅竹马的玩伴。到白居易19岁、湘灵15岁时，情窦初开，两人便开始了初恋。白居易有一首诗名为《邻女》，追叙了15岁的湘灵，赞美湘灵的美丽和她悦耳的嗓音。后写作《长恨歌》和《长相思》也有一定关系。

散文

妫川①赋

　　妫川之地，古夏阳川。五朝畿辅②屏障，千年厚德显扬。燕峰③眉聚，迤逶东去注海；居庸④锁钥，倚险西拒胡强⑤。南卫凤阙⑥，襟带⑦中原九州；北枕朔漠⑧，恩威并重陲疆。八达岭龙盘虎踞，蜀之剑阁⑨，秦之崤函⑩，岭岫层深欲连廊。巨龙卧妫川⑪，揽西山而观东海，拂星月而吐烟霞，避干戈

---

　　① 妫川：延庆，古称夏阳川、妫川。春秋时期，延庆是山戎民族活动区域，战国时又被北方的强国燕国纳入版图。秦统一后，设上谷郡，置上兰、居庸县，涵盖了今天的延庆县境。西汉时，设夷舆、居庸二县。东汉时，撤夷舆合为居庸一县。北齐时居庸又被并入怀戎县。唐初怀戎改称北燕州，后又改为妫州（以妫水而名）。辽金改称缙山县。元初设大都路奉圣州，后升为龙庆州。明代设立边疆军政区隆庆卫，后为避皇家年号易为延庆州。清代沿用。民初废州改县，始称延庆县，属察哈尔省。1952年，察哈尔省撤销，延庆改属河北张家口地区，直到1958年划归北京，成为首都西北的门户。妫：水名，源出中国北京市延庆县，流入桑干河。

　　② 畿辅：国都所在的地方，泛指京城附近的地区。

　　③ 燕峰：指燕山山脉，西起洋河，东至山海关，北接坝上高原，西南以桑干河与太行山相隔。喜峰口、古北口、黄花城、居庸关等是燕山长城重要关隘。

　　④ 居庸：居庸关，是京北长城沿线上的著名古关城。关城所在的峡谷，属太行余脉军都山地，地形极为险要。与紫荆关、倒马关、固关并称明朝京西四大名关。其中居庸关、紫荆关、倒马关又称内三关。清《乾隆延庆州志》："居庸为京北之咽喉，岔道又居庸之门户，八达岭雄峙盘回，诚天设之险也。若一夫当关，万马辟易（惊退）。金人平辽，闯贼（闯王李自成）陷明，均非险不足守，守无固心也。"

　　⑤ 胡强：胡人，中国古代对北方边地及西域各民族人民的称呼。西汉时，匈奴单于狐鹿姑曾经给汉室皇帝致书，说"南有大汉，北有强胡。胡者，天之骄子也"。（《汉书》）

　　⑥ 凤阙：汉代宫阙名。《史记·孝武本纪》："其东则凤阙，高二十余丈。"是皇宫的代称。这里指北京。

　　⑦ 襟带：亦喻山川屏障环绕，地势险要。

　　⑧ 朔漠：原指北方沙漠地带，也泛指北方。"今朔漠既定，宜令南单于反其北庭，并领降众。"——《后汉书·袁安传》

　　⑨ 剑阁：位于四川盆地北缘，地处川、陕、甘三省接合部，守剑门天险，"剑阁峥嵘而崔嵬，一夫当关，万夫莫开"。

　　⑩ 崤函：中国古地名，指崤山与函谷关，自古为险要的关隘。函谷东起崤山，故以并称。

　　⑪ 巨龙卧妫川：历史上有9个国家或朝代的8道长城经过延庆八达岭：燕昭王长城、秦始皇万里长城、汉武帝万里长城、晋长城、北齐长城、北周长城、隋长城及明万里长城。

157

而融血脉，通经济而孕隆昌。

清夷香水出长亭①，迤逦西去汇桑干。妫湖潾潾，碧波荡漾万顷银光；绿野茫茫，榆林夕照千里金黄②。海陀飞雨，醉古城之烟树；神峰列翠，赏岔道之秋光。登冠山而吊古兮，怀故园以忧伤；临妫水而放歌兮，抒雄心以贲扬。悠悠故土，承中华浩然之正气③；泱泱儿女，传大同④血脉之炎黄。

遥想当年，阪泉之野⑤，炎黄三战，合符称王，奠中华之基业，辟文明于蛮荒。齐伐山戎⑥，燕置上谷⑦，奠定纲常⑧。五胡乱⑨过响鼙鼓，厉兵秣

---

① 清夷香水出长亭：妫河古名清夷水，㶟水（桑干河）支流。郦道元（约470—527），字善长。《水经注·卷十三》："㶟水又东南，左会清夷水，亦谓之沧河也。水出长亭南，西径北城村故城北，又西北，平乡川水注之。水出平乡亭西，西北流注清夷水。"

② 榆林夕照千里金黄：即延庆八景，一曰海陀飞雨，二曰神峰列翠，三曰榆林夕照，四曰妫川积雪，五曰古城烟树，六曰独山夜月，七曰缙阳远眺，八曰珠泉喷玉。

③ 浩然之正气：形容一种刚正宏大的精神，这是中国古代著名思想家孟子创造的一个词语，是一个富有创新思维的哲学概念。它对两千多年来中华民族思想道德的传承，产生了深远的影响。文天祥《正气歌》："天地有正气，杂然赋流形。下则为河岳，上则为日星。于人曰浩然，沛乎塞苍冥。……"

④ 大同：我国古代一些思想家提出的一种天下为公、人人平等的社会政治理想。

⑤ 阪泉之野：清光绪《延庆州志》载："阪山，在延庆州城北十五里，轩辕与炎帝战于阪泉之野，即此，其下有阪泉。"《史记·五帝本纪》载："轩辕与炎帝（第八代炎帝榆罔）战于阪泉之野，三战然后得其志。"

⑥ 齐伐山戎：《史记·卷三十二》："齐桓公救燕，遂伐山戎，至于孤竹而还。"

⑦ 燕置上谷：上谷郡，中国古郡名。约燕昭王十九年（前293），燕昭王破东胡，筑长城，置上谷、渔阳、右北平、辽西、辽东五郡。延庆为上谷郡地。

⑧ 纲常：三纲五常的简称。泛指我国封建社会所提倡的主要道德规范。这里借指规矩，开延庆设置州县的先河。

⑨ 五胡乱：指五胡乱华，在晋惠帝时期的八王之乱以后，晋室分裂，国力空虚，民生凋敝，中原汉族的军事力量迅速衰退。胡人趁机起兵，反抗西晋，于是中原大乱，在百余年间先后由胡人及汉人建立数十个强弱不等、大小各异的政权，开启了五胡十六国时期，史称"五胡乱华"。"五胡"指匈奴、鲜卑、羯、羌、氐5个胡人的游牧部落联盟。

马在范阳①。赵宋词画誉天下，割地燕云妫人殇②。元帝③仓皇遁大漠，挥鞭幽州属燕王④。辽东城下多战事⑤，孰为贼寇孰为王！胡汉相争，农牧击撞，牵一发则全身动，荡一板则朝野慌。忽而恒宿重兵或镇或卫⑥，京师屏障；忽而放马开市或州或县，和亲⑦睦邦。嗟乎妫川，三皇五帝一脉香火旺；嗟乎妫水，花开花落惯看岁月长。烽火急兮塞上寒，剑戈断兮野丘荒。再回首，百年共和骊歌断，誓驱倭寇中山狼。妫川儿女多慷慨，碧血浇注黄花香。天苍苍，地茫茫，世纪轮回几多变故几多彷徨，民族振兴多灾多难愈挫愈强！

万仞海陀，阅尽沧桑。妫川儿女，奋发图强。秦时次仲⑧，始作楷书传

　　①　厉兵秣马在范阳：指安史之乱。天宝十四年（755）平卢、范阳、河东三镇节度使安禄山在范阳起兵反唐，历时8年平息，史称"安史之乱"。"渔阳鼙鼓动地来，惊破霓裳羽衣曲。"白居易诗《长恨歌》。渔阳是范阳节度使属地，隐指范阳。鼙鼓，是古代骑兵用的军鼓，似号角。

　　②　割地燕云妫人殇：五代十国时期，辽太宗天显十一年（936），后唐河东节度使石敬瑭反唐自立，向契丹求援。遣使奉献幽、蓟、瀛、莫、涿、檀、顺、妫、儒、新、武、云、应、朔、寰、蔚等十六州给辽朝。燕云十六州的并入，使辽朝势力扩展到河北和山西北部。辽太宗升幽州（今北京市）为南京，原南京东平府改称东京，皇都改称上京临潢府。幽州的建都对后世产生巨大影响。

　　③　元帝：元惠宗（1320—1370），大元王朝统治全国的最后一位皇帝，也是北元的第一位皇帝，1368年，明军进攻大都，元惠宗退回漠北草原。

　　④　挥鞭幽州属燕王：幽州，州名。明洪武三年（1370），朱棣受封燕王。建文元年（1399）七月发动靖难之役，建文四年（1402）六月攻入南京，夺取了皇位。次年改元永乐（1403）。改北平名为北京。永乐十九年，即1421年正月，明朝中央政府正式迁都北京。

　　⑤　辽东城下多战事：指明崇祯十七年（大顺永昌元年，1644），李自成率领大顺农民军克居庸关攻取京师（今北京），崇祯帝自缢于煤山（今景山），明朝亡。李自成乘胜攻山海关，守将吴三桂向满洲摄政王多尔衮"借兵剿贼"，引清军入关，顺治顺势主中原建立大清。

　　⑥　镇或卫：古代军事组织屯军单位。

　　⑦　和亲：当时所谓"和亲"是指两个对立民族停止战争，捐弃仇怨，转而建立和平、友好、亲睦的关系，这不是自然形成的形态，而是经由两个民族的政治、军事当局协商并用正式条约（口头或文字）规定的一种民族关系形态。——《贵阳文史》2004年林建曾，朱崇演。

　　⑧　次仲：王次仲，名王仲，字次仲。秦书法家。东汉上谷郡沮阳县（今北京延庆）人。楷书创始人。东汉末年蔡邕《劝学篇》中说："上谷次仲，初变古形。"《晋书·卫恒传》："上谷王次仲，始作楷法。"楷书是形成中华民族凝聚力的主要动力之一。

薪火；希成真人①，立观度人紫气祥。成淹领主客令②；成轨③从驾南疆。资伦④忠义，镇江殉节惊涛骇浪；李衍⑤入川，赈灾治水功在朝堂⑥。山城边镇，战和交替，民族融合，地老天荒。民风淳厚，文风清爽，尊师重教，耕读家昌。灵照禅寺⑦、古刹檀香缭绕；冠山书院⑧、私塾⑨翰墨芬芳。妫人质朴，内修仁义，外合四海，亲不图利，仕不谋赏。仰灵山秀水之魂兮，

---

① 希成真人：郦希成，金代始创真大道道教，其后真大道道教第五代祖师郦希成，今北京市延庆县人天宝宫系争得了大道教的正统地位，《大元创建天宝宫碑》节文记载："宪宗皇帝即位之四年（1254），特降玺书，赐名真大道。"

② 成淹：南北朝时期魏孝文帝赏识的外交家，字季文，上谷居庸人，即今延庆。史书对他的评论是，好文学，有气尚。主客令，南北朝时期负责接待外国使臣的官吏。

③ 成轨：字洪义，上谷居庸人也。少以罪刑，入事宫掖。以谨厚称，为中谒者仆射。孝文意有所欲，轨候容色，时有奏发，辄合帝心。从驾南征。延昌末，迁中常侍、尝食典御、光禄大夫，统京染都将。孝昌二年（526），以勤旧封始平县伯。明帝所幸潘嫔以轨为假父，颇为中官之所敬惮。后进爵为侯，卒于卫将军，赠雍州刺史，谥曰孝惠。

④ 资伦：毕资伦，金缙山县人。缙山，即今延庆。章宗泰和年间（1021—1028）征宋，因军功授遥领同知昌武军节度使，宣差总领都提控，三品将军。后守泗州城破被俘，不降，囚于盱眙（音虚仪，今江苏县名）14年。天兴三年（1234）正月，蒙古兵破蔡州，末帝完颜承麟自缢死，金亡。资伦祭毕，投江赴死。宋人以资伦忠义，立祠宣告四方。

⑤ 李衍：字文盛，明隆庆州城内东南角人。隆庆州城即今延庆县城。景泰二年（1451）进士，成化年间官至户部尚书。做四川提督时，筑亭障驱逐生蛮骚扰，开垦荒地解决民生。整修都江堰，治水患。巡抚河南，清理冤狱，查处贪官，减轻农民负担。巡视山海关，整顿兵备，到三边总督军饷并赈济灾民；又修灌渠引渭水。后李衍因建皇太子的功劳，赐爵一品官。孝宗弘治五年（1492）病死，葬隆庆州城东北三里李家坟。坟前原立有皇帝命隆庆知州祭祀。

⑥ 朝堂：汉代正朝左右官议政之处。亦泛指朝廷。《后汉书·明帝纪》："夏五月戊子，公卿百官以帝威德怀远，祥物显应，乃并集朝堂，奉觞上寿。"这里借指国家。

⑦ 灵照禅寺：位于北京市延庆县妫水湖北岸，初建于金代，原名观音寺，元末兵焚，明永乐十二年（1414）在原址重建。正统五年（1440）秋明英宗敕赐额曰"灵照寺"。后经历代僧人不断扩建，使寺院规模宏大，自成格局，曾为延郡胜景之一。

⑧ 冠山书院：清乾隆十九年（1754）冬，延庆知州芮泰元倡建书院，遂取名"冠山书院"。清朝光绪二十九年（1903），在"废科举、兴洋学"的旗帜下，书院改建为延庆州高等小学堂。1998年学校更名为"延庆县第一小学"。距今已有250多年的历史。

⑨ 私塾：私塾是旧时私人所办的学校，以儒家思想为中心，它是私学的重要组成部分。私塾有多种：有塾师自己办的教馆、学馆、村校，有地主、商人设立的家塾，还有用于祠堂、庙宇的地租收入或私人捐款兴办的义塾。私塾产生于春秋时期，作为私学的一种，在漫长的封建社会，除秦朝曾短暂停废外，2000余年延绵不衰，作为人才培养的摇篮，它与官学相辅相成，并驾齐驱，共同为传递中华传统文化，培养人才，勤劳耕耘，不懈奋斗，做出了不可磨灭的贡献。

惠民俗而风淳；把道统①清泉之源兮，沃民智而流长。

时值壬辰，巨龙昂首，百业俱兴，千帆竞扬，政通人和，迈汉越唐。躬逢盛世，勇立潮头，中流击水②，乘风破浪，人生苦短，日月天长。建不朽功勋于当前，留千古绝唱于身后。继先贤之功业，开来世之辉煌。沧桑正道，纳百川溪流汇成江海；兴邦耀祖，禀荣辱与共发愤图强。

苍凉妫水浩浩荡荡。剪不断，依然滚滚入海洋；汉唐霜月古城雕梁。登高赋，励精图治著新章。壮哉妫川。美哉妫水。承轩辕③之福泽兮，享德运恒长；聚太行之雄魄兮，兴吾之故乡！

岁在壬辰正月

附记：此文刊登在2012年农历壬辰龙年的《妫川》季刊上。后刻碑立于妫水南岸。

参考资料：

1.《延庆史话》 徐红年著。

2.《延庆五千年》 宋国熹著。

3.《延庆县志》（清）李钟偆等纂修。

---

① 道统：儒家传道的脉络和系统。即"尧以是传之舜，舜以是传之禹，禹以是传之汤，汤以是传之文武周公，文武周公传之孔子，孔子传之孟轲。轲之死，不得其传焉"。这个传承系列类似于佛教所说的"法统"。这里借指正统国学教育。

② 中流击水：亦作中流击楫。指晋祖逖渡江击楫事。《晋书·祖逖传》："（逖）仍将本流徙部曲百余家渡江，中流击楫而誓曰：'祖逖不能清中原而复济者，有如大江！'"后喻有志复兴的壮烈气概。宋文天祥《贺赵侍郎月山启》："慨然有神州陆沉之叹，发而为中流击楫之歌。"

③ 轩辕：即黄帝，姓姬，居于轩辕之丘，故名曰轩辕。出生、创业和建都于有熊（今河南新郑），故亦称有熊氏，因有土德之瑞，故号黄帝。曾战胜炎帝于阪泉，战胜蚩尤于涿鹿，诸侯尊为天子，后人以之为中华民族的始祖。

香庐铭

西山晴雪，颐和画图，黄叶村中雪芹庐，三层红楼独伫，俯瞰千里平畴。些许山泉润桃林，育我文脉几春秋。京畿翰墨地，迎风立潮头。群贤踏叶至，来去皆风流。也宜茶，也宜酒，风花雪夜，客至须留，且无喧闹亦无愁。玉泉成溪，映窗有竹，阶影郁郁浑不扫，碎石池塘垂柳。轻拨梅兰竹菊，依稀小径寻幽。闲庭信步，俯仰无忧。

岁月悠悠，云驰星走，清风翻检狼涧沟。半农新歌，洛宾弄弦，萧军八月乡村吼。北洋豪强今何在？香山脚下没荒丘。任公碑记戊戌恨，大钊赤旗染九州。更有南苑将军血，照耀华夏浩气留。思接古今，潮涌心头。烹茶研墨煮酒，新燃檀香幽幽。纸铺案几，挥毫龙蛇疾走，或书，或画，庙堂之忧尽被涓墨透。研西山古砚，蘸四季重彩，任笔纵情神州。

癸巳夏为中国画院香山艺术创作中心题于京西御苑

茶马古道赋

苍古高原成碧色，皑皑雪山环道，滚滚怒江向东流。

茶马互市，始于唐，兴于宋，盛于清，绵延千年，络绎不休。一路经川入藏，一路遁走滇州，翻越千山，辗转万里；会拉萨，出印度，泽亚欧。古道经行处，普茶飘香留，中华厚德文脉展春秋。

康藏雪域云飞星走。坚冰滑雪，万仞崇冈，断崖促壁，鸟道湍流。寒来暑往，走过几队马帮；沧桑流转，望断多少乡愁！茶马互易，连襟各族，惠及黎民，合汉藏一家，功在千秋！

时至乙未，登高能赋。蹄痕依稀，追思前贤之艰辛；驰目骋怀，抒发壮志之酬。盛世奋发，古道新舟。今复联诸国，万里走丝绸！

乙未正月为聂川先生茶马古道图题

漫步蓝色海岸

一

蓝色海岸位于法国南部地中海沿岸，东起法意边境的摩纳哥，经尼斯、戛纳，到土伦，它以蓝色的海岸、明媚的阳光和宜人的气候著称于世。从19世纪起，这里就是欧洲贵族、富贾以及新大陆暴发户度假的地方。

摩纳哥公国是世界上第二小国，位于地中海边峭壁上，北、东、西三面都与法国接壤。西距法国尼斯18公里，东离法意边界12公里。面积仅有1.95平方公里，人口不到3万。这是一个免税的国家，政府的主要财政收入是博彩和旅游业。说到博彩就得从150年前说起。那时的摩纳哥公国理财无方，已是入不敷出，老国王捉襟见肘赌气出走，以四方云游排解烦恼。游历之中邂逅了一位开赌场的英国富商，发出奇想，要是在摩纳哥开个大赌场岂不是名利双收？在国王的再三邀请游说下，这位英国人变卖了在德国的赌场，带着全部家当来到摩纳哥，选了一块荒凉的半山坡住了下来。很快，在人们疑惑的目光下，奢华似宫殿的赌场，富丽堂皇的酒店奇迹般地拔地而起，转盘、牌桌、美食、香槟引来八方富贾新贵，一炮功成。接着铺铁路，修码头，建大歌剧院，小小摩纳哥竟真的兴旺起来，至此后历经百年不衰。后来，欧洲人还把赛车搬到了摩纳哥，又引来大批车迷和媒体，名声也就更大了。大赌场用了这位英国人的名字命名——蒙特卡洛。设计大赌场的则是巴黎歌剧院设计师Garnier。

滚滚的财源不仅装潢起这个袖珍王国，也使其名声渐盛。曾经，世界级富贾、王公显贵以到此一博为荣。据说，俄罗斯王子花重金打造豪华专列只为能在摩纳哥招摇过市。富豪的车轮捧着赛手的舵轮、赶着蒙特卡洛赌场的轮盘，日夜更替，周而复始，演绎着喜怒哀乐的人间悲喜剧。其中最精彩的要算1956年的那个春天，那场奢华美丽的世纪婚礼了。

40年前的那个春天，地中海整个沿岸仿佛被玫瑰色的光霞环绕，空气中充满淡淡的柠檬气味。全世界的目光都集中到这个法意边界上的袖珍小国。国王兰尼埃三世黄袍犹新，春风拂面，蒙特卡洛圣查理大教堂烛火点燃，唱诗班已排列整齐。乐声起处，《水晶鞋与玫瑰花》的故事正在翻版，女主角是来自好莱坞邻居家的小女孩格蕾丝·凯利。她因接连在著名悬念大师希区柯克的三部影片——《电话谋杀案》《后窗》《抓贼记》中担任主角而声名鹊起。又以《乡下姑娘》一片荣膺1955年的"奥斯卡影后"而誉满天下。此时她无名指上的"永恒钻戒"映红了她娇媚的脸庞。身边站着她志得意满的丈夫——年轻的国王。有12000名记者与摄影师在现场欢呼，摩纳哥全体居民则从电视上见证了这场盛大的婚礼。一时宝马香车，名人荟萃，裙罗飘香，花海如潮。自此，每年都会有无数情侣从世界各地来到这个袖珍公国重走玫瑰路。不承想，玫瑰色的故事竟是用悲剧结尾。1982年9月13日王妃驾车坠崖而亡。当格蕾丝·凯利去世时，她身上唯一佩戴的首饰就是26年前在亿万目光注视下戴在她无名指上的"永恒钻戒"。圣洁、高贵又慈善的王妃竟香消玉殒，留下玫瑰色的传说始终弥漫在这1.95平方公里的土地上，引发无数少女的《灰姑娘》梦。

伫立在高耸的宫墙下思绪如飞、时光如水，人类在时光面前何其渺小，我信手拿起一张印有摩纳哥宫墙的明信片，提笔写道：

历史的石料/堆砌成一个个王朝/重复演绎着/相同的故事/那厚厚的宫墙/究竟能隔断什么/许多墙里的故事/流传久远/而那些/曾经叱咤风云的/英雄/在你面前/如同你/在时空面前/不过小立而已

海洋、古堡、爱情和梦想。这就是摩纳哥。

二

由摩纳哥驾车沿海岸向西，进入世界著名的"蓝色海岸"。左窗外，蔚蓝的天空下是湛蓝的地中海，风吹浪卷，帆近桅远，偶尔有海岬突入大海欲连环；右窗外，粗糙的峭壁，重叠的山峰，急落的峡谷让人目酸心颤。山坡之上有村舍遁入郁郁葱葱之中时隐时现，车过尼斯后，高地山村由稀渐密。红砖白窗的热那亚式建筑风格的房屋和色彩鲜亮的意大利式木屋交相辉映，那么的祥和宁静，宁静得仿佛要把时光凝住。再向西就是棕榈成荫的秀丽小城戛纳了。这时，视野逐渐开阔起来，法国的田园风光如诗如画。层层叠叠的葡萄园无边无际，中世纪石砌的古堡星罗棋布，古风不减。茅草铺顶的木屋拥着宽敞的农舍，奶酪的芳香和着干草的气味弥漫山村小镇的每个角落。而这一切的背景是广袤的森林和遥遥的阿尔卑斯山。

　　法国人有句谚语：喝葡萄酒的人是快乐的人。法国是葡萄酒的故乡。晶莹剔透的干邑，泡沫四溢的香槟，红宝石般的红葡萄酒，都有着深厚的文化内涵和历史渊源。法国的酒已上升为一种特殊的民族文化。波尔多、香槟区、勃艮第产酒区与法兰西齐名。据说葡萄酒酿造起源于公元前4世纪，今天葡萄酒的酿造技术是经过多少个世纪以来无数的无名技师不断改进创新的结果。早先基本上每个农场都自己酿制葡萄酒。每当到了葡萄采摘时节就是葡萄园的节日，镇上的乐手来了，帮忙的亲戚来了，城里读书的孩子们也赶回来了，不管男女老幼齐上阵，葡萄园里人欢马叫一片收获的忙乱。早早地开过早饭，人们便沿着葡萄埂分散开去，一手持小巧的弯刀，一手托起熟透了的葡萄，只需弯刀轻轻在葡萄茎上划过，手掌心就充盈起来。很快，一篮篮的葡萄就堆成小山。随着庄园主一声："倒葡萄！"众人争先恐后地把一篮篮的葡萄倒入一个巨大的木盆中。这时，孙子们手插手抬出了德高望重的老奶奶。老奶奶头戴由葡萄藤编织的花环，郑重其事地分别向东西南北吹响海螺号，向四方风神致谢。随后小乐队奏响欢快的乐曲，一群姑娘媳妇赤足站到木盆里边，把裙子高高挽起在腰际，裸露出雪白的大腿，一面踩踏葡萄一面欢歌笑语……这个情境出现在由基努·里维斯主演的好莱坞影片《云中漫步》中。常见的还是将采摘后的葡萄洗干净，清除枝叶、杂质，倒入压榨器内，压榨出葡萄汁，再倒入巨大的发酵桶里发酵。发酵几星期后，葡萄中的糖分全部转化成碳酸及酒精时，新酒就产生了。新酒在装瓶前，必须在橡木桶内贮存两年到三年时间，酒的品质与橡木桶有密切关系，木头能使葡萄酒产生一股特殊的香草味道。上等的好酒往往要贮存10年至15年才能成为酒中极品。

在法国饮酒最好是到乡下。驱车避开坦荡的大道拐入乡间小路，喧嚣渐远宁静渐近，激烈的摇滚、呼啸的波音顿时都成为久远的事。阡陌纵横的葡萄园葱茂翠绿，偶尔有玲珑的教堂和袖珍的城堡闪过。远处，质朴的农夫和黑白相间的奶牛奏起田野牧歌，夕阳山外山。在法国电影《虎口脱险》见到过的地下酒窖在农村随处可见。一排排橡木桶整齐摆放，其外表还是粗糙笨拙，像是几百年来都是在用一个工匠。木桶里装满了葡萄酒，也装满了往事，仿佛时光在倒流。在只有一条街道的小镇上停车熄火，刚打开车门，忽地一股从橡木桶挤出带有果味的香草气息扑鼻而至。好客的农夫遥指镇外庄园道："上好的葡萄酒要到葡萄园的地窖去找！"有人说，醉山宜幽，醉水宜秋，醉花宜昼，醉月宜楼，醉暑宜舟，醉雪宜夜，那醉酒呢？

在庄园酒吧高高的木椅上坐定：店家，来一杯红酒，要1982年份的。1989年份的也行，奶酪可一定要埃普瓦斯的！在葡萄园里饮酒，定是不醉不归。

三

越野车在辗转起伏的海岸公路上依山揽海一路摇去，像是儿时无忧的摇篮。手，是地中海的季风替下外婆布满老茧的手，摇入的却非童年的梦。2000多年前，恺撒的铁骑从这里踏过，征尘滚滚，旌旗蔽日，伐希腊，平高卢，剿庞培，定迦太基。一战就是2000年，回来时帝王旗换成了纳粹的骷髅徽。败兵如潮，坟茔如林，断魂的坟茔从古罗马的废墟排到了圣彼得堡泥泞的秋季，排到了奥斯维辛焚尸炉边，排到了诺曼底海滩上英雄的雕塑前。排了几千年，可是千年易过，英雄难留。南怀瑾先生说，英雄能够征服天下，但不能征服自己；圣贤不想去征服天下，而征服了自己；英雄是把自己的烦恼交给别人去挑起来，圣贤是自己挑尽了天下人的烦恼。

离开意大利边境刚刚走过32公里就进入了素有蓝色海岸伊甸园之称的尼斯。天色正午时分，我们在海边找了一家比萨店打尖歇脚。靠窗边坐定，一边喝着冰爽的法国啤酒，一边透过宽大的落地窗欣赏着那条著名的英格兰散步大道（又称盎格鲁林荫大道）。我总觉得要了解一个城市的历史文化、风土人情，主要看它的城市建筑、古屋街道，如果时间充裕就参观当地的各种博物馆。在参观建筑和博物馆之后，寻一家古老的咖啡馆坐一坐，运气好的话遇上一位善谈的长者，青梅煮酒论长短。我特别喜欢的是油画馆。油画馆就像历史发展过程的浓缩图集，当地的历史变迁、风俗人情、文化品位和当地人价值取向一目了然。光绪十五年（1889）春，大理寺卿薛福成（1838—1894），字叔耘，号庸盦，以三品京堂出使英、法、意、比四国达5年之久。他每到一地必参观油画院，在巴黎油画院参观油画时不禁发出："西人绝技，尤莫逾油画"的感叹。回来后乘兴著有《观巴黎油画记》，此文长期选作中学教材，广为传诵。后来我到无锡公干特地造访了他的故居"钦使第"。据说，"钦使第"是他亲自设计构拟草图，由其儿子薛南溟具体实施。整个工程陆续进行了4年，其建筑虽是晚清风格，却总能找到欧洲遗风的蛛丝马迹。薛福成是我国近代史上著名的思想家、外交家和早期维新派代表人物之一，洋务派的主将。100年前他曾预言：只要不闭关自守，善于向外人学习，经过变革，多少年之后，中国会超过西方，西方人会惊奇羡慕中国人的。他还列举出赵武灵王学习骑射，汉武帝学习楼船的历史先例。朝廷自然是没有接受他的意见。

漫步在尼斯的英格兰散步大道上，4公里长的道路在脚下沿海岸线伸展。路旁布满五彩缤纷的鲜花，成排的橡树和棕榈摇风拂首，阳光明媚，海风轻吹，令人流连忘返。面海展开的建筑从古老到现在，风格迥异，相得益彰，诉说着时光划过的轨迹。建筑物的阳台上都是花团锦簇，万紫千红，艳丽的各式各样的鲜花装饰着每栋楼房古堡，装点着整个城市，置身街头巷尾仿佛步入鲜花海洋的童话世界。来自世界各地的富豪明星也像这五彩的鲜花一样在此争奇斗艳，英国皇室成员，好莱坞的老"007"肖恩·康纳利，英国足坛帅哥贝克汉姆和他的妻子"辣妹"都在这里买房置地。世界首富比尔·盖茨购置了19世纪比利时国王占地60亩的庄园，尽显富贵本色。在海边散步碰到的英国皇室成员、好莱坞大牌明星、曼哈顿金融巨子就像出门遇上报童一样随便。

人往往只有在大自然的怀抱中才能彻底放松，就像婴儿在母亲的怀里熟睡一样。许多游客喜欢在英格兰散步大道临海的长椅上静坐，或是观海，或是读书，或是安安静静地思索，悠闲懒散，让人想起了童年里总也过不完的暑假。"梅雨霁，暑风和，高柳乱蝉多。"可惜现在是冬季。找一张长椅舒舒服服坐下，体会一下悠闲和懒散，享受着自然与心灵交融的对话。

休闲对欧洲人来讲由来已久，而中华传统文化的休闲更体现宁静致远的哲学思想。政治家追求的是"处变不惊，似闲庭信步；荣辱不变，看云卷云舒"。隐士崇尚的是"采菊东篱下，悠然见南山"。道士寻的是"天人合一，至情山水，超凡脱俗炼丹修仙"。军事家最得意的是"羽扇纶巾，谈笑间樯橹灰飞烟灭"。近代国人才有了真正的休闲概念，这是随着西方列强坚船利炮打开古老中国大门而一起进入的。最先加入洋人休闲行列的该是那些洋帮办、教堂神父和信徒。政府则是外交衙门的官员。如礼拜天休息，上海《申报》曾发表见解"西洋诸国礼拜休息之日，亦人生不可少而世事之所宜行者也"。继洋帮办、教堂神父和信徒休闲礼拜天以后，接着是洋学堂，之后1906年政府各级衙门也开始实行礼拜天公休制度。只不过原本办事效率就很低的清政府这下就更低了。

尼斯小城像是就为休闲而建的，尼斯人假日多于工作日。尼斯的名字来源于希腊胜利女神。在公元前350年前后，一些希腊水手在这个美丽的海岸建起了码头，成为航海的中转站。尼斯先属古罗马，后归意大利，1860年，法国帮助意大利完成国家统一，作为答谢，意大利把尼斯送给了法国。现如今尼斯已经成为法国第五大城市和全国第二大航空港。30万人口星罗棋布在多文化背景的小城。尼斯的狂欢节值得一提，从1879年起每年的二三月，政府组织举行为期三周的狂欢活动，包括花车游行、放烟火、化装舞会等系列活动。届时彩车美女大演天女散花，满城飞花，落英遍地，色彩缤纷，热闹非凡，比夏日海滨更加热闹。这让人感慨欧美人的性格，大多数直率、纯朴和热爱生活。工作时全身心投入，休闲时也投入全身心。

不觉中，坐在临海的长椅上已经有些时候，收回思绪放出目光。眼前，有勇者在冰凉的海水里冬泳。远处，碧水青烟，风吹浪远，桅进帆出，天海成一线。一对老夫妻牵手从眼前走过，悠闲而安逸，像这宁静的海滨城市——尼斯。

四

吉普车继续沿着如西洋画的蓝色海岸起伏着。旅游最浪漫的是坐火车，光线充足，视野宽阔，身体回旋余地也大。坐烦了还可以起身走走，或是到餐车上要几个小菜喝上几杯啤酒。旅途中充满了舒服、安逸，更是省掉了坐飞机进出机场的烦琐，飞行中小小圆窗外除了云朵还是云朵，不免让人乏味。比火车还快乐的就是汽车了。火车非把你拉到目的地才肯停下来，而乘坐汽车旅游自由得简直是随心所欲。没有旅行团大队的嘈杂、导游喋喋不休的推销以及没完没了地进出一家又一家的纪念品商店，也不必吃那些百菜一味的变异中餐，更不会为赶行程被导游追在身后收债似的催促。一个司机兼上翻译和导游，毕竟是一对一，凡事都好商量。是走宽宽的高速路避开古堡小镇，还是走乡间公路穿越沿途的古迹和村庄；是连夜赶到马赛吃饭还是干脆就在这个不知名的小镇打尖住店明日睡到日上三竿。从尼斯出来没有直奔罗马而是绕道维罗纳古城就是临时动议，还圆了来自梁祝故乡人的罗密欧与朱丽叶情结。这都是后话。

到达戛纳已是傍晚。1834年，喜欢与众不同的英国布鲁汉姆爵士在脚下这个当时还是一个小渔村的戛纳建起了第一栋房子。跟着来的是一些英国贵族，再跟来的是美国新大陆的暴发户。最后来的竟是英国皇室，往往，一住就是一个长长的冬季。海滩、恒温、宁静和交通便利是它的吸引力。100多年以后，也就是1946年，第一届金棕榈国际电影节在戛纳拉开帷幕，从此胶片似海观众如潮，退了再涨。可戛纳脱衣秀却被定格在海滩，一片到底长演不衰。原本第一届戛纳电影节应该在1939年9月1日开幕，不想撞上了希特勒在这一天入侵波兰，第二次世界大战随即爆发，电影节也就泡汤了。

现在每年5月，金棕榈国际电影节在戛纳如期举行。电影节每次持续两周，放映20多部竞选影片和几百部其他影片。世界各国的几万名电影界人士、记者和影迷，如涨潮般云集到这个风光秀丽的袖珍小城。这个只有7万居民的海滨小城一下子人满为患。沙滩、酒店、咖啡馆拥满大牌明星、导演、投资人和寻找机会的各类人士。大街小巷挂满了新片宣传海报和各种应景广告，花花绿绿五光十色。白天，大牌明星和导演一边召开新片发布会，抵挡一拨紧似一拨的影迷，一边忙着把自己的手掌印和签名烙刻在影节宫广场的地上。中国导演陈凯歌也曾把他的手掌印在了350多双手丛里边。晚上的戛纳是火树银花不夜天，各种狂欢、派对彻夜不停。在酒吧、咖啡馆推杯换盏之间达成一项又一项交易。多少新星从这里升起，又有多少希望从这里萌芽。

比那些大牌明星来得都早的还有两位名家，一位是大仲马，他用一支秀笔把"铁面人"关到戛纳外海圣玛格丽特岛上的城堡中，一关就是11年（1687—1698）。另一位是毕加索。20世纪初，毕加索在戛纳北面的马多拉陶器场住了下来，前后住了27年。潜心制作陶器，他把独特的天赋和绘画的造诣融入了陶器创作之中，一口气就是几千件，直到1947年才兴尽南返。留下的作品部分放到了岛上礼拜堂供人欣赏。毕加索甚至可爱地提出让参观者效仿古人持火把而入，要的是神神秘秘和返璞归真之感，消防当局自然不应。

可惜，我们到戛纳时没赶上电影节，加之旅游淡季，街上车寡人稀，找了一圈电影纪念馆也没找到。

上车，我们今晚住马赛去！

2001年元月于蓝色海岸

爱情圣地维罗纳

> 故事发生在维罗纳名城／有两家门第相当的巨族／累世的宿怨激起了新争／鲜血把市民的白手污渎／是命运注定这两家仇敌／生下了一双不幸的恋人／他们悲惨凄凉的陨灭／和解了他们交恶的尊亲。

——威廉·莎士比亚

这是伟大的英国剧作家威廉·莎士比亚（1564—1616）在其不朽的名著《罗密欧与朱丽叶》中的开场诗，故事发生地就是维罗纳古城。

从13世纪的布拉大城门进入"意大利北方门户"维罗纳城，浑朴、精致、悠远的气息扑面而来。传统的网状布局通过大大小小的广场和厚重狭窄的街道把参差错落的哥特式建筑群分割有秩。当地盛产的粉红色大理石给整个城市笼罩上一层玫瑰色调，不由得使初到者每每产生无限遐想。

维罗纳位于意大利北部，风景绮丽，文化悠久。它北依阿尔卑斯山，西临经济重镇米兰，东接水城威尼斯，南通首都罗马，自古就是重要的军事要塞，历史名城。发源于阿尔卑斯山的阿迪杰河穿城而过，给小城增添了灵气和浪漫。25万人口在意大利属于中等城市。这座列入了联合国世界遗产名录的古城，拥有目前世界上现存第三大的圆形竞技场，还有12世纪罗马风格建筑的杰作——圣泽诺大教堂，以及阿迪杰河畔的老桥、中世纪城堡和城墙。

从市中心的布拉广场下车，巨大的古罗马竞技场撞入眼帘。建造于1世纪的古罗马圆形竞技场迎风傲立，破损的圆形围墙壁垒森森气势压人，昔日威风不减，又添一股沧桑之感。让访客吃惊的还不只是这些，罗马圆形竞技场隔了两个千年后竟然好戏连台，长盛不衰。只是战鼓换成了多管

173

风琴，主演也由帕瓦罗蒂和多明戈替下了角斗士。野蛮血腥的斗兽场变成了令世界为之骄傲的露天圆形歌剧剧场。从明信片上看，夜晚，可容纳2万人的露天圆形剧场灯火辉煌，所有身着盛装的观众一起点燃数万支蜡烛，整个露天竞技场蔚为壮观。演员变了，看客换了，舞台上的生活剧仍然要一代一代地继续演下去。

踏着脚下的石苔路，穿过由暗红色大理石铺就的"马志尼"步行街，不远处就是古色古香的草地广场。草地广场是欧洲最著名的广场之一，也是意大利广场中最漂亮的一个。维城最高的建筑加德洛塔和宏大的马费尔宫依偎在广场四周。用大理石铺地的广场上散落着圣马可石狮像、维罗纳夫人喷泉，还有在16世纪为公职人员举行授权仪式的贝尔里纳神龛。广场中间散布着露天咖啡座和林立的商铺。与其他城市广场略微不同的是，广场里面居然有一个菜市场，居家主妇来来往往讨价还价一片热闹景象，充满了生活气息。加上广场周围楼宇建筑年代跨度较大而形成的风格不一致，给人视觉上一种跳动活跃的感觉。这一点倒是很招诗人和艺术家的喜欢，他们管这些叫外向性和活跃性的场所，建筑风格的迥然反衬出建筑装饰的色彩。特别是咖啡桌上深红的桌布散发着诱惑，煮一杯浓浓的意大利咖啡闲坐一角，手捧一本怀旧小说，偶尔抬头望望来来往往的人群从下午到黄昏。教堂、古堡、尖塔与远处起伏的丘陵和更远处的阿尔卑斯山交相辉映，宛如一幅意大利风景油画。

在千年街道上徜徉最好是徒步缓行，细细地品味，慢慢地咀嚼，静静地冥想，恍若隔世。褐色的石砖马道尽显沧桑，千年的老屋颓然挺立，向你耳语着古老的传说……

在中世纪灰冷的深冬，维罗纳城两门望族——凯普莱特家族和蒙太古家族正延续着上世的仇杀，继续积累着仇恨。两家的一对青年男女罗密欧与朱丽叶却邂逅在一次舞会上，然后奇迹般地相爱了。凯普莱特家的花园，青藤茵茵的阳台，还有清风朗月都曾记得他们对着月亮起下的旦旦誓言：生则相依，死则相随！

那也是个傍晚时分，兰伯尔蒂钟楼的钟声越过草地广场传入长街短巷灰色的木门，一排排拱形窗里先后燃起了昏黄的烛灯。罗密欧忐忑复忐忑匆匆复匆匆地踏过卡佩洛街，从凯普莱特家花园墙外的小巷攀墙而入，来到朱丽叶的阳台下，听到朱丽叶在自言自语道：

"罗密欧啊，罗密欧，只要你起誓爱我，我可以再也不姓这个姓。"

罗密欧兴奋异常，连忙向心爱的人诉说衷肠：

"我借着爱的轻翼飞过院墙，因为砖石的墙不能把我们的爱情阻挡……"

如今，皓月悬空，花园依旧，阳台依然，可早已是人去楼空。然而他们凄楚哀婉却又炙热的爱情故事感动着一代又一代不同肤色、不同语言的痴情男女。这里已经成为全世界年轻人心目中的爱情圣地，在那个著名的阳台和整面砖墙上刻满了 Love 和各种相交的心印。人们还在朱丽叶的阳台下为她竖起了铜像，旁边用意大利文和英文刻着莎翁在悲剧中那段杜鹃啼血般的诗句，震撼着每一位来访者。

爱情悲剧总比喜剧流传久远。我国历史上有 4 个著名的爱情传说，可都是爱情悲剧。梁山伯与祝英台，爱情起伏跌宕，最后双双化蝶而去；白素贞追求人间爱情，被那多事的和尚施法镇在雷峰塔下骨肉分离、咫尺天涯；孟姜女千里寻夫送寒衣，哭倒了八百里长城，最后跳海追随那个苏州书生范杞梁而去；只有牛郎织女活下来，却要永无止境地忍受生离死别的痛苦，生不如死。余秋雨先生在来过朱丽叶家以后写下了这样一段话：

人们在这里寻找到一种爱的精神，对爱的向往、对爱的恪守，这就足够了。因为爱是人类最本质的东西，有了它幸福就体现了出来，而又有谁不追求幸福呢？

千古一爱，罗密欧与朱丽叶的爱情故事尽管是虚构的，可是又有谁在意。位于草地广场一箭之遥的卡佩洛街23号，凯普莱特家族的古宅因莎士比亚的悲剧而不朽，也因此而声名远播。那个著名的阳台至今仍吸引着世界各地的痴男怨女万里朝圣。

2001年元月于维罗纳

水中摇曳的威尼斯

　　"贡都拉"高翘的船头

　　只微微地一扬

　　便划入了十七世纪

　　迷宫似的水巷

　　变装秀的倒影随水光曼舞

　　笙歌嵌入古宅的老墙上

　　"佛洛里安"的咖啡煮了四百年

　　四百年的碾磨浓郁悠长

　　像这　长长的水巷

　　还有　壶中的时光

　　壶外的斜阳

——《威尼斯水巷》

　　威尼斯，百万根木桩撑起的岛城，400座古桥联络的岛屿，飞狮神护卫的城池。白釉面具下面曾是匈奴王阿提拉与海盗蛰居的蜃楼，圣马克偷渡魂归的墓地。匈奴的铁骑刚刚换了木舟，葡萄牙人的楼船又旌旗招展，30年战米兰，再30年战土耳其，冰冷的铁器，奔腾的热血，兜鍪穿梭马蹄声疾……为何一阵海风吹过竟都荡然无踪？

　　踏着晨曦，我们进入了威尼斯水城，这一天正好是2000年岁末的早晨。天空晴朗，霞光万丈，水光粼粼倒映着参差落错的画舫楼台，仿佛整个威尼斯水城都在水中摇曳着，在清晨流彩霞光的照映下更是气象万千。乘公共班车似的渡船上岛，就像是穿梭于江南的水乡，怎么周庄忽然长高了？粉墙黛瓦的江南古宅，换成了长窗坡顶的石房。或是色彩鲜亮或是典雅古朴的楼房鳞次栉比地挤在水巷两岸，犹如放大了的西洋油画。长长短

177

短的水巷首尾相连，跨水小桥多得无从数起。米开朗琪罗、庞德、巴拉、萨索维罗、斯卡莫齐、拜伦这些在人类文明发展史上闪光的名字都与眼前这长桥短桥紧紧相连。古老的石拱桥上刻满了岁月的年轮，700年愈远愈淡。威尼斯全岛不过七八平方公里，位于狭长半岛的尖端，与大陆一水之隔，城中由一条蜿蜒曲折的S形大运河和400多条小运河组成水路。亦有网状街巷连通陆路，形成科学完美的城市水陆双层交通系统。辘轳穿梭，水光潋滟，霞光中充满了诗情画意与地中海的浪漫风情。

　　700年前，逃兵荒的人们在这个荒芜的岛上躲避着战火兵祸，可他们的后代却选择了掠夺来作为富国的捷径。1202年，威尼斯人组织起十字军，参加了由教皇英诺森三世发动的第四次十字军东征，他们攻陷了君士坦丁堡，大肆进行抢掠。接着征服了北意大利，进而又远征小亚细亚沿岸诸国，一路抢掠过去。凭借坚船利炮成为地中海海上霸王，一时纵横海上所向无敌。时间到了15世纪中叶，威尼斯已然成了一个肥油外溢的暴发户。威尼斯人用200年的时间把地中海的财富集中起来，威尼斯也跟着富贵了。只是堆满博物馆和教堂里的奇珍异宝总有一股浓厚的强盗气息，历经百年不散。那奢华张扬的建筑，刺激感官的色彩，夸张卖弄的装饰，这让我想起了钱锺书先生《论俗气》一文中的精彩比喻，他说，钻戒戴在手上是极悦目的，但是十指尖尖都摞着钻戒，太多了，就俗了！胭脂擦在脸上是极助娇艳的，但是涂得仿佛火烧一样，太浓了，就俗了！

　　像江南人离不开船一样，威尼斯人也离不开他们特有的贡都拉（Gondolas），它的历史可追溯至11世纪。这种小船说它精美不如称之为别致。船头高高翘起，船身纤细得只能容两个人并排起坐，船底扁扁平平行驶平稳，十分适合航行在狭窄又水浅的运河中。早先，威尼斯人用各种装饰和颜色来区分职业、地位和财富。自1562年开始，为了遏止人们不断增长炫耀财富的虚荣心，威尼斯政府下令将所有的贡都拉都漆上黑色的船身。后来，热爱生活的威尼斯人在贡都拉上点缀鲜花来表达不同的心情或是特殊的场合。现在，贡都拉已经不再是单纯的交通工具了，而是用来体会威尼斯水上浪漫不可缺少的东西。

撑一只漆黑的"贡都拉"木船纵横阡陌水巷，千桥万桥，划近又划远。千年印迹随船缓缓地闪现。左闪，7世纪体现拜占庭文化特色的圣马可大教堂顶端竖立的尖塔和金星在天蓝色基座的衬映下光彩夺目；右闪，9世纪为显示权势和富有而用黄金堆砌起来具有浓重东方痕迹的托卡雷王宫金碧辉煌。船头指处，遥遥圣乔治岛上的钟楼高耸入云。一栋栋古老的建筑犹如一首首古老的歌谣，浪漫古典空旷又寂寞无限。厚厚的青苔直蔓延到墙上斑驳的族徽，凄凉话沧桑，是兴是衰是荣是损都不重要了，却欲诉还休。历史停住了时间却在滑过。你卧在船上看风景，看风景的人却在桥上看你。

系舟"帕格利亚"桥下拾级而上，叩响总督府厚厚的宫门，威尼斯共和国统治的中心，阴谋与权力，荣誉与死亡都曾在这里培植生长。回声传自中世纪的漫漫冬夜，传自托卡雷王宫的熊熊大火，传自十字军东征的旗帜。其强权象征的监狱与总督府隔水相望，连接天堂与地狱的石桥就是叹息桥，那是犯人投入监狱时，对自由世界做最后回望的地方，几百年来只走脱了一个海盗卡萨瓦，却留下了一个美丽的寓言：叹息桥下的誓言是永恒的誓言。在日落时分，当圣马可大教堂的钟声响起，真心相爱的恋人只要在叹息桥下接吻，那他们的爱就会天长地久。

离开闹市步入水城腹地，嘈杂的水声人语被楼宇隔断，一下子安静了下来。街道曲折整洁，通向悠悠过去。高墙窄窗、花园庭院的民宅安详无声，不见凭栏眺望的贵妇与执酒沉思的拜伦。当年，年轻的诗人依卧在同样年轻的水城，绿酒一杯歌一遍：

我站在威尼斯的叹息桥上，
一边是宫殿，一边是牢房。
举目看时，许多建筑物从河里升起，
仿佛是魔术师挥动魔棍出现的奇迹，

千年的岁月用阴暗的翅膀却将我拥抱；

垂死的荣誉还在向着久远的过去微笑，

记得当年多少个番邦远远地仰望，

插翅雄狮之国许多大理石的高房：

威尼斯庄严地坐镇在一百个岛上！

如今曲终人散，拜伦走了，马可·波罗走了，环顾四周竟也不见居民往来。偶尔，只有三三两两寻幽探密的游客擦肩而过。在周庄，江南水乡，春风又绿江南岸可是另有洞天。距苏州东南38公里的周庄被4个湖泊围绕而成水乡，市区由"井"字形的河道分隔开来，人们以船代步，船是市区里的主要交通工具。"轿从前门进，船自家中过"，乘船举桨驶入周庄仿佛划入《清明上河图》，强烈复古的生活气息扑面而至。岸上是粉墙黛瓦柳树荫荫，画阁楼台渐近渐浓。门前青石板尽处是浣纱洗菜的姑娘媳妇，白如莲藕似的手臂起起落落捣出欢声笑语。茶馆酒家传出水乡小曲，更增添江南水巷的特有情调。楼上伸出的竹竿进出错落，满眼尽是五颜六色的衣衫像船舷的彩旗迎风招展。满载鱼虾的小船来来往往，叫卖声此起彼伏不绝于耳。有船泊在窗旁，楼上就有竹篮徐徐放下，蟹蚌或是菱角悠悠升起。不时还会从哪家窗口飞出一只木桶"扑通"入水，吊起满桶清水悠悠荡荡从身边掠过。日斜炊烟起，家家闭户掌灯，几个江南小炒加上二两温得烫嘴的黄酒，尽显天伦之乐。

周庄具有900年的历史，该是河湖的阻隔吧，避开了历代战祸，保持水镇原有的建筑风格和独特的格局。保持下来的还有人们的生活方式，悠闲、淡雅又充满灵气，让人回味无穷。但是无论是周庄还是威尼斯，都各自有各自的韵味，威尼斯在现在和将来也只有一个。

威尼斯出了两位影响后人思想的名人，一位是圣马可，另一位是马可·波罗。传说圣马可生前曾来威尼斯传道，突然一阵暴风骤雨，大风把船刮到了岸上，一时天昏地暗像是到了世界末日。忽然空中出现上帝的声音：

"马可，你会平安。"

"你还有许多工作要做。将来这里是你最终的安息之所，并在这里得到人们的敬重！"

827年，威尼斯两位勇敢的商人亲领10艘船前往埃及亚历山大城，偷偷取回了圣马可的遗骨。据说圣马可遗体运来威尼斯的时候，在海上遇到了风暴，只是因为这位圣徒奇迹般地显灵，才避免了船翻人亡的结局。为安放圣马可遗骨，威尼斯人还特别兴建了圣马可大教堂。

马可·波罗诞生于1254年的威尼斯。1298年，威尼斯王国和热那亚王国因为商业冲突爆发战争，马可·波罗担任一艘战舰的舰长，由于威尼斯战败，马可·波罗作为战俘被关进了热那亚的监狱。为了消磨狱中漫长难耐的时光，马可·波罗给他的难友讲述他的东方见闻。难友中恰巧有一位小说家兼语法学家的比萨人，名叫鲁斯蒂谦，由他记录而成的最初稿本现已遗失，以后有大约140多种抄本。马可·波罗获释后还曾将此书的一个法文抄本赠给一位法国贵族，就是后来名扬世界的《马可·波罗游记》。它后来成了欧洲历史上第一部介绍亚洲的书。

马可·波罗在17岁时随他父亲开始探寻传说中神秘的东方古国，用了将近4年时间，历经千难万险终于到达中国。忽必烈大帝很赏识这位金发碧眼的异国青年，于是封他做了官，一做就是20年。先后派遣他出使越南、爪哇、苏门答腊、泰国、菲律宾等国。马可·波罗在1292年受命护送公主下嫁伊尔汗国，送亲的队伍从福建泉州随季风出海，经苏门答腊出印度洋，到达波斯。他在完成使命后，于1295年回到阔别24年的故乡。离家时是一个意气风发的少年，再回首已经是历经沧海的中年人。他回到威尼斯时不仅带回了令人羡慕的奇珍异宝，更带回了神奇的见闻——《马可·波罗游记》，但是此书从始至终都有人质疑其真实性。褒扬者称马可·波罗为"横跨亚洲大陆，并按照国家和省份连续的次序而列其名称的第一位旅行家"。贬抑者不屑一顾，甚至怀疑马可·波罗是否到过中国。

因为马可·波罗的叙述实在是令人难以置信：

杭州的街道和运河，都相当广阔，船舶和马车载着生活日用品，不停地来往街道上和运河上。估计杭州所有的桥，有一万二千多……

杭州城内有十个巨大的广场和市场，街道两旁的商店，不计其数。每一个广场的长度都在一公里左右，广场对面的主要街道，宽四十步……

街道两旁矗立着高楼大厦。男人跟女人一样，皮肤很细，外貌很潇洒。他们服装很讲究，除了衣服是绸缎做的外，还佩戴着珠宝，这些珠宝都价值连城……

这在13世纪的欧洲怎不叫人惊奇不已！1324年在他临终以前，他的好友希望他取消书中的说法以保全名声。而他回答说：我还没有说出我亲眼看见的事物的一半呢！惊得人们赶紧上前捂他的嘴。

在马可·波罗离开中国的29年以后，又一位意大利著名旅行家鄂多立克从海路来到中国。鄂多立克从广州登岸，再从扬州上船，沿大运河一路北上到达大都（北京）。他详细地记录了沿途的所见所闻，回国后整理出一本游记。值得注意的是，他所记录的江南妇女缠足，富人留长指甲，文人的书法，百姓的饮茶，以及雄伟的万里长城等在马可·波罗的《马可·波罗游记》中却没有提及，这也是有人质疑其真实性的依据之一。

日落时分，晚霞如练，运河泛起红光，水城威尼斯色彩更加妩媚起来。圣马可大教堂的钟声荡过水面，撞在托卡雷宫墙上跌入过客的心灵。日月悠悠，宁静与神秘渡海而来，访客匆匆渡海归去。圣马可广场上游人渐渐稀疏，商铺忙着打烊，鸽子散了，歌手也走了。有400年历史的佛罗里岸咖啡馆点起了悠古的烛灯，煎饼飘香，四野寂静，又一个千年就要开始了。踏着夕阳寻找归途，在等候渡船的当口儿，我踱步迈入码头旁边的一间游客服务中心，政府在这里为游人提供各类服务。中心内设有游人留言簿，为那些被绚丽美景陶醉而满怀激情的游客提供一个抒发情感的地方。面对五颜六色形态各异的文字，我沉思片刻提笔写道：

　　我沿着马可·波罗的足印，从遥远的东方，美丽的秦淮河迤逦寻来，古屋依旧，歌谣不老：

　　瘦瘦的长篙/撑过/阡陌纵横的/水巷/长长的风笛/吹着那支/叹息桥上的歌谣/拜伦的泳装/还搭在/运河边的栏杆上/马可·波罗已泊桨/灯影摇曳的/秦淮旁

　　桨声轻轻/微浪涌涌/传诵着同一支/老歌谣

　　"喂，最后一班渡船就要开船了，你倒是走是不走！"

2000年12月31日于水城威尼斯

在米兰寻找《最后的晚餐》

　　自北京乘波音飞机只要12个小时就抵达了意大利的米兰，朝发夕至，马可·波罗三年半的路程，班超一生的梦想，只一觉的工夫便实现了。

　　冬日的米兰灰蒙蒙，寒意压城，让人气短心悸。又是在傍晚，风起自四周街角腿边，虽不大却湿冷冰凉。米兰老城瘦瘦的长街车少人稀，萧条而冷落。此时，黑白颠倒让人头重脚轻昏昏沉沉，一头坐进接站的吉普车里，慢慢地梳理着7个小时的时差。

　　"现在是下午5点，我们先在酒店安顿下来，养足精神，明天晚上要赶到威尼斯迎新年才好。"翻译兼导游兼司机的崔先生建议道。

　　"今晚早一点休息，倒个时差，明天上午出发晚上就赶到威尼斯了。在那儿过新年才有意思呢！米兰没什么逛头儿。"见大家还未回过神来，他又补充道。

　　"明天早起一点，还是多转转吧，不知有没有AC米兰的赛事。"安先生絮叨了一路意大利的甲联足球。

　　"一定要在米兰住上一天，这可是世界时装之都，怎么着也要逛上一整天哪！"眯眯是一行中唯一的女性，说起时装来话里带着权威性。

　　"现在有杯热咖啡最好。"懒散的磊先生像是还坐在飞机上，一时适应不过来。

　　"我们重点要去拜访达·芬奇那张著名的《最后的晚餐》，请你明天优先安排……"我一边折中着大家的意见，一边加进了我的心愿。

　　转天早上，天还没有放晴的迹象，阴湿湿的冷意从天边直到肘边，一站到大街上，大家都不自觉地竖起衣领。

　　"怎么又是阴天哪，中午能晴吗？"

　　"您就死了这份心吧，欧洲这月份就是这个样儿！"

　　吃过昨夜的晚餐，喝了今天的早茶，崔先生同我们已然成了老朋友，京腔京韵，一副久别重逢的样子。

走在欧洲著名的蒙特拿破仑时装街上，体味着欧洲人的闲情和志趣，一时感觉还不是很真实。米兰是世界时装之都，久有购物者天堂之称。意大利著名的时装品牌，如雷贯耳的，鲜为人知的，老皇家贵族传世的，工业革命创新的，领导世界流行款的，各种品牌标志挤爆眼眶。只要你能说出来的时装设计大师几乎都可以在这里找到他的作品。沿街商店鳞次栉比，橱窗内陈列着琳琅满目的商品令人眼花缭乱。不时有色彩鲜艳的遮阳棚出现在眼前，那是欧洲最具有风情的一个街景——露天咖啡馆。闻着阵阵咖啡和奶油的香味，真忍不住让人坐下来喝上一杯。几家时装店转过以后，大家也逐渐失去了兴趣。

"唉，老崔，你说威尼斯新年是怎么个热闹来着？"

"听说还搞化装大游行，参加的人全都戴着假脸谱，可有意思了。"

"还可以放烟花呢！"

"人家那才叫过年哪，可不像现在的北京，大年夜太静了。有一年春节……"

吉普车七拐八拐，我们终于在中午时分找到了感恩圣母堂修道院。下了车发现已经有许多人在那里排队购票。各种肤色的人静静地聚集在一起都是为了实现一个共同的愿望：瞻仰列奥纳多·达·芬奇那幅著名的壁画《最后的晚餐》。米兰被诗人称为"最平淡而没有诗意的城市"。这个以6世纪入侵意大利的蛮族"伦巴底人"命名的城市，是欧洲的大都市，也是商业和世界时装流行的中心，然而让更多人了解米兰的却是达·芬奇那张名闻遐迩的《最后的晚餐》。

现在它就真真切切地悬挂在感恩圣母堂修道院多米尼克餐厅的墙上。教科书和画册上的旧相识竟近在咫尺，我的心一阵兴奋地悸颤，像一股清新的海风掠过地中海平静的水面。正像罗丹说的那样："那些美的形象，我想就连上天也不能创造更美好的出来！"

壁画有9米宽，4.5米高，要比教科书上的图片感觉大一些。近看画面似生了一层锈，略欠光泽，画中人物尽管传神，色彩却轻重不均。据说，在欧洲文艺复兴时代流行"湿壁画"，就是用湿灰泥打底，然后画家在上面作画，要在湿泥晾干之前一气呵成完成绘画。这就要求画家在动笔前构思成熟，打好腹稿以保证顺利地完成作品。然而这种画法很不适应达·芬奇的绘画习惯，他的习惯是反复构思，不断修改，往往长时间伫立画前，可能几个星期也不去碰一下画笔。为达·芬奇作传记的瓦萨利讲了一个有趣的小插曲：感恩圣母堂修道院院长看到达·芬奇整日盯着那面墙出神就是不动笔，根本不像其他画家那样"像个花园里的工人，拿着铁锹认真地挥动"。于是就去找达·芬奇的赞助人史佛萨先生抱怨。史佛萨先生就找来达·芬奇询问：是价钱给低了还是江郎才尽了？达·芬奇却向瓦萨利先生不满地说：

"为了表现基督那崇高神圣的面孔，以及背叛基督的犹大那张满脸横纹的嘴脸，我真是费尽了苦心。"

"不过对于犹大的造型，我倒是不担心，因为修道院院长那张平庸、小气、缺少远见的面孔，一直在我脑海里浮现着。"

后来达·芬奇还是做了调整，他革命性地实验了一种新技法，结果却是惨遭失败，后人也为此付出了巨大的代价。为了保持和延续壁画的生命，以挽救这一人类的瑰宝，多少代人用尽各种方法去抵挡潮湿、动乱、战争和岁月。据记载，在"二战"中米兰遭到盟军的狂轰滥炸，米兰人用沙包砌满了修道院的餐厅，结果整座修道院被炮火炸毁，真是耶稣在天显灵保佑吧，唯留下画着壁画的那面墙屹立不倒，战后又借着这扇墙重建了修道院和多米尼克餐厅。

达·芬奇生于1452年的春天，出生地在佛罗伦萨西面步行要一天路程的托斯卡尼的芬奇镇。15岁他被父亲送到画坊学徒。30岁蛰居米兰，从此开始了在这个公国近20年的生活。《最后的晚餐》是达·芬奇绘画中最大的一幅作品，也是唯一残留下来的壁画。西洋画的一个主要的素材是来自《圣经》。在《圣经》的第14章中描绘了这样一个场景：在逾越节（传说犹太人纪念摩西帮助他们逃离埃及的日子）的晚上，耶稣知道已被自己的门徒出卖，第二天就要被捕，他召集他的12个门徒进行最后的晚餐。席间耶稣突然说道：

"你们中间的一个人出卖了我。"

大家一时都惊住了，他没有明说：

"是那个跟我同蘸一碟作料的人。"

多少年来，有无数名画家用百余幅作品来展示这一场景，效果和结果却不尽相同。画家们在构图时，或是长桌或是圆桌，都把耶稣和他的12个门徒均匀围坐，于是就总有看不见正脸的人。人们总把注意力集中在寻找那个腰间挂着装满30枚金币钱袋的叛徒身上。而达·芬奇标新立异，另辟蹊径，他戏剧性地让耶稣坐在众人中间，两边各6个门徒一字排开。结果12个人一刹那的表情动作尽现眼前：愤怒的彼得拿起了餐刀，像是要找那个叛徒拼命；善良的约翰欲哭无泪；而安得烈的表情茫然不知所措；大雅各张开双臂要昏倒的样子，仿佛承受不了这一巨大打击；紧挨着他的菲利普双手捂在胸前悲恸欲绝；西门、马太、达太激动地争论着谁是叛徒；叛徒犹大面如死灰身体后仰就要夺路而逃，慌张之中打翻了盐罐，手里还紧紧地抓着那个鼓鼓的装满金币的钱袋。鲜活，深刻，淋漓，画家的正邪清朗，爱憎分明的态度尽在画中。应验了那句话：艺术家敏锐的感觉来自创造性的思想家，而不仅仅是一位艺术工匠。

在当时，此画一出即遭到同行的冷嘲热讽，重史的人说：我们考证过，耶稣传道的时代正是罗马人统治的时期，他们的习惯是席地而坐，怎么就上了桌子呢？上桌也不要紧，怎么能一字排开？写实的人讲：达·芬奇的想象力超越了他的创造力，终于是不能进入主流的……

然而，千年易过，沧海桑田，岁月淹没了多少声音，失落几多画笔，使多少名家黯然无迹。如今，唯有多米尼克餐厅墙壁上的那幅《最后的晚餐》依然耀眼。

2001年晚冬于米兰

澳洲观星

> 像倦飞的翅膀一样的
>
> 帆
>
> 收在港湾的腋下
>
> 一场风雨
>
> 不过几圈涟漪
>
> 莫奈笔下的日出
>
> 在等待中　清晰
>
> ——《悉尼港湾》

自燕山山脉向南飞，越过苍劲的泰山、翠绿的黄山、太湖与玄武，满地水乡泽国的杏花江南。再向南，掠过澎湖列岛窄窄的海峡和郑三保楼船的桅帆，阿里山只剩下一个点。再向南，孔雀东南飞也该回头了。再向南，穿过北回归线，迈过赤道，把南回归线也甩在身后，12个时辰过去，终于白色蚌壳状的悉尼歌剧院向我们招起手来。是该落下歇歇脚了，在库克船长砌起的码头。

澳大利亚犹如一个色彩浓重的山水画卷，最接近大自然的原本。天蓝得像是画布上调出的颜色，腹地红土红得似土著人宽阔的胸膛。满地是花朵小而花丝长的金合欢，金黄灿灿。从碧海白沙的海岸线到具有美国西部风情的边陲小镇，从墨尔本的古典到荒瘠苍凉的红色大漠，从堪培拉的摩登到塔斯马尼亚的神秘，还有考拉熊和袋鼠的出没无常，无不激荡着浓郁的澳洲乡土风情。769.2万平方公里的土地上只生活着2569万人，平均每3.3个人就拥有1平方公里的空间，真是宽敞得可以，实至名归的地广人稀，在街上散步碰到熟人怕是件很稀罕的事。

　　澳洲人主要从事矿业、农牧业和服务业。高额的利润使他们享受着富裕宽阔的生活空间。中文作为官方除英语以外的第二大语言，足以说明华人在澳洲已渐成气候。澳洲人宗教信仰自由，香火旺盛。天主教、基督教、犹太教、伊斯兰教以及佛教都在这里开坛设场，教堂庙宇星罗棋布在整个澳洲的城市与乡村。我们的游览就是从参拜教堂开始的。接下来几天参拜教堂、进出广场、流连海滩、探望袋鼠、迎接企鹅归巢，马不停蹄，从一个城市奔向另一个城市，从一个海滩游到另一个海滩。茵茵绿地上散落着乳白色建筑的是堪培拉，艳阳似火的是布里斯班，还有南半球首次举办奥林匹克运动会的花园城市墨尔本。来去匆匆，蜻蜓点水。伸过来无数只手，还回去无数杯酒。直到夜幕降临，幽静才随着来临，可以喘口气了。

　　进入堪培拉的晚上，夜空纯净清清，芳草暗香习习，古里芬湖静静地睡去，乳白色的国会大厦和战争纪念馆都隐入夜幕中。观星，是今夜失眠的粮食。在澳洲观星就是攀上了最好的观星台，这里多数的天气是晴空万里，群星也就显得格外明亮耀眼。席散人去以后，醉卧绵绵的草地饱览群星该是一种满足。可是今夜，天空竟然如此的陌生呢。漫天星光璀璨却已寻不出经纬，像初习棋道的顽童摆乱了棋谱。北斗走失，天狼遁去，迢迢天河改道北行，七公主可如何踏上归途，在七夕。这是不属于龙种龙孙的天空，站在南半球的旷野中仰望陌生的天空，心里竟一阵阵地生起寒意。日落长安远。比远离中原的苏武，贬放琼州的苏轼还要远。离开长江的滔滔、黄河的啸啸，离开皇天后土竟心无所依！

　　自古观星就是聊以乡愁的一剂良药。曾经，大漠牧羊的苏武，远嫁单于的新娘，戊戌年四散的孺子，东渡避祸的剑客，有多少个无眠夜晚都是以北斗为伴。北斗，那是校正归船的帆，是游子离家时挽在门环上的那个结。曾在北大荒冬夜，星冷月高，宝泉岭上，皑皑白雪，四野空旷，一群初次远离家乡的毛头少年对酒狂歌，人生击水三千里！誓言的见证就是这北斗七星。

189

童年的夏夜懒散又丰满。夕阳落下，蛙声响起，燕京四合院的老桂树下龙门阵已经摆开，磨得乌亮的长凳，矮矮的马扎儿和那把老铜壶是大人们的夏夜。而小伙伴们早早地割来艾蒿草，编成拳头粗的辫子排放在墙根下晒干，在盛夏的夜晚点燃舞起，驱走了蚊虫，牵回了欢愉。长凳旁边的凉席是最早的观星台，而慈祥的外婆是指导老师。那时，纸筒卷起的望远镜看到的是天河上架起的鹊桥，是美丽的嫦娥、捣药的玉兔和制作桂花酒的吴刚，还有踢倒太上老君炼丹炉的大圣，各掏仙器争先渡海的八仙……天上的宫阙啊，今昔是何年？

　　外婆说，北斗七星就是七位神仙，掌管着有12生肖的芸芸众生。在人间，每个人都有自己的本命星，当人有七灾八难时，只要仰望北斗七星中自己的那颗本命星默默地祈祷就会平安度过。30年以后，我竟真的在甘肃天水玉泉道观见到了供奉掌管12生肖的7位神仙。

　　当像加农炮似的天文望远镜高高竖起直刺天空的时候，已是在少年时的天文馆里。瞄准器对应着《帕洛玛天图》扫过星云星团星系，夜空还是那样清朗，天上的王族和众神却已经遁隐无痕。博学的地理老师说，认星应该从拱极星开始。月亮嘛，距我们38万公里，那不过是一颗没有生命存在的卫星。好残忍的老师，你可曾知道你揭示了宇宙的奥秘，却打破了童话世界里的神秘。约38万公里，波音飞机20天的航程，齐天大圣的两个筋斗云。我宁愿桅帆独竖乘风归去，哪管它高处寒意或是晚来风劲。顺着《山海经》和《楚辞》的索引，向着浩瀚的天河，去寻找传说中的岛屿……

　　可是在今夜，在该是北斗七星的地方挂着4颗陌生的星，呈现十字架形状，澳洲人称为南十字星。30000年前，一批游牧部落顺着南十字星指引的方向登上了澳大利亚，从此定居下来繁衍生息。古代的澳洲人把南十字星认作图腾顶礼膜拜。1521年，葡萄牙探险家蒙德尔作为首个来到澳洲海域的欧洲人登上澳洲，却没有什么建树，无功而返。变化是从1770年开始的。那年春季，41岁的英国皇家海军上校詹姆斯·库克带领94名船员，驾驶着他那只用煤船改装的三桅帆船"奋进号",以南十字星为航标姗姗而来,泊在植物学湾。他当时的任务只是观察金星和采集动植物标本,但探险家的本能和传说中南方大陆的巨大吸引力促使库克船长起锚向南寻去,历史也从此而改变。结果是发现了杰克逊湾,就是后来的悉尼港湾。这是1770年4月的事。等到了8月,在波塞森岛库克正式宣布澳洲大陆的东部归乔治三世所有,他给取了个名字叫"新南威尔士",米字旗随即迎风招展,直到1901年澳大利亚脱离英国正式成立澳大利亚联邦时才降下。

最初从英国本土渡海上岛的主要有两种人,一种是军人,另一种是囚徒,后来又加上了一种疯狂的淘金者。当时的英国本土实行严刑峻法,凡是犯有杀人、放火、抢劫的重罪的犯人一律处死,而把小偷小摸、偷税、妓女和流浪汉这些轻微的犯人流放出本土。在1775年以前英国政府主要是把犯人流放到北美去。随着美国独立战争的爆发,流放也被迫终止。作为权宜之计,政府决定把服役期满的旧军舰改装成囚船,以安置上千名滞留在码头的囚犯。这一个过渡性的措施竟用了10年,直到后来发现了澳洲。1785年第一支英国流放犯人的船队在悉尼港登陆,标志着澳洲正式成为英国的殖民地。1851年新南威尔士州发现了金矿,"金子,金子,啊,金子!"随后澳洲掀起淘金热,中国人作为亚洲人也在这时首次来到这里。接着越南人、菲律宾人、韩国人充实着澳洲。据官方统计,截至2000年,每5名澳大利亚人中就有一人具有亚裔血统,世界种族大融合已经势不可当。

几百年来一批批英国囚犯和狂热的淘金移民源源不断地拥来,南十字星便被作为永不灭的指航灯塔。后来澳洲人干脆把它镶到国旗上。澳大利亚国旗左上角为英国国旗的图案,表示澳大利亚是英联邦国家,和英国有着历史的渊源。左下侧的一个大7角星代表6个州和首都区,右侧的5个小星星为南十字星座,表示澳大利亚地处南半球。

是荣耀,是祈祷,还是图个吉利,这南十字星。

2000年12月20日于堪培拉

通往天堂的巴厘岛

在印度洋爪哇岛东面的巴厘岛，被世人誉为"人间离天堂最近的地方"。暖洋洋的阳光，软绵绵的白沙，茂密的丛林，漫山稻谷梯田郁郁葱葱像寄自赤道某个小岛的明信片。建在阿贡火山（Mount Agung）山腰上的百沙基神庙（Besakih）基座起自海拔3000米，神庙高高的塔尖已触到天使的素罗裙。

印度尼西亚有大大小小17654个岛屿，而巴厘岛是众多岛屿中最亮丽的一个。它南依浩瀚的印度洋，北望澳洲，西临爪哇岛，东隔龙目海峡与龙目岛为邻，正好位于亚洲和澳洲的中央，太平洋和印度洋的交汇处。全岛东西宽140公里，南北相距80公里，总面积为5620平方公里。巴厘岛上有300万人口，以土著为主，岛上居民拥有自己的语言巴厘话和文字，与同为官方语言的英文一起流行。居民多数信奉印度教，面积相当于2个台北市大小的岛上建有神庙12500座，神龛则家家供奉随处可见。岛民对于宗教的信仰及尊崇已到了无以复加的程度。他们同时供奉着太阳神、月神、山神、湖神、海神、猴神、龟神等众多的神，而且每种神也不止一位，也因此坚信他们就是神的传人。这也是巴厘岛又被唤作"神仙岛"之称呼的由来。岛上的音乐和舞蹈是印度教文化的精髓，由木琴、长笛和锣演奏的乐曲从"贾伦根节"一直奏到新年。木刻面具舞蹈也就由一个村庄跳到另一个村庄。岛上的人相信，音乐和舞蹈是最好的敬神方法，神来了，魔鬼和怪兽就会远离海岛躲到深海里去。

如今大多数的音乐和舞蹈不再只是为敬神而演奏了。巴厘岛传统音乐舞蹈表演，已经成为岛上旅游的重要项目和土著特色。开场的迎宾舞，代表正义的怪兽和代表邪恶的魔女搏斗厮杀的巴龙舞；展示雄性阳刚之美的武士舞；以巴厘岛历史为题材的面具舞和宫廷舞名目丰富多彩。穿着闪亮服装的年轻女子，头戴狰狞面具，身着本岛纯手工制作的蜡染布的武士轮番登场。

大型节目表演都被安排在傍晚举行。每当日落十分，华灯亮起，傍海而建的假日酒店灯火辉煌，香车宝马川流不息。假日酒店里豪华的自助晚餐花样多得简直到了奢侈。在这里除了当地风味以外，不仅能吃到德国香肠、瑞士奶酪、澳洲酥炸小牛排、希腊串烧烤肉、印度式咖喱，还有墨西哥的辣椒肉馅玉米卷饼，甚至居然有中国四川熏鸭，只是烹饪时使用了制作当地菜的原料，味道有些怪异。客人们在享用世界大餐的同时，巴厘岛传统巴龙舞蹈表演也就开始了。印度洋波涛汹涌，此时也渐渐地安静下来。海风徐徐吹来，晚霞把幕布烧成火红的颜色，神庙高耸的花墙与染红的天空形成迷人的剪影。绿酒一杯歌一遍，巴厘岛夜夜笙歌尽情狂舞直到天明。

要是再年轻一些，就不要在酒店徘徊。早早地花上他1.5万个卢比租上一辆大马力的摩托车，要高高的把手矮矮的车座那种，后座上斜挎着远足的行囊或是摩登女郎一路呼啸而过。要专拣曲曲折折、起起伏伏、景色秀丽的林荫小路奔驰。穿过充满野生生物的热带雨林，掠过种植着丁香、香草、咖啡和葡萄的大片大片农田，把景色优美精致、层层相叠的梯田和辽远的椰林作为背景。还要涉过险峻湍急的河谷和未受污染的火山湖，然后穿行充满着印度教传统建筑的小镇、淳朴的街景和小径人家，这里还不能流连，要再越过一坡又一坡的丘陵，就会看到巴厘岛的北部海岸了，不要减速，要直接冲向海滩，那里有海滩烧烤和大桶装的啤酒，还有清晰似水的漫天群星在等着你。

切断一切联络，把自己遗弃在巴厘岛，静静地品味，细细地领悟。海滩上，一把遮阳伞一张躺椅从日出到日落。冰啤化了再冰，潮水落了又涨。心呢，心静似水，水深似海。

听，来自太平洋的海浪拍岸似定音鼓磅磅礴礴一通又一通，把耳轮摸遍耳井添满又变奏摇篮曲轻轻缓缓让人欲睡欲醒。等暮霭压退了残阳，群星排满天际，身下的躺椅就漂入了太平洋，随涛声起伏。交响乐团已换成轻音乐队，曲子单调而舒缓。此时世界都已陷落，巴厘岛也已睡去，唯身下的躺椅、我的楼船浮在海面，伞杆变成桅杆，桅杆指处，是哥伦布淘金扩土的方向，是郑和西去、布施皇恩的方向。新大陆世袭的总督已死，目却未瞑。郑三保争足了体面，却遗失了海图。"千秋万世名，寂寞身后事。"听听吧，这海浪。那是身高九万里的盘古滚滚血液汇集而成的大海啊，动脉与静脉，黄河与长江，滔滔与啸啸，是盘古心脉的搏动。听听吧，惊涛拍岸、卷起千堆雪，浪花淘尽多少英雄。曾经，汹涌澎湃的大海镇住了孟德，吓退了甘英，颠覆了忽必烈9000战舰；9000战船竟抵不住大唐和尚的一叶孤帆。听听这海浪。在陈天华投海的10年前，黄海海面上舰炮隆隆，掀起波浪滔滔，而正是这巨浪，将那条斑驳沧桑的帝国之舟没顶。其实，真正淹没帝国的不是海水，而是公车上书志子们的泪水与流淌在菜市口的血水。多少中华儿女的蓝色强国梦啊！这海浪！

天气晴朗的下午，是坐在露天阳台享受下午茶的时光。一杯软饮，一份印尼小点心，再加上一本小说享受一个假日午后。不时抬起头眺望远处，岛中央矗立的阿贡火山终日青云缭绕，影影绰绰，神秘而肃然。巴厘岛不仅多火山，还较为活跃。这些火山在沉睡中仍不时发出"隆隆"的鼾声，山顶随声附和地吐出缕缕白烟，形成一种奇特的景观，让人不由得相信那就是仙境了。

懒懒的下午也是泡香花瓣浴的时间。在充满植物精油特有香味的露天小浴池里，把身体完全浸泡在花瓣和香料的浴缸中，直到周身酥软。耳边悠扬着古老的巴东曲，幽香轻轻地环绕，疲惫缓缓地流逝，然后做个全身舒体精油按摩。利用植物提炼的精油按摩全身，从头到脚彻底放松全身肌肉经络，最后再来上一杯热腾腾的姜茶，体会不同的感受。

晴朗的下午更是登山的起点。怀着朝圣的心情沿阿贡火山山道迤逦盘旋而上，心中有些忐忑又有些穆然。山深林密，虫鸣啾啾鸟声嘤嘤，毕竟是热带雨林，树常青鸟常鸣。巴厘岛终年是夏天，属于热带海岛型气候，一年只分出两个季节，即旱季和雨季。每年的4月到10月为旱季，11月到次年3月是雨季，全都是适合登山的节气。随着山高雨气渐浓，云里雾里走走停停，凉意袭肘，不时有一阵细雨斜飘，脚下也慢了下来。赫然间，有樵夫迎面飘来，鹤发童颜，没有年龄，不知朝代。要上前攀道寻问前朝旧事吗？恍惚间，早已云散烟消了。然而，古老的传说伴着歌谣仍在传唱。种种传说围绕阿贡火山上的百沙基神庙群流传了1200年。

巴厘岛是最接近天堂的地方，集热带风光之精华。火山神爱抚过的土地丰润肥沃，火山峭壁，行经瀑布，水拍云崖，椰涌风摇。深邃的峡谷、静谧的高山梯田和静僻的村庄展示出一幅山水画卷。自古仁者乐山，智者乐水。巴厘岛山青水碧，是西方天堂的前庭，东方蓬莱的后花园。站在阿贡火山的山顶上，你可以信手一指，说：你看见天堂了吗？！

2001年3月30日于巴厘岛

跨越心墙

> 风儿彩蝶纷飞，点点柳花拂面，春天永远在墙里，
> 也在墙外。

——题记

区隔是人类的本性，画地为牢，是标定自我区域和寻求心理安宁的行为。人类自农耕群居便有了筑墙的痕迹，自此，墙与人类的记忆等长。

2000年5月，中国台北国立历史博物馆举办"墙"特展。以"记忆与情感"、"区隔与穿透"和"无疆界"3个主题来探索"墙"在不同区域、不同文化中的意义。台北国立历史博物馆馆长黄光男教授向海峡对岸伸出了手，发出玫瑰之邀，邀请大陆长城专家出席。我以中国长城协会理事的身份，陪同中国长城协会副会长、著名长城专家罗哲文先生跨海赴约。因两岸没有直航，需要辗转香港。中国台湾内政部警政署出入境管理局签证，要经台湾驻香港办事处——中华旅行社转发，从香港新机场到香港岛金钟道力宝中心大厦的中华旅行社需要4个小时的往返，还要办理入台手续，更何况言语不通真是让我们费了一番思量。多亏香港的好友吴光发先生来往接应，他做司机兼翻译兼帮办，不仅赶齐了手续，居然还有时间在香格里拉饭店咖啡厅喝了杯咖啡，了了他的地主之谊。在香格里拉饭店典雅温馨冷气十足的咖啡厅坐定时，吴光发先生脸上的汗珠才凝固，望着他悠闲地喝着咖啡，一副心满意足的样子，忽然觉得他那抑扬顿挫的广东普通话也动听起来，语音中充满了磁性。临别时，他紧握着我的手说："你们一定好好地给台湾人讲一讲万里长城。"

飞往台北的航班终于赶上了，可罗老带的古井贡酒却失落在香港机场。几十年踏遍四海青山风餐露宿，酒，就是罗老聊以孤寂的粮食，没有二两烧酒下肚无论如何是难以入眠的。波音飞机准时降落在台北桃园机

场，接机的是台北国立历史博物馆的张婉贞女士。一开口竟然说得一口标准的东北话。张女士祖籍哈尔滨，松花江的水和东北的黑土地已经深深扎根在她的血液中，因此为人爽朗大方，举止优雅，不卑不亢。她的父亲是国民党青年军的高级军官，1949年来台就再也没能回去。张女士传承了父亲的军人遗风，做派泼辣，办事干练。接机、安排日程和起居都交代得清清楚楚。事毕，风一样，飘走了。终于没能容我向她开口提讨酒的事。

在台北安顿妥当已是深夜，我出了酒店沿路寻找酒铺，或是晚归的牧童，杏花村已不再，牧童遥指已不再。远处，24小时超市的霓虹招牌时隐时现。推门进入袖珍超市竟发现有台北酿造的茅台，罗老把在手里稀罕得不行。土灰色瓷瓶的包装给人时光久远的复古之感。酒呈淡淡的琥珀色，气味香醇厚重，入口却淡得像掺多了水。台北宾馆里的房间小巧温馨，酒香四溢，背依着长长海峡与那德高望重的长者对饮，一时竟不知该从何说起。踟蹰中，鼾声和着涛声就已弥漫开来，充满了台北的第一个夜晚。

罗老1924年生于四川宜宾，与长城相隔千里之遥，幼时听得最多的儿歌是《长城谣》：

万里长城万里长，长城外面是故乡……

那时正值东洋的马蹄踏过长城，长城内外黄河上下的怒吼此起彼伏：

起来，不愿做奴隶的人们，把我们的血肉筑成我们新的长城——

就在这个时候，长城，这一不屈的民族精神图腾便深深扎根于罗老少时的心灵，并伴其一生。罗老是中国首席长城专家、古建筑大师，1940年考入当时国内唯一从事古建筑研究的学术团体中国营造学社，同事中有以后成为中国著名建筑学家的梁思成、刘敦桢等。中华人民共和国成立后，罗老先后出任中国文物研究所所长、中国古建筑专家组组长，全国政协委

197

员，一生著书立说，研究成果颇丰，桃李满天下。罗老自1952年受新中国政务院副总理兼文教委员会主任郭沫若的派遣，骑着毛驴踏上八达岭长城，开始伟大的修复长城工程，到现在已经40多年。近半个世纪以来他沿着万里长城，游历于上下五千年中华文明历史的长河中。写下了"累登九镇三关险，踏遍长城万里遥。"的诗句。后来我把罗老的诗刻在了八达岭长城碑林，这是后话。这次以76岁高龄欣然策杖渡海，不为别的，只为跨过海墙、穿越心墙，把来自万里长城的祝福洒向阿里山、洒向日月潭。

台湾国立历史博物馆创建于1955年，馆内收藏丰富，以中原文物为主，多是"二战"后接受日伪的古物，以及1949年自北京故宫博物院、河南博物馆迁台的文物。博物馆建筑风格大有明清遗风，高高的红墙隐着汉家的庭院，院里错落小桥流水，亭台怪石，清砖铺地，散落着茶座，像是提脚迈入了民国时期京城寻常的宅院。主楼高6层，红砖绿瓦，画柱雕梁，壮观肃然。馆内1～4楼为展示空间，拥有常态文物陈列10余间。2～4楼大厅为国家画廊，经常举办各种大型主题特展。步上3楼回廊宛转，辟有茶室，名曰"荷风阁"，依窗望去是台北植物园，园子占地约0.5公顷，有1500多种植物，湖清岸绿，曲桥栏杆，荷花碧水，甬道通幽，宛若博物馆的后花园。凭栏远眺一览植物园翠绿林木、荷池秀色，顿觉心高清远，不想烦嚣都市中心竟有如此宁静之地，在腿乏眸酸之时给你一个惊喜。

经黄光男教授提议，台湾国立历史博物馆自1997年开始策划，历时3年，联络世界几十个单位，百名学者、艺术家、收藏家，特别是向海峡彼岸，拥有地球上最长墙的故乡，发出玫瑰之约，穿越心墙，"完成了建立沟通的企图心"！

"墙"特展的主题强调意念、思想、象征、对话、扩充和延展。在内容上，展示包括中国万里长城、中国园林、耶路撒冷哭墙、柏林围墙、中国台北古城墙等；在地域上，跨疆越界横贯中西；在时间上，纵跨古今上下五千年；在展品上，有声像文字资料，又有实物。其中，中国长城协会提供的明代刻字长城砖，柏林围墙残骸尤为耀眼。更有来自世界各地的艺术家为此次特展创作的作品增添了艺术魅力和想象空间。整个展览为观众提供了在知性、感性和互动上的满足。

黄光男教授是高雄人，学识渊博，风度翩翩，侃侃而谈。曾从事教学30多年，出任馆长也有10余年，著作颇丰，主要有《博物馆行政》《博物馆营销》《博物馆广角镜》等。以"墙"为题，举办世界级特展是黄教授由来已久的愿望。他一直有个疑问：

人类的生活史，就是部墙的建筑史，城墙何其多，都抵不过生死的更替，为何还要继续筑墙呢？

〜

走进国立历史博物馆大门，目光首先撞在一道石门上，那是用柏林墙残骸临时搭起的一道石门，1米多高的混凝土墙面上残留着那个特定年代的壁画和涂鸦的斑驳。然而我觉得这不是一堵墙，而是一把利剑，把柏林一分为二，把一个国家、一个民族，甚至整个世界一分为二的利刃。墙切过厚厚的土地，切过千年的古城柏林，割过的土地在淌血，柏林城也在淌血，一淌就是半个世纪。

1961年8月13日清晨，20000多名民主德国士兵沿边境线迅速展开，荷枪实弹，如临大敌。所有通往西柏林的通道在一个时间被关闭，一时间各种施工机械往返穿梭，开始筑墙。混凝土飞快地生长，到31日，完整的柏林已经不复存在。那天，你可能是个上早班的工人，像往常一样跨过分界线去为生活奔忙；你也可能是个回娘家的少妇，丈夫和孩子正等着你归乡；你或许是个走亲戚的少年，只是因为贪玩儿使你把归期推迟了一天。你或许是个在黎明前出诊的医生……可是，一切的一切都在这一刻凝固了，成了永恒。多少柏林人的家庭从此骨肉分离，咫尺天涯。人性在冰冷的大墙下竟如此脆弱和悲凉。

同一天，苏联对外宣称恢复原子弹实验，和平的温馨还没来得及抚平战争的创伤，欧洲又一次进入动荡不安的岁月，这一天距"二战"结束才不过短短的15年。

墙可以画地为牢，却不能禁锢人们对自由的渴望和梦想。翻墙逃亡从开始筑墙的那一天起就从来没有停止过。据说，头一个反应敏捷的是一位民主德国的技工，13日那天他正在东柏林工作，当整个柏林人被这突如其来的举动惊吓得目瞪口呆且束手无策的时候，他却强烈地意识到，如果现在不采取行动的话恐怕今后就再也没有机会了。于是他毅然地从刚刚竖立起的铁丝网义无反顾地跳进了西柏林，任子弹在他的身边击起朵朵火花。机智和果断让他成功了。后来更多的人却远没有他这样幸运。30年，多少柏林人骨肉分离，家庭破碎，又有多少人因不能忍受这种摧心折骨的痛苦铤而走险，最后永远倒在了冰冷的柏林墙下。1961年的一天晚上，一个叫菲西特的青年勇敢地攀上柏林墙，在他就要翻过大墙的一刹那，枪响了，菲西特身体中弹，一头摔倒在柏林墙下，血流如注，抽搐不止。民主德国的哨兵们在哨所里冷冷地注视着，没有人过来帮他，直到一个小时后血尽气绝。许多当年目睹这一刻的人到现在还心有余悸。

1989年11月9日，柏林墙终于被推倒，欢庆的场面持续了好几天。人们尽情地唱着、笑着、欢呼着。可是就在此时，有多少人没能熬到这一天，再也不能跨墙而歌，又留下多少残破的家庭继续饱受亲人撕裂的痛苦呢？伫立在台北国立历史博物馆这道柏林墙的残骸前，我良久垂首无语，在西风里。

二

据《圣经》记载，在距今4000年前，犹太人的祖先奉神明的指引来到地中海的东岸繁衍生息，逐渐造就了一个民族——犹太族，几千年来他们执着地信仰上帝。

距今3300年前，犹太民族接受摩西十诫，开始按清规戒律日作夜息并代代相传。

在距今2900年前，所罗门王在耶路撒冷城圣殿山下建起了一座圣殿，叫作第一圣殿。后来强悍的巴比伦人打了进来，一把火焚毁了圣殿。再后来，犹太人又在原址重建圣殿，规模比先前还要大，被称为第二圣殿。70年，犹太人发动了历史上规模最大的起义，反抗残暴的罗马统治者，起义失败，第二圣殿也在这次战乱中被摧毁，仅留下西墙残骸，就是那著名的哭墙。

"墙"特展，把耶路撒冷的哭墙作为整个展览的一个重要章节。展区以摄影作品和文字来突出犹太民族3000年来回归故乡恢复祖国的奋斗主题。用一些以哭墙为素材的艺术创作和工艺品，来展示犹太民族对哭墙的不能割舍的情感。

就在那次犹太人反抗罗马统治起义失败以后，犹太人被大规模放逐。犹太民族从此失去了自己的家园，失去了自己的根，飘散世界，开始了上千年的流离失所、浪迹天涯的悲惨命运。为了让子孙后代牢记民族耻辱，犹太人以他们特有的智慧制定了许多习俗，如在新人举行婚礼时，新娘要在婚礼上当众打碎一只贵重的玻璃杯，以示不忘民族的耻辱，而婚契上的背景图案就是哭墙。可是，就在相当长的一个时期里，哭墙只是存在于犹太人的记忆里，而不能到哭墙面前朝圣。直到1967年以色列收复耶路撒冷城，全世界犹太人才可以自由地来到哭墙下，来到这个被视为离上帝最近的地方，满怀2000年的辛酸、悲愤和希望，在哭墙下默默祈祷。

耶路撒冷城是三大宗教18亿教徒的信仰圣地。它是耶稣殉难和复活的地方，又是先知穆罕默德升天的城市。更是犹太人荣耀、屈辱和重燃希望的地方。犹太教说，这里是上帝赐予我们的土地，犹太王国立国时的首都，锡安山上有我们的圣殿；基督教说，这里是耶稣诞生、传教、牺牲、复活的地方，是无以替代的圣地；伊斯兰教说，这里是穆罕默德夜游登高聆听真主安拉启示的圣城，有世界上最美丽的清真寺。3000年来，兜鍪穿梭马蹄急，巴比伦人、罗马人、土耳其人，以及伊斯兰教徒、十字军都曾在耶路撒冷留下痕迹。特别是阿拉伯人在691年，在哭墙后面大兴木土兴建了一座大清真寺，后被伊斯兰教教徒视为第三大圣地，每年都有大批信徒从世界各地去耶路撒冷城朝圣。如今，每当清晨或是正午，耶路撒冷城上空就会响起基督教堂的钟声，阿拉伯男子咏诵《古兰经》的声音也会通过喇叭同时响起。

在耶路撒冷城仇视了3000年，冲突了3000年。然而，各个宗教信仰都有一个共同理想，就是爱心与和平。《圣经》说："你们要爱仇敌，也要善待他们。"《古兰经》讲："真主是至善至慈的。"可是，跨越心墙，人类以沟通代替阻隔，用爱心取代怨恨还要等待几个千年呢？

三

在中国广袤的土地上，从东到西横亘着一道气势宏伟的"大墙"。它跨群山、越峻岭、穿草原、过大漠，宛如一条巨龙，腾翔在中国的北方。它就是举世闻名的万里长城。万里长城是人类历史上规模最为浩大的军事防御工程。据说，1972年世界上第一位登上月球的美国宇航员阿姆斯特朗回望地球时，看到了人类创造的两项伟大工程：一个是荷兰的围海大堤，另一个就是中国的万里长城。

长城作为世界建筑奇迹之一，已被载入世界文明的史册。它的坍塌与重修，记载了中国2000年来历代王朝的兴衰，表明5000年历史文化的演进。万里长城和着人类前进的脚步经历了2000多年的风雨历程，长城情结已经深深地烙印在中华儿女的心中。从"秦时明月汉时关，万里长征人未还"到"天高云淡，望断南飞雁，不到长城非好汉"；从长城抗战到"起来，不愿做奴隶的人们，把我们的血肉筑成我们新的长城"。它是中华民族对抗、排斥、交融与融合的历史见证，是中华民族的根，是海内外中华儿女的魂！

台北"墙"特展把中国万里长城作为重要章节着重来展现。在进入展厅的第一个单元便是一道蜿蜒的万里长城造景，拉开第一单元的主题"记忆与感情"。配合大量的文字和影像资料，从时空、历史和地域不同的角度来走近长城。台湾著名画家吕佛庭先生的《万里长城图》给人以抚今追昔之感，为展览增色不少。最引人注目的还是3块辗转来自八达岭长城的长城砖，向世人诉说着中华上下五千年的文明与沧桑。

伫立在长城砖前，凝视着城砖上的清晰文字，回首千年的积淀和着耳旁袅绕的古筝弦音，恍若隔世，不禁让人想起渭曲，想起凉州词；想起"千嶂里，长烟落日孤城闭"，想起"长风几万里，吹度玉门关"。

公元前221年秦灭六国以后，在中华大地上出现了一个空前庞大的帝国，它就是秦国。早在三皇五帝之世，地也不过千里，法令不及诸侯。如今海内一统、法令一致、车同轨、书同文，统一度量衡。这时的国家疆域向北一直推到内蒙古河套北部，以及宁夏平原以南地区，与正在崛起的匈奴地域直接接壤。匈奴铁骑飘忽不定，机动性大，破坏力强，自战国到明代始终为中原大患。如今北部边界距首都咸阳只有400里，骑兵一昼夜的路程，新兴的大秦王朝面临强大的军事威胁。开疆拓土壮志凌云的始皇帝嬴政，自不能容忍睡榻旁边出现他人的噪声。在秦始皇二十六年，大将军蒙恬执帅印点齐30万兵马北伐匈奴，北伐军一路破关夺旗，把匈奴赶出河套一线。急风暴雨似的军事扫荡不能一劳永逸，于是蒙恬将军在黄河以南移民建县，黄河以北驻兵设防。接着把燕国、赵国和秦国各自独立互不连贯的长城连接起来修缮增筑，东起辽东郡（今辽宁辽阳），西至临洮（今甘肃民县）绵延5000多公里，形成了第一座真正意义上的长城。

长城在此后历代皆有增建，其中以汉代（前206—220）和明代（1368—1644）工程最为浩大。明长城尤为最值一提，明代初，明太祖朱元璋曾派大将徐达、冯盛率军在北方筑关制塞，修筑长城。在270年间先后进行18次大规模的修筑，形成了东起山海关，西至嘉峪关，气魄雄伟、建筑精美的全长 14600 多华里的万里长城。明长城无论是工程技术水平还是防御系统设置的严密程度，都是以往的长城无法比拟的。由此，罗哲文教授就曾精辟地总结说："我们今天看到的万里长城，始建于春秋战国，联结于秦始皇时期，完善于明朝。"

万里长城从明代以后就没有再进行重大的修建。清代依靠凶猛彪悍的八旗兵马夺得天下，自然不相信一条大墙能保国安民。大清王朝入主北京后，康熙帝对修建长城很不以为然，他在兵部衙门就加固古北口一线长城的奏折中批道：

帝王治天下自有本，原不恃险阻，秦筑长城以来，汉、唐、宋亦常修理，其实岂无边患，明大修长城，最终灭于我。

恃才傲物的康熙帝还赋诗讥讽曰：

万里经营到海崖，纷纷调发逐浮夸。
当时费尽生民力，天下何曾属尔家。

长城是中国农业高度文明发展的硕果，是中华民族哲学思想的精华体现。秦代统一天下后，在国防上推行"以墙制骑""用险制塞"的策略。等到了汉武帝时期，国力空前强盛，于是执行"以骑制骑"的战略，以强大的骑兵集团千里跃进，直驱匈奴腹地霹雳闪击，配合以军屯戍边，确保北方边境长治久安。这都是中华民族智慧的集中反映，以仁制暴，以柔克刚，敌我两全。与"凡用兵之法，全国为上，破国为次之；全军为上，破军次之""上兵伐谋，其次伐交，其次伐兵，其下攻城"的军事谋略和"内修文德，外治武训"最高政治思想一脉相承。追求的是"不战而胜"的最高境界。很大程度上也正是由于这种刚柔相济，"不战而屈人之兵"的战略思想，使得中华民族傲立世界民族之林 5000 年。而那些强极一时的如罗马铁骑、十字军团、蒙古大军都不过是昙花一现、过眼云烟。青山依旧在，几度夕阳红！后来长城的精神作用已经远远超过了它的国防作用，成为中华民族不屈不挠抵御外来侵略的精神象征。

万里长城在饱尝了千年岁月的风霜，看尽了前朝后代的兴亡。今天，它虽然已是一个废弃的古代军事工程，却成为又一个最为庞大的人类文化遗产。在这个最大的古战场上，长城的实用功能消退的同时，它的精神内涵、审美视角、现实作用，却在历史的演进中不断地积淀、转变和增长，一股深厚的历史感升华为一种人文精神和文化美感，使长城成了一件巨大的艺术品和精神图腾，成为展示和弘扬中华民族精神的象征。长城风采和深厚的文化底蕴吸引着不同肤色的人们千里寻访，犹如和平的纽带、友谊的桥梁。1998年6月的一天，当用508天徒步走遍万里长城的长城专家董耀会教授向来访的克林顿介绍长城时，年轻的美国总统不无羡慕地说：

中国长城比我想象的更雄伟，不亲自攀登，不可能真正地感受长城。我真想像董教授那样沿长城走上一遍。

四

台湾海峡波浪滔天，50年海墙相隔两岸，已是太长太久。
台湾著名诗人余光中白发当风，在风里回首：

多少白发在风里回头
一头是孤岛，一头是九州
断肠之痛从庾信哭到陆游
而今是更宽的海峡纵割了东西
一道深蓝的伤痕迸裂一百公里
未老莫还乡，老了，就不会断肠？

台湾国立历史博物馆馆长黄光男教授在"墙"特展前言中写道：

　　海峡两岸分割得太久，太久。等白了多少少年头！海峡之间横着一道
海墙，更难逾越的还有一道无形的心墙。

　　若能打开心墙，那么，风儿彩蝶纷飞，点点柳花拂面，春天永远在墙
里，也在墙外。

　　人类即将跨入新的千年，百年的交替，千年的更迭，人类在忙着洗盏
更碟迎接新世纪的时候，是否要回眸与思索。千年来，战争与和平，富裕
与饥荒，强权与屈辱，善良与正直，繁荣与退化，光荣与梦想，人性与野
蛮，夹杂着成就、伤痛和憧憬从远古迎面扑来，转瞬同我们擦身远去。沧
海桑田，地球已面目全非，留下无数土墙、石墙、砖墙、海墙和心墙。人
类可曾扪心自问：谁是地球真正的主人！人类要去向何方？

　　在台北最后的一个夜晚是那样的宁静，隔海回望大陆，我写下了这首
《记忆千年》：

　　燧人氏的火把从上古传来
　　传了厚厚的千年
　　千年之后还是
　　千年

　　燕赵的侠士，楚汉的剑客早已离去
　　剑是吴钩，从靖康磨到辛丑
　　终于在一个风昏雨暗的夜里
　　从鉴湖侠女的手中　跌落
　　长亭与短亭，长别与短聚
　　一杯黄藤酒尚温

从陆游饮到邹容
最终在一个留着八字须的绍兴人嘴里
才品出真正的冷与热

曾经，郑三宝的楼船浩浩南下
引来万番来朝
曾经，国姓爷的战舰列列北来
把"红毛鬼"赶入大海
泱泱天圆帝国　何以相撼！

自从罂粟花清香升起
青龙旗黯然垂下
东方的帝国沉沉地睡去
五百年过去又是五百年
谁料想
一个爱吃辣椒的湘潭人
一个身着长衫手擎雨伞的书生
竟点燃了寒寂的大地
燃烧起千年最耀眼的火炬

人们往往容易忘记
却又偏爱沉湎于怀念
如今，还有多少来者会留意
楚河与汉界，苏祠和草堂
细述圆明园的大火
楼兰啼血的残阳？
有谁还去吟诵《出师表》

207

诠译一曲岁岁重阳？

可山能记得，水亦能记得
冰如砒霜的古栈还记得
山是封禅的泰山，是千佛的蓬莱
是盘古斧劈的昆仑
劈开丝路古道、烟锁秦关
水也记得，水是易水是汨罗
是两千年忠魂不散的潇湘
还有荒寂的古道
那是西去的阳关
关河千里玉门冷落
一匹瘦马驮起千年的孤寂
匆匆走过的是张骞是李广
是千里远嫁单于的新娘

飞逝的光阴，重复的故事
生生不息的是记忆
苔深似锁古人不在
往事越千年
如今烟锁秦关的浓雾弥漫在
香榭丽舍的街头
牧童悠悠的笛声高高挂在
荷兰的风车上
曾经是杏花春雨的江南
宋人的水墨唐人的诗篇全都浸泡在
奥尔良葡萄酒翻腾的泡沫中

扩展的空间，浓缩的距离

使历史相交与重叠

在蘑菇云升起太阳旗落下的长崎

"二战"的休止符却止不住隆隆鼓噪

难道以焦土为代价的警示钟

还不能融化任何仇视与隔阂吗？

和平共荣，人类这一千年心愿

还能经得起几个千年的

风萧雨凄！

2000年5月于中国台北

北投温泉

手拿一张台北温泉索图上了计程车，指着一个好听的名字说："先生，请把我送到这家温泉。"

计程车在山路上盘旋而行，车窗外大树参天，翠绿成荫，时而与石桥、绿水、隧道相遇擦肩。打开车窗，带着淡淡薄荷味的山风吹了进来，清清爽爽、惬意融融。车渐走，风渐凉，越往山里走乡村野趣越浓，而淡淡薄荷味也换成了硫黄的味道。路旁不时有温泉广告指引路牌出现，温馨的画面配着煽情的文字让人看着心急。

计程车终于在一个建筑前停下来，这是一栋中洋混合式的古典建筑，靠山依溪而建，廊桥横越在溪谷之上，草木茂盛，潺潺溪流，将建筑与自然融为一体，极富风情。"先生，你要找的温泉到了。"

进了大堂才发现，这家温泉显然刚刚装修过，一切都崭新明亮，只是崭新得有些刺眼。华丽的装修，气派的摆设，与它朴拙的名字和我理想中北投温泉的模样相差甚远。

"欢迎光临，先生是一位吗？"

一位漂亮的女孩儿笑容可掬地迎上来，用地道的普通话寒暄道。

"是的小姐，我一个人。"

"请在这里取钥匙，在那边更衣。"女孩边说着边轻巧地侧身优雅地抬手一指。

"你们这里是什么风格的温泉？其实，我的意思是想找一家古老的温泉。"

女孩眨了眨水汪汪的大眼睛，摇摇头。

"对不起！"我转身快快往出走。

"先生，你去这家看看，兴许能合你的意。"清脆的声音又一次响起，人也追到了身旁。

"我们同学聚会刚刚到过那里。"随着话语递过一张名片，上面蓝底绿字用方楷书写着"川汤"两个字。

计程车再一次停稳是在一个袖珍的停车场，打开车门一股浓浓的硫黄味道扑鼻而来。这是半山之上的一块儿平地，四周群山环抱林涛汹涌云雾弥漫宛如置身仙境。枝叶繁茂莺燕飞舞，一声鸟鸣回荡，众声山谷共鸣，传送久远。顺着路牌的指引，我走上一条林荫石阶小路，拂面而来尽是幽幽古意，幽幽荫荫悠悠。跨过小桥流水，一抬头，一家旧日式建筑风格的温泉出现在眼前，蓝底绿色大字的招牌分外耀眼——川汤，刹那间有一股似曾相识的亲切之感。整个川汤温泉装潢得古朴典雅，主要建筑材料以木材、石材为主，自然纯朴，弥漫着强烈的古朴与怀旧风格。一进门就闻到阵阵湿润的木香，典型日式风格的前后回廊带有原始朴拙的风味，其间流泻出和缓而舒畅的气息。川汤温泉依山而建，门前山涧溪水挟带着温泉潺潺流过，雾气蒸腾像是阻隔了凡世，一座日式木桥衔接两岸，宛若一幅纯朴山野景致的水墨画，让人感觉飘飘欲仙仿佛进入世外桃源的意境。

草草换了和服式的浴袍推开木门出来，穿过木质地板的回廊，挑帘进入温泉浴池，宽大通透的浴池竟只有我一个人。温泉浴池正对着的一面墙上是一排只有50厘米高的水龙头，每个水龙头下面都整齐地放着小巧朴拙的木墩、木盆，既亲切又可爱；一架敦实的条木格子柜上依次放有一次性的牙膏、牙刷、剃须刀、毛巾和吹风筒；一个老式的船用时钟挂在浴池上方湿漉漉的墙上；在显眼处贴有用中、英、日3种文字书写的入浴须知之类的文字，还配有入浴流程图，给人一种周到体贴、宾至如归的感觉。温泉池一半在屋里一半探出屋外，置身屋外，三面群山森林葱葱尽收眼底，我下意识地把自己全部没入水中，只留脑袋在外面，突然在室外赤身裸体一时还不能适应。仰卧在温泉池中心也逐渐安静下来，透过矮矮的篱笆墙满眼翠绿，池中弥漫着蒙蒙的蒸汽，缓缓上升如梦如幻，在阳光的照耀下七彩影像万千变化，有如仙境般叫人心驰神往。身体浸泡在热腾腾的温泉里尽情舒展，享受那种"通体舒畅，像吃了千百年人参，每一个毛孔无不通畅"的快感。闭上眼，静静地把自己融入山林野地，体味着回归大自然本源的惬意。脸上有微风吹过，含有野草的芳香，耳边风吹树响，鸟唱蝉鸣和着溪水涓涓犹如一曲如歌行板；睁开眼，蓝天湛湛，白云悠悠，卷舒自如，令人自心里往外地舒畅安逸。

据考，北投原为"凯达格兰族"北投社人聚居之地，因大屯山上终年云雾缭绕，神秘莫测，故称之为Pakto（"女巫"之意），译成汉音即为"北投"。北投温泉地处大屯火山群、金山断层上，为台湾百年来最著名的温泉乡，分布着众多形形色色品质不同、建筑风格迥异的温泉旅馆饭店。各种温泉由于所含成分不同，形成各种具有特色的温泉浴法，如被称为"跌打泉"的瀑布泉浴，就是利用温泉自山崖流下所产生的冲击力来起到温热按摩效果，对腰痛、关节炎、肩膀酸痛有明显的治疗作用。还有可治疗高血压、神经痛等疾病的泥泉浴，这种浴是在患者身体局部涂上含有丰富矿物质的泥土加温，然后在泥土泉中泡浸，往往"泥到病除"。再有沙泉浴是在海边或有天然沙滩的地方，利用温泉的热量把细沙温热，将人的身体隐入温暖的细沙中，只留下头部在外面，由于沙的压力与热敷的疗法效果，对神经痛、腰痛、肩周炎等特有疗效。蒸汽泉浴类似土耳其的桑拿浴，利用温泉的蒸汽、喷气进行桑拿，加速新陈代谢、挥发汗水而达到解除疲劳、排毒、恢复体力的作用。最特别的是一个叫瑞穗温泉的地方，据说它的泉质略成黄金透明的碳酸盐泉含有丰富的铁质，时常浸泡怀孕生男的概率比较高，所以又有"生男之泉"的别号。

早在1896年，离不开温泉的日本商人平田源吾在北投建立了第一家温泉旅馆——天狗庵，从此开启了北投温泉乡的发展史。接着旅馆、温泉浴室和俱乐部竞相成立，由于清末李鸿章与日本签订的《马关条约》，日本占领台湾长达51年，北投温泉的建筑风格大受日本影响。日本人对温泉已经到痴迷程度，在日本有一句流行谚语叫作"酒喝三家，澡洗三次"。日本全国有2800多个温泉群，每年超过1亿人享受各种各样的温泉浴。日本人称澡堂为"风吕"，因此日本也就有了"风吕民族"的称誉。亲戚朋友一起住在古老的温泉旅馆，喝喝清酒，泡泡温泉，百年来已经成为日本大众化休闲度假旅游的方式。

那年去福冈大宰府看望好友青木丽子一家，被善解人意的丽子女士安排在大丸别墅。那是一家具有139年历史的老式温泉旅馆，店家因曾经接待过天皇一家而风光荣耀至今。大丸别墅百年来经过平成元年、昭和四十五年和大正七年3次大规模扩建，已经成为当地最高档也是最古老的温泉旅馆之一。具有汉唐遗风的回游式庭园与水榭楼台相得益彰，厅堂、回廊、天井的装潢摆设像是百年来都不曾动过，让人有隔世之感。坚持传统的客房，房间小小巧巧温馨四溢，用餐都在榻榻米上进行，大的餐厅像剑道道场一样敞亮，小的餐厅袖珍玲珑像寻常人家的客厅。泡过温泉，盘腿坐在榻榻米上，享受着精致的家具，精美的饮食，手执古朴笨拙的酒器，呷一口冰镇清酒，优哉游哉其乐无穷。落地窗外飞檐木屋，矮墙斜瓦，流露古朴的色泽，富有诗情画意。我想，要是在隆冬时节，大雪漫山，赤足踏雪进入温泉，一边泡在热乎乎的温泉里，一边观赏外面雪景，外冷内热会是另一番情趣吧。这种景象只在日本温泉画册上见过，福冈地处北纬34～35度之间，与国内江苏盐城、上海相仿，海拔低得就要摸到海平面，因此在福冈地区恐怕是难得一见了，那要到北海道或是东北长白山上才行。冥想之间突然木阶梯上传来嗒嗒的木屐声，却久不见有人上楼来。此情此景让我想起明人聂大年的《南屏晚钟》：

柳昏花暝暮云在，
隐隐初传一两声。
禅榻屡惊僧入定，
旅窗偏逗客含情。

北投温泉留给台湾人的除了一种闲适记忆，还有的是一种怀旧的情节。青山、老屋、奇石、蔺草、日据时期、天然温泉、电影外景，就像对于大陆人一提起温泉总不禁想起华清池温泉一样。西安临潼骊山温泉在宋代就已被誉为"天下第一温泉"，唐明皇和杨贵妃的风流爱情自骊山温泉"春寒赐浴华清池，温泉水滑洗凝脂"拉开序幕，上演一出千古绝唱《长恨歌》。御汤的设计建造充分显示帝王之气，十分讲究华丽与实用的结合，据《明皇杂录》上记载，安禄山从范阳（今北京一带）运来白玉，由能工巧匠雕成鱼龙雁花草镶嵌池中栩栩如生。进水口装有莲花喷水头，实用又美观，苏东坡在《游汤泉》诗后记中说："……惟骊山当往来之衢，华堂玉雕，独为胜绝。"可惜这些石刻艺术已经失落，也只能看着文字想象了。如今，海棠犹温，佳人不在。

更多的温泉还是为大众开放的，如黄山紫云峰下的"灵泉温泉"，辽宁鞍山的汤岗子温泉，云南螳螂川畔的安宁温泉，贵州天台寺山下的息峰温泉，还有"岭南第一泉"的广州从化温泉，江西庐山脚下的庐山温泉等多得不胜枚举。中国人洗澡的历史由来已久，意大利旅行家马可·波罗在他的游记中特别推崇中国城里人的卫生习惯，他在《马可·波罗游记》中用了很大的篇幅对杭州人沐浴的情形做了描写：

通往市场的街道都很繁华，有些市场还设有相当多的冷水浴室，有男女侍者分别担任招待。杭州人不管是男是女，终年都用冷水沐浴。他们从小就养成了这个习惯，认为冷水对身体有益。当然，也有热水浴室，不过专供外国人使用，因为外国人不能忍受那冰一样的冷水。杭州市民每天都要沐浴，沐浴的时间，大都在晚饭之前。

从意大利威尼斯来的马可·波罗对杭州人每天晚饭前沐浴的习惯羡慕不已，看来那时的欧洲人还不具备每天洗澡的条件或是习惯。可惜他没有泡过温泉，自然说不出泡温泉去病强身的好处。

川汤温泉因山高谷深植被茂盛的缘故，太阳早早地就落山了，光线也随着暗淡下来。从温泉出来不过傍晚时分，天色已经昏暗，店里店外都已掌起了灯。此时我全身通透舒展却已饥肠辘辘，露天晚餐提供日式自助火锅和台北啤酒，让人赏心悦目。头顶着北投的星空，喝着冰爽芳冽的啤酒，四周的空气弥漫着火锅美食的香味，真叫人乐不思蜀。

"店家，请给我订一辆计程车，去台北，吃完了就走！"

2000年5月于中国台北

澳门的秋天很冷

澳门的秋天很冷，更何况是晚秋。芭蕉减了翠绿，椰林增了凋零，却不见铺满林荫的落红。毕竟是南疆，四季永远不是太分明。可这里的秋季感觉更冷，空气里始终充满着湿漉漉的水汽，冷冷阴阴凉凉。屋里屋外总是弥漫着一股淡薄的海腥味。

经好友推荐，我报考了澳门科技大学工商硕士研究生，并申请了工商硕士学位。2003年的晚秋时节，北京班第三批的28个同学住进了距离澳门科技大学2000米远的澳门大饭店，开始最后的冲刺。澳门科技大学成立于2000年3月，这时澳门已经回归，五星红旗与莲花五星绿旗插满大街小巷，一派祥和景象。经澳门特别行政区政府批准，澳门科技大学开设了信息科技学院、行政与管理学院、法学院和中医药学院等4个学院，并且可以颁授理学、管理学、法学、医学等4个门类之8个专业硕士及5个专业博士学位。我国著名天文学家、全国政协委员许敖敖教授出任校长。一批来自欧美国家的大学以及清华大学、北京大学、南京中医药大学、复旦大学、南京大学的资深教授来澳任教，使校园里充满了国际化学术氛围。每当学校颁授学位时，全国人大副委员长马万祺、澳门行政特区特首何厚铧等澳门政要，身着澳门科技大学特有的礼服郑重出席，特首何厚铧致辞，澳门政府对教育的重视程度可见一斑。到我们去时，大学在校生已有全日制硕士、博士生500多人，在职硕士、博士生4000多人了。难怪学校竟不能给我们安排住宿。

早晨，迎着朝阳从澳门大饭店步行30分钟到学校上课，晚上披星戴月地原路回来，一整天加一个晚上课程安排得满满的。回到饭店整个人就像散了架，头胀欲裂却又难以入眠。午饭和晚饭时间是一天最轻松的时候。可容纳300多人同时用餐的大学饭堂设在学生活动中心一楼，凭购买的饭票领取份饭。饭菜是由外面一家快餐厅送来的中式快餐，饮食菜谱倒是不断推陈出新保证了营养均衡，可入口却全都是千篇一律淡寡无味。后来还是好心的校工备了一些咸菜、辣椒酱才缓解了我们这些北方学子的窘迫。饭后有一段短暂的轻松时光，同学们三三两两地散布在校园里闲聊打电话，缓解一下紧张的神经，也舒上一口气。上大课是在学校的大礼堂，几百人共聚一堂，想是进出不便的缘故吧，整个半天中间只休息一次，赶上教授兴致盎然一口气下来也是有的。常常，在昏昏欲睡的下午自己悄悄溜出侧门，摸到餐厅茶座要来一杯咖啡，点上一支香烟算是最大的享受。后来还是被责任心极强的班主任高老师追着口头警告了1次。

澳门的秋天很冷，到了晚上尤甚。澳门大饭店窗外正对着填海而建的澳门机场，笔直的跑道一头正对着窗口，一头直插入大海，显得孤零而单薄。晚上，头枕着大海睡去，耳旁潮起潮落浪涛拍岸，让人辗转难眠。下雨时，带着海腥味的湿气从窗户挤进来，左翻是燕京的秋雨，右翻是边城的风铃，左右都是无眠。有诗随湿气进来："谁家秋院无风入，何处秋窗无雨声。罗衾不奈秋风力，残漏声催秋雨急。"往往，一闭上眼睛仿佛又回到燕京紫藤古槐四合院，回到乡下灰墙青瓦的古屋，还有渭水河边八卦台上，莺飞草长江南的三月，梦里不知身是客的侠客游。三亚湾的晚霞还是那么妖艳，懒懒的太阳，松软的沙滩，一双赤足紧随一双赤足缓缓前行。还有灯火阑珊的夜晚，烤鳗鱼的油香和着腥漉漉海鲜气味随风飘过来，催你举起那扎喝不完也喝不醉的青岛啤酒……

越海电话成了医治失眠的良药：

"喂，逍遥呢吧？我们聚了几次了，你还不快回来！"这是狐朋死党；

"工作上的事儿你别着急，只管安心学习，'家里'的事儿有我们呢！"这是宽容的同事；

"注意身体，别熬夜，想着吃药……"这是思念的妻子；

"我们班上的小翟和大宝都穿着暴走鞋，神气活现的，你不想让我给你丢脸吧？！哎呀，就是鞋跟带轱辘的那种……真是的！我写下来发到你手机上就是了，你拿给售货员看……"这是活泼可爱的女儿。

在一个无眠的夜晚，我写下了这首诗：

隔海传来悠扬的铃声
似边城迎风转动的风铃
辗转千里的画眉
纤柔的手指一拨
便点醒了澳门的海风
"日出东海啊，我的
读书郎，你还未醒？"

青山尽处楚烟轻
高楼远眺望不到边城
收回的租城荡漾阵阵铃声
那个临行前绾的结
在心海里飘零，在等
拨响风铃的那只
纤柔的手再次　转动

在偶尔的闲暇，我喜欢随意地走走，也为了换一换迟钝的脑筋。澳门位于中国东南沿海的珠江三角洲出口，与香港只有60公里水路，往珠海市和中山市则抬腿跨过关闸即可到达。澳门是天然良好的渔港，5000年以前就有了人迹，秦朝时纳入中国版图。澳门的历史挺有神话，传说在古代，一艘渔船在天气晴朗、风平浪静的日子里航行，突遇狂风雷暴，渔民处于危难。危急关头，一位少女站了出来，下令风暴停止。风竟然止住了，大海也恢复了平静，渔船平安地到达了海港。上岸后，少女朝妈阁山走去，忽然一轮光环照耀，少女化作一缕青烟，不见了。后来，人们在她登岸的地方，建了一座庙宇供奉这位娘妈。到了16世纪中叶，葡萄牙人上岛，询问居民当地的名称，居民误以为指庙宇，答称"妈阁"。葡萄牙人以其音而译成"MACAU"，成为澳门葡文名称的由来。

澳门是一个国际化都市，46万人口中，中国人占总数的95%，葡国人及其他外国人只占5%左右。走在街上或是在咖啡厅里，常常与老葡人不期而遇。仔细观察他们会发现，这些葡国遗老们悠闲中带着自信，举手投足之间总是透着一种舒缓安详。显然，他们已经反认他乡是故乡了。

那年，在郑和下西洋的主要中转站马六甲老城，我竟在一栋老房子门框上看到了一副老对联：

第一等人，忠臣与孝子；
只两件事，耕田与读书。

震惊之后，深感中国传统文化传播之久远，影响之深切。忠孝的观念和"渔樵耕读"思想是传统农业社会推崇的价值观，一方面通过劳动自食其力；另一方面透过读书修身养性。我深以为然。澳门是中西文化融合共存的地方，葡萄牙文化渗透在行政、教育、建筑等方方面面。然而，中国传统文化却已经深深融入澳门华人的血液中。大到支撑社会的文化基础伦理道德观念、人性良知与社会责任感，小到生活理念、经济价值观，以及民众饮食文化、婚丧嫁娶风俗无不闪烁着中国传统文化的光泽。

澳门小城宁静古朴，居民中外杂居，建筑也就中西参差错落了。既有中原风格的古宅大院，也有南欧风情的窄窗洋楼；既有明清时期体现普度众生思想的庙宇楼台，也有表现人神结合精神的巴洛克教堂。澳门小城街道整洁幽雅，依山傍海，高低起伏狭窄曲折，有多条老街上还是石子铺地充满怀旧气息，大有岁月悠悠沧海桑田之感慨。受葡萄牙文化的影响，澳门街头巷尾和公共场所大都竖立名人铜像和雕塑，配以红墙绿瓦的南欧建筑，色彩缤纷，文化气息浓厚。高高的柿山之巅，保留着古炮台、古堡石墙、铁炮森森、诉说着悲怆的历史。

219

澳门是伟大的革命先行者孙中山先生重要的活动场所，1892年孙中山先生从香港皇仁书院医学院毕业后，在澳门镜湖医院行医，后来他在文第士巷买下房子。1928年，一个弹药库爆炸，摧毁了他们的寓所，他的家人决定在原址修建国父纪念馆。1894年，也是在晚秋时节，孙中山先生为躲避清政府的迫害从广东悄悄来到澳门，小住了几天后就坐船去了美国的檀香山，从此就再也没有回来。

　　澳门的秋天很冷，孤身异城总免不了有点冷冷清清、凄凄惨惨戚戚之感。看着落黄与败菊发呆的时候不由得想起汉朝刘彻的《秋风辞》：

　　秋风起兮白云飞，
　　草木黄落兮雁南归。
　　兰有秀兮菊有芳，
　　怀佳人兮不能忘。

2003年晚秋于中国澳门

杭州郭庄

再下杭州，慕名来到素有西湖园林最具江南古典园林特色的私家宅园——郭庄。

郭庄位于西湖岸边，绿掩翠映之中一个不起眼的门庭。它始建于清咸丰年间（1851—1861），早称汾阳别墅，先为宋端友所购，后归属郭士林名下，郭庄也由此得名，延传至今。

整个山庄临湖而建，园子不大，大抵分"静必居"和"一镜天开"两部分。前院是主人起居会客的所在，建筑和布局虽不乏江南固有的精巧，但主要还是以实用为主。玲珑的书阁，文雅的客厅，回廊曲折，庭院深深，显得很朴实，像是北京胡同里的一个大四合院。绕过前庭，你不禁为之心颤。所有藏而不露的风景一一展现眼前，美不胜收。

我怀疑主人把前院建得那样朴实无华是一种掩饰，就像他为这深藏绝代之美的园林，起了一个土里土气的平淡无奇的名字一样。转入后院时，浩渺的湖面扑入眼帘，足以让你心跳。当面西湖舒展，背依西山而立，东迎苏堤春晓，西览双峰插云，南眺南屏幽姿，北望保俶倩影。千里烟波，数峰矗立，苏堤横卧六桥历历。浓荫绿翠清荷飘香。湖边伫立，洗尽了心里千般万种俗世闲愁。谁也没有想到，在那不起眼的门庭后面，竟能深藏这水阔天高的大意境，给人一种惊喜。

"园外有湖，湖中有堤，堤外有山，山上有塔。"借景艺术本是江南园林的一大特色，该不算稀奇。但像这样有气魄的借景，叫人称奇。没有世俗的匠气，只有天人合一的胸襟；没有拘泥呆滞的俗气，只有洋洋洒洒的恢宏。一下子就把整个西湖搅入了自己的心怀。

有多少游人被那不起眼的名字骗过去了呢？藏而不露本是江南文人的特色。有时候被人忽视也是一种幸福。

精明的主人，精巧的郭庄。

1996年10月于杭州西湖

名人兴城建筑不朽

欧洲很多古老的城市往往是因为人物或是事件而闻名，因建筑而不朽。

比如，因为一座教堂塔的倾斜而扬名世界的城市比萨城。比萨距离佛罗伦萨90公里，每年有近80万游客从世界各地前来这个只有12万居民的小城，相信大多数访客都是前来观赏这座"斜而不倒"的建筑，并用不同的方式表示自己的焦虑和担心。从1063年开始，比萨人相继开始兴建主教座堂、洗礼堂和那个后来因倾斜而出名的斜塔。人们用极大的热情和耐心精雕细刻了110年，没想到，让这座教堂和比萨小城名扬四海的竟然是建筑上的败笔。比萨斜塔有8层，54.6米高，直径16米，现在塔尖已经偏离中轴线5米。因为当年选址的方法存在缺陷，塔被不可救药地放到了土壤松散淤泥较多的地方，加上施工时地基做得又浅，致使它建筑一半就开始倾斜。抢救措施从竣工时就开始了，一直没有停止过。现代人用尽了各种办法，甚至用600吨铜锭做固定用钢缆把塔绑起来，结果也差强人意，它依然每年以1毫米的速度倾斜着。当地人已经相信斜塔最终会倒掉。

1564年出生在比萨城的伽利略，从这里起步，沿着比萨斜塔倾斜着的楼梯攀缘而上，登上了科学辉煌的高峰。他在这座斜塔的塔顶上，用两个重量相差10倍的铁球完成了影响后世的"自由落体运动实验"。他是经典力学和实验物理的先驱，也是用望远镜观察天体的第一人，被后人称为"近代科学之父"。伽利略用自制望远镜先后发现了月亮上的海洋和山岭，发现了木星的4颗卫星，就是"梅迪奇星"。写出的《星空使者》轰动一时。可是伽利略一生充满坎坷，先因发现"落体定律"而被赶出比萨大学；后又因为发表支持哥白尼的《论太阳黑子》，被宗教裁判所判终身监禁，经过长期反复审讯恐吓，身心备受摧残，万念俱灰。在他违心地否认自己的著作之后，才被保释回乡，但行动自由仍然被剥夺。这是1633年的事。又过了9年，这位科学巨人在忧郁中凄惨谢世。这时他那双曾经遨游星际的双目已经失明了。直到他死后341年，罗马教廷才承认对他的判决是错误的。

再如，被徐志摩译成"翡冷翠"的佛罗伦萨。那个被称为15世纪艺术天才工作室的褐色城市，就是被但丁、薄伽丘、达·芬奇、米开朗琪罗、多纳泰罗等艺术大师和"文艺复兴"运动支撑起的古老名城。如今整个城市依然成功地保留着文艺复兴时的风貌，弥漫着文艺复兴的气息。全城大大小小的博物馆、美术馆就有40多个，收藏了数量巨大的艺术精品和传世文物。宫殿、教堂60多座星罗棋布在古城，向世人展示着昔日的辉煌。佛罗伦萨堪称"文艺复兴"时代留给后世的实物标本。

在中国著名的剧作家关汉卿谢世的那一年，佛城的但丁发表了著名的《神曲》，吹响了文艺复兴的号角。惊雷滚过，世人哗然。文艺复兴起于14世纪初，结束于17世纪初，是欧洲开展的一场新思想新文化的巨大变革，被恩格斯评为"人类以往从来没有经历过的一次最伟大的、进步的变革"。早期文艺复兴就发源于这座赤褐色的城市。佛罗伦萨资产阶级先进代表反对教皇拥护皇帝，提倡人道反对神道，追求自我奋斗和自我价值。中国的造纸术和印刷术通过丝绸古道辗转传入欧洲，对文艺复兴起到了推波助澜的作用。但丁，佛城行政官，站在新旧时代交会点上的愤怒诗人注定是一个悲剧人物。马克思称他是"中世纪的最后一位诗人，同时又是新时代的最初一位诗人"。出生于小贵族家庭的但丁一生从事反对教皇的斗争，从1302年开始就过着流亡生活，其间创作出不朽的《神曲》。但丁被判处死刑，永远逐出佛罗伦萨，56岁就客死他乡，那时他已经被迫离开佛罗伦萨近20年了。

另一位文艺复兴巨匠达·芬奇也是佛城人。他提出要做自然与人类翻译的人。他5岁凭记忆画出了母亲的肖像，14岁拜名师学画，30岁创立米兰画派雄踞画坛。达·芬奇用3年的时间（1495—1498）在一个名不见经传的小教堂的餐厅后墙上创作了传世之作——《最后的晚餐》，无声地喊出：

他是谁？把12张面孔冻结在一刹，举国为之震惊。他的另一幅作品《蒙娜丽莎》因画中人神秘的微笑著称于世。据说，他对此画情有独钟，直至他老去也不离身边左右。最后被法国国王弗朗西斯一世用一万二千镑买去。500年来，人们一直肯定画中的原型是当时佛城富商乔康达年方24岁的妻子。在达·芬奇为她作画时，可怜的乔康达夫人正在因为刚刚失去孩子而郁郁寡欢，在画家做了一些努力之后，夫人才眉头轻舒，透过安详矜持的仪态露出一丝微笑，就这一瞬间被画家永远地定格在画布上。后来又有证据表明，画中人更像是佛利和依莫拉公爵夫人——卡特琳娜·斯佛尔扎。传说，该夫人放荡奢靡，醉心于交际，终于感染上梅毒，全身糜烂，1509年在痛苦中死去，死相很难看。若真是这个结果未免让人沮丧。

达·芬奇还是个科学家，一生热衷于科学发明，而且涉猎领域广泛。他在给米兰的统治者洛多维科·史佛萨写信毛遂自荐时这样介绍自己：

> 在战争时，我可以发明武器筑垒攻城；和平时，我会兴修水利和建筑宫殿。我也是医学家、音乐家、戏曲家和画家。

达·芬奇对水利、天文、建筑、物理等方面的研究乐此不疲。特别是对军事和兵器设计的兴趣甚至大于对绘画的热爱。他设计的像蜗牛的战车类似现代的坦克；多管的大炮很像今天的机关枪。他也因此常常受到赞助人的抱怨，说他不务正业。虽然达·芬奇的大多数发明始终停留在图纸上，但是他发明的数学加减符号却被沿用了下来。由于他受到法国国王弗朗西斯一世的庇护而得以在法国宫廷里安度晚年，活到了67岁。达·芬奇死后，他的学生说：

> 列奥纳多·达·芬奇的死，对每一个人都是损失，造物主无力再造一个像他这样的人了。

当然不是每个因建筑出名的人都那么幸运。1660年，贪婪又虚荣的法国财政大臣富凯新建成的沃勒子爵宫张灯结彩、车水马龙，路易十四亲临新宫的落成典礼，一时好不风光。问题就出在了精美华丽的建筑上。沃勒子爵宫设计的新颖、建筑的别致、装饰的奢华，让国王的嫉妒心油然而起。路易十四回宫后抛下一道圣喻，富凯锒铛入狱，查没了家产，还抓了子爵宫的建筑班子，下令在凡尔赛他父皇打猎歇脚的小行宫建造最富丽堂皇的新宫殿，就是后来的凡尔赛宫。太阳王在这里享受当时世界上最宏伟、最富贵的宫殿。所有的尊严、荣耀、排场、礼仪、奢侈、阴谋、卑鄙、欺诈，在这里此起彼伏轮番上演。直到131年以后的一个月高风紧的晚上，路易十六与王后安托瓦内特从凡尔赛宫仓皇出逃，双双走上了断头台。自此，凡尔赛宫历经了3朝法国皇宫与皇室一起终结。

在欧洲古老的城市中，古老宏伟的建筑群大都是教堂。坐落在意大利首都罗马城西北角山丘上的梵蒂冈城就是一座大教堂，全城几乎所有的建筑都和宗教有关。几百年来它一直是世界天主教的中心。1929年，意大利独裁者墨索里尼为拉拢控制教会，与教皇匹乌斯十一世签订了《拉特兰条约》，使梵蒂冈成为世界上最小的主权独立国家。

梵蒂冈城中心的圣彼得大教堂和圣彼得广场是梵蒂冈的标致性建筑。造型庄严，气势恢宏。广场呈椭圆形，地面用黑色小方石铺砌而成。环绕广场两侧的是由284根格林多式石柱支起的柱廊，顶上肃立着96位圣人和殉道者，他们神态迥异，栩栩如生，专注地注视着广场上的每一个人。广场中间高高竖起的方尖碑是当年罗马帝国从埃及掠夺回来的战利品，现在成了历史的见证。梵蒂冈是政教合一的独立主权国家，国家最高元首是教皇。教皇自称是"基督在世的代表"，拥有至高无上的神权，也是天主教的精神领袖。在梵蒂冈的国旗图案上有一段《马太福音》的话：

我要把天国的钥匙给你，凡你在地上所捆绑的，在天上也要捆绑；凡你在地上所释放的，在天上也要释放。

据《圣经》上记载，耶稣把通往天国的钥匙交给了弟子彼得，教皇作为彼得的使徒、传统的继承者享受着崇高的权威。目前，全球拥有天主教徒9亿之众。约占世界人口的19%。梵蒂冈国土面积40公顷，大小仅相当于北京故宫的3/5。中世纪的城墙将其围成不等边四边形。设有6个出口供公民、信徒和游客进出。城内有一座象征国家机器的监狱，一个供国民日常生活用品的超市和一家提供精神食粮的《罗马观察家报》。

罗马教皇大部分是由罗马人或意大利血统的人来担任。到目前已有262位教皇加冕。在圣彼得大教堂的大理石墙壁上刻着每个教皇的名字。当一位教皇去世，梵蒂冈宫的丧钟就会敲响。随即120位主教便集聚在西斯廷教堂，直到选举出新的教皇。教皇的卫兵500年来一直雇佣身穿别致制服的瑞士兵。以制造精确腕表和实行严谨的银行制度而闻名于世的瑞士人已有百年不动刀枪了，保持中立是瑞士的立国之策。据说，在很久以前瑞士地窄人贫，替人打仗就成了富裕的捷径。一批批瑞士人冲出国门为顾主而战，一战就是百余年。莫非这就是因此造就了瑞士人忠诚和严谨的品行，也由此而独享这份与其说职业不如说荣誉的原因吧。

2001年晚冬于欧洲

照耀人类文明的罗马

> 岁月踏过，变成了往事
>
> 千蹄万蹄踩过，演绎成历史
>
> 条条通罗马的大路，通向迢迢
>
> 可罗马早已陷落
>
> 两千年的沉默，辙痕浅了
>
> 屐痕平了，苍苔深砌
>
> 风中回首的英雄
>
> 两千年的蓄发疯长
>
> 却再不能信马由缰，在这
>
> 千年古道上
>
> ——《罗马古道》

　　罗马，世界最古老的都城。2700个年轮经纬着罗马人文明的进程，用凿斧雕塑成宏伟的建筑来记录历史，又用岁月的风雨去侵蚀，用人类发明的炮火去残缺它以便留给后人无限的遐想。如今，建筑已演变成古迹，古迹在演绎着历史，历史则牵动着未来。

　　罗马城恢宏壮观。美国诗人爱伦·坡曾经感慨道："光荣属于希腊，伟大属于罗马。"俄罗斯作家果戈理说："建筑是世界的年鉴，当歌曲和传说都已失落时，它还能说话。"罗马城的规划、结构及建筑风格，对后来的欧洲乃至世界的城市建设影响至深；罗马字和罗马法典至今仍然是世界文明的组成部分；欧美许多重要城市中，权力与秩序的标志性建筑仍是罗马风格。如今的罗马就像是一艘经历了惊涛骇浪的巨轮，泊进一个懒散的港湾，静静地喘息着。千年风雨洗尽多少英雄，浮云过尽只留下残垣断壁诉说着昔日的光荣与梦想，夕阳如血，废墟如画。

227

罗马的建筑与罗马的历史等长。拱穹圆顶的教堂两边加上祭坛形成一个十字平面，那是中世纪的罗马式作品。正方形或长方形建筑上放一个圆顶，则是拜占庭时期的主要特色。当罗马教会统治了欧洲之后，体现新人神结合的尖拱、飞扶壁和带肋拱顶的哥特式建筑就遍地弥漫开来。文艺复兴时期体现的是人性回归，等到了17世纪的建筑就是由欧洲新盟主——法国设计师一统天下了。当年，罗马人发明了世界上最早的混凝土，就是用火山灰、石灰和沙子搅拌在一起，其坚硬无比，加上天然大理石为主要建筑材料，使古罗马的建筑往往屹立千年不倒。罗马强盛时代正逢中华雄风震天的大汉。那时，飞将军饮马在酒泉，张骞早已回到了长安。少年天子刚刚燃香祭祖龙袍犹新，天下百郡千县，市邑万数尽属王土，人口与罗马人数量相当。长安城广起庐舍，高楼连阁，商贾云集，吐气成云，画楼腾自浪淘寒烟。崭新的长安汉宫金碧辉煌，帝王气象。然而古都的建筑材料主要是木材，雕梁画栋确实精美，却又难抵两个天敌，一个是战火，一个是岁月。自秦代以后两千年，和平统一的时间为1200多年，战乱的时间是800多年。多坚固的琼楼玉宇能经得起800年战乱的摧残？据史学家统计，从公元前221年嬴政称皇帝开始到清代爱新觉罗·溥仪被赶下皇位为止的2132年间，中国出现了83个大小不等的政权494个皇帝。在96个城市建立过国都。往往，通过暴力推翻旧王朝之后，新政权用火焚烧宫殿来与旧政权划清界限。阿房宫一把大火烧了3个月，烧毁了多少巧夺天工的人间杰作，更为可惜的是秦帝国收集的六国极其珍贵的各类书籍也被化为灰烬。古都洛阳更是再三再四地被焚毁，现在人们只能从残留的文字记载中，用想象去寻找它往昔的辉煌了。更不要说隋炀帝的迷楼、曹操的铜雀台、南唐李后主的凤阁楼和咸丰的圆明园了。即便侥幸躲过兵灾火难，木质建筑本身经过300年风雨岁月就需要更新，这都是汉代宫阙难得保存至今的原因。

安步当车流连于千年的长街短巷去触摸苍老的帝都该是更加真切吧。脚下的铺路碎石凹凸颠簸，却是古罗马的真实痕迹。细雨过后，古老的砖道湿意流光，幽暗温柔。沿着罗马皇帝和执政官的足迹，穿过为纪念狄托皇帝攻下耶路撒冷修建的狄托凯旋门，古道直向远方。罗马帝国时期用各类石材铺路53000里，纵横帝国200万平方公里的疆域。收税官的草履磨亮了青石，皇帝信使的马蹄踏碎了石条也踏碎了罗马人的春梦。战报随着蹄声飞来，王令随着蹄声飞去，最快的驿差一日可狂奔200里。旌旗猎猎的将士从古道出去，黄金、香料、珠宝和奴隶源源不断地从古道运来；交错纵横的道路就像一张网，牢牢地震慑着四海番邦。罗马军队通过这张网可在几周之内到达帝国疆域的任何一个角落。在罗马军队进军西班牙时，据说只用了27天，惊得西班牙人目瞪口呆。罗马帝国的文明与野蛮，光荣与残酷也是通过这张古道编织的网传遍四方，甚至穿越时空，跨越世纪，深入我们的时代。不承想2000年前修筑的古道上留下深深的轨迹，是战车车轮轧出的痕迹，竟与今天欧美火车的铁轨间距同距。

踏上古罗马城的诞生地——帕拉蒂尼山丘放眼望去，古罗马市场尽收眼底。几个世纪的风萧雨凄使古罗马最璀璨的建筑群残破不堪。这曾是古帝国政治、宗教、经济活动的中心区吗？中间醒目的是141年元老院为安东尼皇帝的妻子兴建的安东尼神庙，一排科林斯式的石柱支撑着雕刻华丽的楣梁傲立不倒。右边，是共和国时代最宏伟的埃米利亚殿堂，如今就只剩下凸起的基础和折断的石柱。再往右，就是被多次焚毁又多次复建的元老院了。

想那遥远的从前，元老院人头攒动，恺撒和执政官们在此指点江山。踌躇满志的恺撒、老谋深算的庞培和阴险狡诈的克拉苏在此推杯换盏、谈笑风生，那时，他们还亲如兄弟。谈笑间，世界为之震颤。讨希腊，征高卢，灭迦太基，帝国的界碑从地中海直插到莱茵河，把埃及当作后花园。那时气吞山河如虎。罗马帝国崇尚武力，扩疆开土成了满足荣誉、欲望和支撑帝国繁荣的唯一手段。罗马帝国在鼎盛时期拥有从大西洋到幼发拉底河，从撒哈拉沙漠到苏格兰200万平方公里的广袤土地，横扫40余个大小城国，5000万人口与刘彻的大汉一样多。希腊人、埃及人、高卢人、迦太基人，无数个民族融合成单一的文明，尽管这个文明充斥着血腥和野蛮。

谁料想，胜极必衰原是人类发展的通则。恺撒被封为"永远的君主"同年（44）3月的一天，就是在脚下元老院这布满青苔的石阶上，被他的亲信布鲁图为首的元老院议员连刺23刀。祸起萧墙，自此罗马陷入长达15年的内乱。站在恺撒喋血的石阶上，黯然垂首。英雄，自古人们便迷信英雄，时代需要英雄，时局造就英雄。可是人们啊，当你们为英雄迷人的承诺而欢呼，为他们的征服而高举臂膀的时候，可曾想过，你们究竟是需要以万骨铺路来开疆扩土的英雄，还是需要能保持安定祥和生活的贤能；是需要振臂一呼风起云涌的英雄，还是需要捍卫自由尊严而舍生取义的义士呢？唐人黄松说得好：

泽国江山入战图，
生民何计乐樵苏。
劝君莫话封侯事，
一将功成万骨枯。

一位黑发碧眼的美丽女孩，右手拿一束玫瑰花，左手夹着一支即将燃尽的香烟，安静地坐在形似沙漏的西班牙广场那著名的阶梯上。她手持玫瑰花的样子让人一定联想起玫瑰色的回忆或类似于玫瑰色的种种美好时光。在影片《罗马假日》中，由奥黛丽·赫本饰演的安妮公主就是悠然地坐在西班牙式阶梯上，一边吃着冰激凌，一边纯真地说："我好想，我好想整日里做自己想做的事了。"美丽纯真的公主在罗马美轮美奂的古老建筑映衬下是那么楚楚动人，让世界几代青年为之倾倒。西班牙式阶梯是因为对面的西班牙大使馆而得名，又因影片《罗马假日》而声名鹊起，总让来到罗马的人们流连、遐想绵绵。

然而古罗马留下的可远远不止这些，更多的是血腥与残酷。残酷对一些人来说是乐趣的一种。在明代，有个皇帝喜欢让宫女裸体站立墙下，自己用弹弓射击，宫女被射得鲜血淋漓、体无完肤，他便得到极大的满足。再残暴的要数商纣王，剖妇敲髓让闻者不寒而栗。然而那些都是帝王诸侯的极少数人所为，而一个国家上上下下从帝王将相到平民百姓，都痴迷残酷游戏的恐怕世上就只有古罗马人了。

罗马城残暴的象征莫过于罗马圆形竞技场。拜伦曾经说过："只要古罗马竞技场还矗立着，罗马就岿然不动。"这座气势磅礴的庞然大物如今虽已残破却仍然气势压人。"罗马不是一天建成的。"圆形竞技场72年动工，前后建设用了80年。整个竞技场呈椭圆形，分4层楼，长径188米，短径156米，高48.5米，场内阶梯形观众台可同时容纳50000人，其中45000个座席，5000个站位。3层楼以下皆为拱门式建筑，其装饰性式样由下往上依序是多利安式、爱奥尼亚式和科林斯式。外墙最上层竖起的旗杆上装有滑轮，遇到艳阳或是雨天，穿上绳子就能张起巨大的棚顶。史官是这样记录罗马大竞技场的一天的：

当清晨太阳东升时分，竞技场序幕拉开。从世界各个罗马占领地运来的奇珍异兽陆续登场，叙利亚的猛虎、非洲的狮子、大象、河马还有黑熊源源不断地冲出樊笼，冲向死亡。受过强化训练的斗士来自战俘、罪犯、奴隶，他们面前只有两条路，或是杀死猛兽，或是被猛兽撕裂。在50000名罗马人震耳欲聋的欢呼声中，一批批斗士倒下去，一群群猛兽冲上来。人与兽的鲜血融在一起，直至今天，血腥的气息仍然充满整个竞技场。

午日当中，是处死罪犯的时辰。罗马人的热情也如同当头的烈日，热烈高亢，欢呼声似海啸一样充盈高涨一浪强似一浪。常见处死死囚的方法是绞杀，钉死在十字架上，或绑在火刑柱上烧死。淋漓的鲜血和歇斯底里的哀号让罗马人更加亢奋、疯狂，最后终于到了痴迷的地步。

真正的高潮是在日落时分，角斗士出场。他们按照罗马军队征讨四方时战斗的场景来设计斯杀的样子，认真严谨一丝不苟，不同的战斗，不同的兵器与攻防。杀红眼的角斗士已无法停下手中的利剑，同来的战俘，同族的奴隶，同村的伙伴都已经无法辨认，只有杀出一条血路才有可能出现一丝生机，有重获自由的可能。罗马大竞技场50000人的欢呼声响彻云霄，淹没了角斗士的困兽般的哀号。光是在80年的一年中，就有9000头野兽被杀戮，万名角斗士奴隶和罪犯惨死在罗马人面前。

充满戏剧性的感官刺激让罗马人如醉如痴。尽管当时的罗马城两极分化严重，满街都是失去土地的农民和退役的伤兵，1/3的罗马人是靠政府救济为生，勉强食能果腹。但是去大竞技场观看角斗是罗马人生活的重要组成部分，更是他们的资格和权利。连最穷苦的罗马人比起那些困兽角斗奴隶来也自感高人一等。文明制造着野蛮，野蛮腐蚀着文明。一位思想家仰天长叹：

对人格的损害莫过于此，我由竞技场走回家，变得更加贪婪，更爱挑衅，更着迷于感官刺激，变得更残酷，更无人性。

突然有一天，罗马统治者发现罗马城膨胀起来，帝国之都已经不能承受越来越多的居民了。荣耀的欲壑难填，挥霍无度使国库一再告竭，财富导致人们的贪婪和腐败，道德沦丧伴随着疾病蔓延。后来，搏斗的假期竟达170天。当帝国统治的主要手段就剩下面包和搏斗的时候，罗马已在不知不觉中沉沦。百万人口的罗马每年要消耗40万吨粮食，无数的肉类瓜果和葡萄美酒，城市本身已经不堪重负。战争，战争，啊，战争！只有重新开战，通过掠夺才能支撑帝国的运转，为维持而不为荣誉也要不停地开战。

帝国5000万人口，就有1600万奴隶。早有觉醒者发出警告："每一名奴隶都是我们收养的敌人。"终于有一天，一个奴隶振臂一呼，地火马上在罗马帝国的边陲燃烧起来，很快就形成燎原之势……

无可奈何花落去，一位被迫离开罗马的贵族在临行前声泪俱下地吟诵道："罗马……星辰沉落，只是为了重生其光；火炬浸湿，或许燃烧得更明亮……"

天地悠悠，殿颓苔碧，英雄西去，帕拉蒂尼山上的冷月不老，斗兽场上的怆痛，千年斗转，依然浸染眉宇。耸一耸肩头，掸落历史的尘封，留下的是一怀怅惘几多豪情。自恺撒到安东尼，从屋大维到奥古斯都，哪一个英雄可曾舍得下这片废墟上的威武和恢宏？

罗马古城，那是人类照耀文明的火炬，是历史前进的尖兵。

2001 年元月于罗马古城

在塞纳河畔品咖啡

沿着塞纳河去寻一家老咖啡馆并不是件难事。在碎石或红砖铺地的古老街道上缓缓踱步，烟深苔巷，沧桑悠远。那，明亮的落地窗镶在老式窗楣上的是时装店，把海报支到门外的是画廊，老古玩店门窗的漆都已斑驳。再过去，是面包房、书店，再过去，那巧克力底色红字招牌的就是一家老咖啡馆了。

咖啡馆里橘黄色的灯光忧郁迷离，家具古色古香，音乐舒缓流畅，四面墙上挂着分不清年代的油画，咖啡气味合着浓重的雪茄烟弥漫在每个角落，拖音拖调的法语回荡在空中。拣一个临窗的位子坐下，金发碧眼的女招待微笑着送上一杯泡沫咖啡。窗外人影晃动，塞纳河像一条玉带，静静地在窗前流过。建于1896年的阿列山大三世大桥将两岸的香榭丽舍大街与巴黎荣军院广场连接起来，桥上带翅膀的小爱神托着的装饰标记在阳光下闪闪发光。更远处，红砖黑栏的教堂那被雨水浸黑的尖尖塔顶笔直地指向天堂。

据说，久居巴黎的人总是去碧苔深巷里的咖啡馆品咖啡。一天工作结束，踏着夕阳，在回家的路上推开一家咖啡馆厚重的木门，懒懒地坐下，呷一口浓浓的苦咖啡或甘醇的开胃酒，与酒保或是邻座上相识或不相识的人有一搭没一搭地闲聊着，掸落一天的疲惫和烦恼，然后精神盎然地回家。

野生咖啡树的原生长地在南非和埃塞俄比亚，400年前，咖啡种子从禁止一切种子出口的阿拉伯半岛走私到欧洲，经过300年辗转，咖啡已经留传到世界各个角落，逐渐成为众多人居家生活中不可缺少的重要组成部分。然而在1683年的巴黎咖啡还鲜为人知。就在这一年，在距巴黎遥远的东方，大清国海军名将施琅率领海军正在强渡台湾海峡；这边土耳其忙着组成一支25万人的军团远征奥地利；英吉利海峡那头一个叫哈雷的天文学家刚刚宣布他那个没有几个人相信的惊人预测，出现在欧洲上空那颗巨大的彗星将在76年以后重新回来……就在这个时候，欧洲第一家咖啡馆在水城威尼斯的清波晃动中静悄悄地开张了。很快人们就发现，这种黑黑的热饮入口先苦后甘，回味香美，喝过以后还有一些兴奋的快感。经过几百年以后人们才知道，咖啡中含有一种叫咖啡因的轻微兴奋剂，它会加速人体的新陈代谢，使人产生兴奋并保持头脑清醒和思维敏捷。然而当时给人更惊喜的是，咖啡馆是个聊天谈话、收集或发布信息最好不过的场所。在那个生活节奏缓慢、信息传播闭塞，人们又有大把的闲散时间需要打发的年代，这种休闲形式迅速在欧洲进而在整个世界蔓延开来。

最早常常光顾咖啡馆的人群是一些股票经纪人和保险业的代理商，然后是一些作家、流浪艺人、革命者、逃亡的皇族和没落的贵族。他们中的一些人干脆把咖啡馆当作自己的办公室，在这里召集会议，接待来访处理事务，指挥远在万里之外的反政府活动，而一天的租金只需要付一杯咖啡的钱。几百年来，咖啡的冲调方法也像酿制葡萄酒一样，经历了一个不断变革创新的过程。咖啡文化也一样随着时代的变迁而改变着。但是有一点没有变，就是无论什么人只要能付出一杯咖啡的钱，就可以落落大方地进去入座，同时享受咖啡馆里舒适的环境和谈话的乐趣。

咖啡给人们带来的是兴奋和愉快，咖啡馆则更多的是给人们安逸和回味。只要能讲出名字的法国名流或旅居巴黎的世界名人，都与咖啡馆有着千丝万缕的联系。多少作家的构思、革命者的运筹、改革派的宣言、艺术家的灵感都诞生在这小小的咖啡馆里。1720年在威尼斯圣马可广场开张的佛罗里安咖啡馆至今仍然生意兴隆。而在它开张10年后才从英国人手中接过咖啡种子的牙买加人，现在却生产和贩卖着世界上最昂贵的咖啡，就是最著名的也是每家咖啡馆水牌上价格最贵的"牙买加蓝山咖啡"。

巴黎的咖啡馆大多装修都很考究，就像我现在坐着的这家，就是一间具有怀旧风情的咖啡馆。气派得像大户人家的客厅，又艺术得像博物馆里的画廊或是古董店，特点鲜明，文化色彩浓厚。当然壁画、油画是咖啡馆墙壁装饰不可少的饰物。咖啡器具或流光溢彩或古色古香充满贵族气息。几件古董摆放在门厅和壁炉上，增加了时光源远的复古感。此时，烛光摇曳，咖啡溢香，眼前这一切仿佛让我置身在梦中。我一边品着一杯现碾磨的咖啡，一边与在这儿邂逅的徐志摩攀谈起来。徐志摩是一个月前从伦敦过来巴黎的，他这次游历了苏联、德国、意大利、英国，最后到达法国。之所以滞留在巴黎是为了整理他的新书《我所知道的康桥》。我正要向他打听一下剑桥大学的入学程序，话刚到嘴边突然被一阵喧哗声打住了。

"巴黎就是一场流动的盛宴……"

隔桌，海明威咂了一口咖啡继续他的演说：

"如果你有幸年轻时在巴黎待过，那以后不管你跑到哪里，它都会跟着你一生一世……"

"到过巴黎的一定不会再稀罕天堂。"徐志摩瞟了一眼围着海明威不多的几个外地人对我说。

"尝过巴黎的，老实说。连地狱都不想去了。整个巴黎就像是一床野鸭绒的垫褥。"

"怎么讲？"我疑惑不解。

"衬得你通体舒泰，硬骨头都给熏酥了。那也不碍事，只要你忍得住。出门的人也不能太小心了，走道总得带些探险的意味……"

"你快看，坐在那边闭目沉思的不是雨果吗？看起来怎么有些忧伤？我是看了他的《巴黎圣母院》才憧憬巴黎的呀！"我眼光猛然停在咖啡馆角落里，心跳有些加速。

"他一定是在为他刚刚溺水而死的女儿里奥波汀哀伤。真可惜，女儿刚结婚就同新郎发生了意外。"

徐志摩头也未动一下接着他的话头自顾自地说下去：

"我的意思是生活的趣味大半就在不预期的发现，要是所有的明天全是今天刻板的化身，那我们活什么来了？正如小孩子上山就采花，到海边就拾贝壳，书呆子进图书馆想捞新智慧——出门人到了巴黎就想……"一阵喧哗，跟着一阵骚动，有人被几个穿黑色西装的人扭了出去。

"是托洛夫斯基，从高加索来的，每天都在这里鼓吹革命。"徐志摩处变不惊，对发生在这里的事情好像是了如指掌。

"那人是谁？"一个消瘦的青年引起我的注意，他全然不觉咖啡馆里的嘈杂和事变而一直在昏暗的灯光下专心作画。

"他叫毕加索，西班牙来的画家，净见他画，不见他卖。他自己说他的画是表现立体主义，可从来没有人能看得懂。"

我很不以为然，你在国内发起成立新月社时，写了那么多所谓新月诗，我们不是也看不懂几首吗？你的诗还被人笑话呢，李宗吾就说你的新月诗是"一种人工的技巧或拘束！"当然，这话没说出口。

"毕加索最近正在接待刚到巴黎的诗人雅各伯。"徐志摩察觉到我心里的变化，以为我吃惊他的地头熟，忙又解释说，"一个月来我几乎天天泡在咖啡馆，早已经同他们混熟了，情况自然知道一些。"这个当然，从他刚才进门店小二抢着给他挂大衣时就看出来了。

"他在蒙马特租了间小鸽子屋，又低矮又潮湿，还总发出一股鱼腥味。那里只有一张床，只好他白天睡，晚上归雅各伯，他不来这里作画去哪儿呢你说？"

"创作源于毁灭！"毕加索猛抬起头像是自语，又像是回答我的担心。

"你看他少年老成，出口就是哲理……"

"少年老成？什么话！老成是老年人的特权，也是他们的本分；说来也不是他们甘愿，他们是到了年纪不得不。少年人如何能老成？老成了才怪哪！"我一时不知所措。

"你别老打岔，我刚才说到哪儿啦？对了，巴黎也不定比别的地方怎样不同，不同就在那边生活流波里的潜流更猛，旋涡更急，因此你叫给卷进去的机会就更多。"

"不用担心，我这两天就回了。"我尽量轻松地说，"我会跟你去告别的，顺便带些马蹄酥给你，你该好久没吃到家乡的小吃了。"

"当，当，当——"壁炉上的报时钟一连响起12下，我这才发现咖啡馆里已经灯暗人稀了。

"我得先走了，现在我讲得也累了。不瞒你说，我昨晚结了一段9小时的萍水缘。我们结识在热闹的饭店，从11时舞影最乱时谈起，直到早3时客人散尽，侍役打扫屋子时才起身走，中间还喝光了两瓶香槟，现在得回去合眼上床躺一歇去。"徐志摩一边揣回西服上衣兜里的怀表，一边起身招呼小二结账。

"一个月来不算昨晚就数今天同你谈得畅快，难为你也懂诗，现在的青年啊——你走之前我给你开个派对，一切由我布置。"

"那太麻烦了，不好意思，还是我来请吧！"

"你要是愿意贡献的话，也不用别的，就要你多买大杨梅，再带一瓶橘子酒、一瓶绿酒，我们享半天闲福去。"

"让你费心了，我一定去。"我连忙起身相送。他竖起大衣的领子没再回头，随着厚重的木门一闪，清瘦的背影就消失在漆黑的夜幕中。

"小二，再来一杯牙买加的蓝山咖啡。等等，要是记他的账就再来一根上等的雪茄。"

2001年12月于巴黎

意大利印象

悠悠蓝天下，红棕色的土地波澜起伏，褐色的古城小镇星罗点点。起自地中海潮湿的海风拂过亚平宁半岛，使整个"大马靴"碧成翠绿。

踏入意大利棕色的土地，迎面扑来的是厚重的历史、前卫的时尚、悠久的建筑、甘醇的红酒，既美轮美奂，又扑朔迷离。

意大利的历史犹如巨大的时装T型台，恺撒的铁甲，纳粹的黑衫，范思哲的比基尼，从远古走向远方。

同志们，从现在起十年后，意大利将彻底改变。

墨索里尼站在威尼斯宫阳台上的叫嚣已被帕瓦罗蒂的高音挑到天外。英雄与小丑的变换就在舞台追光灯的切换之间。

时装梦幻般的变换给人以超级的视觉冲击。从现实主义到流行艺术各领风骚几度。罗马每座城堡每个广场每条街道每杯泡沫咖啡都充满着罗曼蒂克的韵味。同是治疗患有怀旧症和冒险病人的理想之地。

意大利的建筑同时还是历史的记录册，信手翻转，辉煌与战乱，文明与野蛮，享乐与奉献。岁月悠悠，寻不尽的英雄和事件。意大利的历史太久，再惊天动地的事件也不过是昨天《每日电讯》的一段新闻，教科书上的一个章节，咖啡馆里的几番诉说。

意大利的现在是时装、艺术、葡萄酒和假期的世界。意大利人带着享受生活与阳光进入未来。

意大利人，个性独立，热情奔放，包容和充分地享受生活是意大利人的共性。连任7次政府总理的安德里奥曾说："在意大利，没有天使，也没有魔鬼。"

传统与反叛，混乱与秩序，整体意识与个人主义，开放的国家与保守的家庭，相互交织相互渗透，充满着对立与统一。

这就是意大利。

2001年晚冬于罗马

镜头里的火车①

一

瓦特的蒸汽机被誉为工业革命的引擎。蒸汽机的出现使人类第一次用强大但可控的机械动力取代了人力、畜力和水力等动力。火车与铁路为蒸汽机插上了飞翔的翅膀，世界从此改变。

英国是世界铁路和火车的发源地，蒸汽机车的发明人叫乔治·斯蒂芬森（1781—1848），英国工程师。他在1814年发明制造出一台蒸汽机车，起名"旅行者号"。第一批制造出来的蒸汽机车都是用煤炭做燃料，有时也使用木材，开动起来总是从烟囱里冒出火来，人们"望文生义"，因此"火车"的名字被逐渐传开并固定下来。

由蒸汽动力机车牵引的火车把从伦敦到爱丁堡的旅行时间从2个星期一下子缩短到2天，这让英国人目瞪口呆。这也彻底地改变了人们的出行方式和物流走向，进而重置了社会格局和经济大分工。萨瓦奇在《运输经济史》中说："怎么高估铁路的影响都不过分。"

在火车诞生的7年后，也就是在1837年，一名叫达盖尔（1787—1851）的法国人发明了一种实用的摄影术，叫作达盖尔摄影术（银版摄影术），就是说照相机诞生了。

人们惊喜地发现，通过镜头看到的世界竟如梦幻般神奇。而火车这个行走如飞的庞然大物自然而然地成了摄影镜头捕捉的对象。纪实摄影鼻祖之一约翰·汤姆森（1837—1921），"瞬间美学"理论创始人，抓拍大师卡蒂埃·布列松（1908—2004）等摄影大师无不把镜头对准火车、铁路和站台上、车厢里的一张张面孔。

---

① 此文为2021年出版的《铁路沿线的风景与面孔》摄影集序言。

摄影技术的发明对人类社会产生了巨大影响。摄影的纪实性真实、准确和客观地记录与再现了人类社会发展进步的重要瞬间，以其新闻摄影方式特有的直击与传递性推动社会进步与人文关怀；以其客观记录方式为未来提供历史文献。作为一种崭新的艺术手段，摄影以镜头的视角捕捉和揭示人眼所及的世界。

时光又过了58年。一对经营照相馆的法国人卢米埃尔兄弟研制出了一台摄影机，并拍摄了世界上那段最著名的《火车进站》。这一天可以说是摄影技术正式诞生的日期。这一天是1895年12月28日。

在摄影技术不断发展之后实现了人类探索从微观的细胞、纳米世界飞跃到宏观的太空和宇宙的愿望。更不消说电影、电视、摄录像的问世，让人类精神生活丰富多彩起来。

石破天惊的数码摄影技术横空出世，人类社会进入"读图时代"。摄影用镜头或拍照或录像与目击发生同步传递，刹那间，到达世界每个角落。它跨越了地域，穿透了族群，超越了语言，从此咫尺天涯，一抬腿的距离，触手可及。

二

乘坐老式蒸汽机车总是与儿时的记忆紧密相连。高耸的烟囱威风凛凛地甩着浓烟昂扬着迎面扑来。撼天动地的汽笛声仿佛要把耳膜击穿，"铿锵、铿锵、铿铿锵"的机车怒吼着擦身而过，脚下的大地随着节奏震颤。车轮滚过钢轨摩擦出铁锈的气息与喷出的蒸汽瞬间弥漫整个站台。

站台上总是人头攒动，熙熙攘攘。眼前闪过一帧帧焦急的面孔。那个时代的人们怎么总是很焦虑呢？买票、检票、上车，都是在焦急的拥挤中完成。好像急于逃离或是奔向未知的远方。

火车永远连着一座座车站。告别与重逢，希望与召唤，诗歌与远方。

火车前进的方向永远充满着期待和幻想，而背景总是烧煤的蒸汽火车头喷出的浓烟和远处的夕阳。从人类发明、使用火车到现在，火车一直承载着人们的辛劳、幸福和希望。

乘火车旅行是最浪漫的选择。窗外不断变化的风景，一闪而过的小站，悠远而近的村庄，阡陌纵横的旷野，漫山遍野的牛羊。车厢里永远是暖洋洋的，喧嚣而杂乱。时而有列车员推着售货车走过。早时的餐车上都配有大厨，明火煎炒，车厢里的炒菜香和着阵阵酒香隔着过道都能闻到。旅友几个，点4个小菜，从包里拿出花生米，撕开路过德州车站时站台上小贩从车窗外递进来的扒鸡，开一瓶北京红星二锅头，一路美美地喝到南京。

岁月匆匆，老式蒸汽机车逐渐被飞速奔驰的电气化列车和更快的高铁列车取代。记忆却停留在出发时的车站，难以走出来……

感谢老天，我们有照相机，让许许多多感动的瞬间定格成影；让许许多多绝响的回眸成为永恒；让苍老南山时可以翻动一帧帧的故事唤回尘封经年的记忆；让那些已经远行的亲人鲜活的面孔重现在眼前伴我们继续前行……

在普吉岛度假

到普吉岛最好是度假，而不是走马观花式的游览，就像面对佳酿需浅酌细品，而不能大碗豪饮一样，心无旁骛地小住才是上佳的选择。最好是邀几位志趣相投的伙伴，一个西方的旅行家曾经说过："如果你说路那边的一片豆田有股香味，你的伴侣也许闻不见。如果你指着远处的一件东西，你的伴侣也许是近视的，还得戴上眼镜看。"岂不扫兴？当然人也不能太多，不便统一意见，还容易丢三落四。下限4人，上限6人为最佳，男女比例追求1∶1。学历要求不必一刀齐，可是酒量一定要相当，这样就可以打点行囊了。

钱锺书先生在《游历者的眼睛》一文中收集了一段意大利的谚语，大意是说：

> 称职的旅行者要具有猪的嘴，鹿的腿，老鹰的眼睛，驴子的耳朵，骆驼的肩背，猴子的脸，外加饱满的钱袋。

那该是职业旅行家具备的素质。严格意义上讲，度假不同于旅游，旅游最重要的收获是经历，更重视体验与参与，通过观察、探索去印证，去感悟，去启迪，去拨动内心深处某根弦。把历史与地理结合起来就更有意思。而度假最重要的是要个清净的心境，那样，身处闹市不觉得喧哗，独居山林不感觉寂寞还乐在其中。有了清净的心境对饮食也就不会过多地挑剔，对起居也不会有许多的计较，短时间改变一下周遭环境和生活习惯也是一种新奇和乐趣。当然这不适合墨守成规的人，阿Q从城里回来就说再不愿在城里住下去，因为城里人油煎大头鱼，把生葱切得细细的，管长凳叫作条凳，可笑，样样不依照末庄的规矩，看不惯。

那年，几个好友相约自己组织了一个袖珍度假团赴普吉岛旅行度假。我们从北京出发，辗转广州出关，于当天夜幕降临时抵达曼谷，一夜无话。第二天一大早转乘泰国航空公司的飞机飞抵普吉岛，在芭东湾寻一家海景的酒店住下，慢慢体味这个有着"泰南珍珠"之称的天然旅游胜地。

泰国76府中最数普吉府热带雨林风光得天独厚，蓝天、碧海、阳光、白沙，如梦如幻。"黄袍佛国"，寺庙林立遍布全岛，历史文化古迹与现代文明有机整合，充满神秘古雅的情怀。普吉岛上的五星级酒店是按照国际假日酒店设计装潢的，既有大酒店的富丽堂皇，又不失泰国民族特色。酒店大堂空间宽大，便于通风透气。放射状走廊的墙壁上雕刻着民族特色的花纹和泰国历史上的传说。服务设施齐全，几家餐厅应对着来自世界各地游客的多种口味。房间正面对着阳台，阳台则对着安达曼海。凭栏远眺，露天泳池与大海仅一箭之遥。隔着葱绿的椰林，浩瀚的印度洋在这里安静下来，形成清清的芭东湾。像个文静的女孩，衣襟上点缀着白帆点点，随着呼吸的起伏而波动。

普吉岛距离曼谷有862公里，占地面积543平方公里，南北长48公里，东西宽21公里。它是泰国南部最小的府城，也是泰国境内唯一的岛屿省辖治地区，一条长有660公尺的撒拉新桥是岛上唯一联系陆路的方式。普吉岛的名字源自马来西亚语，意思就是丘陵，这恐怕是岛上的地形主要以绵延的丘陵为主的缘故。普吉岛是泰国最大的海岛，也是泰国南部自然风光最具有泰国特色的世外桃源，有美丽的海滩、清澈的海水、巧夺天工的天然洞窟、奇形怪状的卫星小岛。自从1970年泰国政府开始发展观光业后，在短短的时间内，普吉岛便凭着特色傲人的资源，发展成为亚洲最著名的旅游度假胜地。

每当傍晚时分，我们总是要到海滩上散步陪夕阳落海。芭东湾的海滩水清沙白，五颜六色的珊瑚和浅海生物清晰可见。蓝湛湛的大海舒展天边，雪白的海鸟和五彩斑斓的滑翔伞在天空信马由缰，沙滩上阳光女孩五颜六色的泳装形成一条亮丽的风景线。信手折一枝芭蕉枝作笔，蘸海代墨，以平展展的白沙为纸：

海滩上的女孩
明亮橙黄的光泽
像成熟的柚子
述说着一个季节的
饱满与圆润

我只想做一株海草
温柔地在你的心中
绾成一个结
让你把它放进你的行囊
随你远行

在芭东湾绵延 3 公里长的细白沙滩上漫步，优哉闲哉，任星起日落。累了，选一家泰国风味小吃店坐下，来一份咖喱炸鱼、一大杯泰国啤酒，看晚霞把大海炼成赤火。

最浪漫的该是沿着起伏的海岸小路或是细沙如雪的海滩扬鞭催马，马挂銮铃叮当，靴叩马鞍铿锵。马踏白沙如浪碎石崖，踩翻了阳伞，避走了游客，掠起一金发碧眼的女孩横于马上，女孩的飘发当风，摇落斜阳如血。顷刻间，枪声四起，远处青山传来阵阵厮杀……这一幕自然出现在《007 金手指》的影片里。攀牙湾因拍摄 "007" 系列电影而名声大振，可惜只能乘渡船过海而不能驾车直达。更多的时候是租一辆吉普车穿梭往来于詹姆斯奔命或游戏的地方。

驾车在普吉岛上兜风是一种飘逸的体验。车，一定要敞篷的吉普，旧一些也不在乎，摇滚乐把音量顶满，电贝司鼓动着引擎呼啸掠过田野，穿过村庄。海风拂面黏黏的带着淡淡海腥，不用担心迷路，岛上以外全是海，即便是把吉普车的钢铁羽化成铁拐李的渡海神器，怕是潜过了安达曼海也渡不过浩瀚的印度洋。

2001年8月26日于普吉岛

走进甘肃

甘肃是一本值得品味的书，牛肉拉面是它的封面，兰州白兰瓜的甜美是它的目录，那黄土黄水孕育出伏羲与女娲的浑厚的黄色是它沉甸甸的内容，而蜚声中外的敦煌飞天则是它精美的插图。

走一走这45万平方公里的土地，历史的厚重与现代的神奇都写在九曲黄河的神韵里，中华五千年文化一笔笔都饱蘸了甘肃的墨汁，涂写在华夏九州的方圆中，它是神话里的奇美之地，它是宗教里的神圣之所，它是汉唐将军文士手中的剑与笔，它更是"飞天袖间，千百年来未落到地上的花朵"。

站在黄河水漂洗过的土地上，胡笳拨动，弹起千里飞沙；羌笛起处，牵回百转柔肠。让我们把心静下来，听《阳关三叠》的宫角，暖一暖边塞的春风，青海长云依旧，玉门不复孤单；凝眸于"马超龙雀"，"风神鸟"惊异于骏马的神逸；和一阕《八声甘州》，文墨间俱是汉唐的乳汁……于是，一段段历史迎面走来：河西走廊上张骞持节而进，黄河古道里伏羲八卦天成，丝路花雨间是敦煌的瑰丽，万里长城上是嘉峪的斜阳。至于班氏昆仲文武并济，霍将军御酒点金泉，王之涣《凉州词》传千载，王摩诘渭城叹阳关，甚至是伯夷、叔齐采薇首阳山，姜伯约只手擎天……太多太多的故事都留在记忆里永不褪色。

整一整衣襟，掸落历史的尘，留下的是一番凭吊，一番感慨，几分激动，几分豪情。秦皇汉武唐太宗，哪一个能舍下这片陇上情？甘凉十二州，那是中华的门户，历史的前锋。

"月牙泉的水，莫高窟的洞，嘉峪关的斜阳，拉卜楞的经"——我欲甘肃行。向往着敦煌的石窟壁画，带着朝圣的心去探访伊斯兰教与藏传佛教的和睦相融。日落长安远，捧一盏葡萄美酒，夜光杯下醉卧，琵琶声里对酌，胡骑铁马踏碎的西凉冷月啊，早已是月朗风清！

兰州，古称金城，是甘肃省会。坐落在青藏高原、内蒙古草原和黄土高原的交会处。滔滔黄河水穿城而过，左岸，白塔山依水傲立，"拱抱金城"；右岸，五泉峰观河侧卧，任黄河九曲东流。1.31万平方公里的黄土地上生活着汉、回、藏、裕固、东乡等38个民族314万人。儒、释、道三家文化在此和睦相处，共同展示和发展。

兰州又有瓜果城之称。这里平均海拔1520米，属中温带大陆性气候，夏无酷暑，冬无严寒，日照充足，盛产瓜果，素有"观景下扬州，品瓜上兰州"之誉。

甘肃有些地方的地名和名胜很有意思，如武威，这个因汉武帝表彰霍去病"武功军威"而得名的地方，最著名的却是"文庙"。武威文庙号称"陇右学宫之冠"，是历代文人修学祭孔之地，还有回鹘文的高昌王世勋碑，汉文和西夏文对照的西夏碑（护国寺感应塔碑），等等。这里是汉族儒家文化和少数民族文化的交融地。

到甘肃不去敦煌等于没去甘肃。甘肃的宗教石窟构成了其独特的文化特色。敦煌莫高窟是最杰出的代表。这里的洞窟始凿于前秦建元二年（344）。现存491个洞窟，有2400多尊雕塑，45000平方米壁画，是世界上现存规模最庞大的艺术宝库。它系统地反映了十六国、北魏、西魏、北周、隋唐、五代、宋、西夏、元等10多个朝代及东西文化交流的各个方面，是人类稀有的文化宝藏和财富。自从1900年的5月，那位从湖北麻城云游到陇的王道士（王圆箓）在莫高窟藏经洞中发现了50000多卷宗教文书和世俗文书后，敦煌艺术震惊了世界，而今敦煌学已成为世界性学科。在敦煌，你感受到的是历史的丰厚翔实、宗教的清纯瑰丽和艺术的美轮美奂。"飞天"壁画早已蜚声海内外，大型歌舞剧《丝路花雨》真实地再现了失传已久的乐舞艺术，曾在海内外引起轰动。敦煌是一泓永不枯竭的文化艺术源泉，它哺育了一代又一代的华夏子孙。除敦煌莫高窟外，宗教石窟艺术分布于甘肃全境，如东、西千佛洞安西榆林窟，武威天梯山石窟，张掖肃南马蹄寺石窟，天水麦积山石窟，仙人崖石窟，武山水帘石窟，平凉王母宫石窟、南石窟寺，庆阳北石窟寺，等等。精美的石刻艺术让人在领略美的同时，更多的是震撼。只有对宗教极其虔诚的人才能不避艰险，历久而成，这是信仰的力量。

嘉峪关，因地势险要，建筑宏伟而素有"天下雄关""边陲锁钥"之称，这里是万里长城的西起点，万里长城在这里画了一个最具力量的惊叹号。其关城与长城连在一起，形成五里一燧，十里一墩，三十里一堡，一百里一城的军事防御体系。嘉峪关以关城、魏晋壁画墓、万里长城第一墩、悬壁长城、黑山岩画等最为著名。

走进嘉峪关，在漫天红霞的映衬下，一抹斜阳穿透了"柔远门"和"光化门"，把关内外所有的土地、民族都紧紧地拢在一起。有人说甘肃的"陇"字应该是聚拢的"拢"字才对，它是国家统一、民族团结的象征，也是甘肃乃至整个西部各民族人民和睦相处、各种文化相互交流的保证，这才是嘉峪关的意义所在。

领略甘肃的文化，氛围最浓的是宗教文化，藏传佛教在这里最具影响，以拉卜楞寺为代表的一批寺院遍布甘肃全境。拉卜楞寺为藏传佛教黄教（格鲁派）六大宗主寺之一。寺院汇集了藏、汉、蒙古各族人民的智慧，以精湛的建筑艺术和辉煌的宗教文化而著称。寺内藏有各类经书6万余册，是藏经最多的寺院，同时也是世界上最大的喇嘛教学府，其严格的入学、教学和考试制度为藏区培养了大批宗教人才，拉卜楞寺在每年农历正月初四至十七和六月二十九至七月十五举行大法会，尤以正月十三和七月初八的晒佛、辩经活动最为壮观。

走进甘肃，走进甘肃的宗教，总会被佛教之外的另一个宗派吸引，它就是平凉崆峒道教。

道教是中国土生土长的宗教。崆峒山为天下道家第一名山，崆峒之名即取道家"空空同同，清净自然"之意。在金庸的江湖中，崆峒派武林高手总是道骨仙风，扑朔迷离。崆峒武术自有它的独到之处，这是可以肯定的，但更重要的是崆峒道教在佛寺如林的甘肃屹立千年不倒，这是它自身优秀文化、宗教思想的独特之处所决定的，也是新中国宗教信仰自由政策的全面体现。

文庙、拉卜楞寺、崆峒山，儒、释、道三家文化在甘肃这片神奇的土地上，得到了充分的展示和发扬，"甘肃一省拜三圣，涤化凡尘世俗心"。

走进甘肃，走进古丝绸之路。古丝绸之路在甘肃境内有1600余公里，在这条路上，张骞出使西域，玄奘西游，成吉思汗征战，马可·波罗探险，一桩桩史实记述着一个个动人的故事。走进古丝绸之路就是走进了历史文化的心脉，即使是闲庭信步，也是徜徉在历史文化的长河中。让我们去吸收、去品味，用一颗安静的心去感受甘肃这片神奇的土地。

走进甘肃，走进酒泉。在这片"霍将军御酒点金泉""葡萄美酒夜光杯"的土地上，人类最尖端的科技——航天技术在这里完美地展现。迄今，酒泉卫星发射中心已成功地发射了21颗科学实验卫星，其中有8颗可回收卫星，成功率达100%。新世纪里，"神舟一号、二号、三号"宇宙飞船相继遨游太空，普天下的华人为之骄傲。

走进甘肃，走进历史与未来。让我们沿着历史文化的脉络迎接新时代的到来。茫茫太空里回荡着中华民族的声音，闪耀着华夏的光芒。是《阳关三叠》的宫角，是夜光杯里葡萄美酒的闪动，是拉卜楞寺，是文庙，是崆峒山，是霍将军的擎天一剑，是汉、蒙古、回、藏、保安、东乡汉子肌肉的力量，是裕固少女裙角衣边的美丽装饰。

走进甘肃……

2002年5月16日于兰州九州台

渭水河畔话天水

　　6月的天水林青草翠，渭水清流。江山之外，第见玉泉观云雾缭绕，卦台山太极成祥，麦积山水环云绕孤峰独立。渭水河边，卦台山上，香炉刚刚燃起，伏羲设坛起卦，天、地、水、火、雷、山、风、泽演绎出乾、坤、坎、离、震、艮、巽、兑，点燃了华夏五千年文明的火炬。

　　天水是华夏文明的重要发祥地之一。古丝绸之路东起西安，向西迤逦穿过八百里秦川，进入甘肃的第一重镇就是天水，"西倚天门，东扼陇坻"自古就是边城重镇。天水的建城史与古罗马城的时间相仿，从春秋时代至今已有2600多年的历史。天水以"天河注水"的传说而得名，因"伏羲故里"而扬名。就在这片土地上，秦安大地湾的挖掘找到了我们祖先7800年前生息繁衍的痕迹，把华夏文明的火炬向前推进了2800年。"自从盘古开天地，三皇五帝到如今"，位居三皇之首，百王之先的伏羲是中华民族敬仰的人文始祖，他与女娲被誉为中国的"亚当"和"夏娃"，五帝之中的轩辕黄帝，他们都出生在天水。在中华民族几千年文明历史长河中，天水名人辈出还远不止这些。秦始皇横扫六国，定疆域，书同文，车同轨，行同伦，是开创中华大一统的起点，可其祖上秦非子因善牧马被周孝王封地天水赐嬴氏，从此发迹。汉代飞将军李广，三国名将姜维，开创大唐盛世的李氏父子，以及祖籍天水的"诗仙"李白，避乱投亲天水的"诗圣"杜甫，屈指一算，天水人入史立传的竟有520人之多，让人高山仰止。范长江先生在《中国西北角》中写道：

　　甘肃人说到天水，就等于江浙人说到苏杭一样自豪，认为是风景优美、物产富裕、人物秀美的地方。

　　说到天水风光景色，长春真人丘处机的弟子梁志通在天水城北天靖山筑有一庵，名曰玉泉观，观内玉皇阁门柱上镶嵌一副古联道尽天水风光盛世美境：

金阙重开，百二关河归陇上
铜驼无恙，九天日月护西秦

我的天水情结缘于3个天水人，也可以说是为了这3个人来到天水。第一个就是汉代名将飞将军李广。幼时熟闻唐代诗人王昌龄那首著名的《出塞诗》：

秦时明月汉时关，
万里长征人未还。
但使龙城飞将在，
不教胡马度阴山。

每当此时脑海里总是浮现出圆圆的明月下，一个策马提枪的黑脸大汉站立城头，威风凛凛杀气腾腾。等长大以后读了历史，却被一种悲愤凄凉的气氛缠绕着，久久不能散去，每当读到大汉雄风常常掩卷长叹。因此，我一到天水便急不可待地要寻找李广墓。天水市旅游局局长杜先生是一位转业的军人，老山战斗英雄，一身英武之气。谈吐却是个博古通今的史学家，论起天水风景人物侃侃道来如数家珍。一听到我首先要找西汉民族英雄，他执意要亲自陪我去。

李广墓位于天水城南1公里的石马坪。来到门前却发现竟是一所小学校，进得门去才见是前庙后墓格局，占地不足1亩。因为最后一次重修是1934年，墓的风格也因此与南京东郊民国年间的墓很相似，形成今天的样子。墓边有两排平房该是今天的校舍，庙宇内堆着杂物，外面散乱着砖瓦。庙后的李广墓直径3米左右，坟茔主体由半拱形石砌而成，有一人多高，据考证只是李广的"衣冠冢"，里面放着他的衣物和宝剑，观之悲剧色彩更添一层。坟茔旁边陪衬着杨树几株，凄凄惨惨戚戚，坟前立有一碑，上书"汉将军李广之墓"，标明这里主人的身份。李广墓建于何年已经无从考证，根据《天水县志》记载，1739年也就是清乾隆四年，政府曾对李广墓进行重修，就是说建墓该早于这个时期。1934年，时任国民党中央陆军一师师长胡宗南曾掘开墓场，得铁甲1副，盔缨1个，在天水水月寺民众教育馆展出。随后重修扩建，增修墓门、碑亭、墓碑塔。我默默地绕墓走了一周，一时无法把眼前的情景与2000年前的大汉联系在一起，唯有碑上"汉将军李广之墓"的字样在搜寻那尘封的年代。

汉孝文帝十四年（前166），匈奴自萧关大举进犯，时年20岁的李广以良家子从军，因为他两臂如猿，精于骑射，曾弯弓射虏，作战勇敢屡立战功，深得孝文帝喜爱。孝文帝曾感叹道："如令子当高帝时，万户侯岂足道哉！"因功升任郎中令，补武骑常侍，就是皇帝的侍卫，这在古代与其说是一个官位倒不如说是一种荣耀。景帝时，李广先后出任上谷、上郡、北地、雁门、代郡、云中等边郡太守。在驻守右北平期间，匈奴称为"汉之飞将军"，以致数年不敢侵犯边境。然而，往往将军在外面的名声大于在朝廷内部时，总会受到来自内部的嫉妒和排挤。李广一生历经大小70余战，杀敌无数却未能封侯。汉武帝刘彻雄才大略，一生开疆拓土雄心万丈，猛将李广本该是英雄正逢用武之地，遗憾的是刘彻却好像更喜欢信任裙带。司马迁在《史记》中说："余睹李将军，悛悛如鄙人，口不能道辞。"就是说飞将军不善言辞，不会媚上。更有汉武帝疑神疑鬼，言飞将军属于"数奇"，这更注定飞将军有战无功、有功无赏的结局。李广也曾就此事请教过望云气以测凶吉的先生王朔，这位先生说李广因杀俘虏而天降灾祸，于是李广仰天长叹："吾相不当侯邪？且固命也？"

在公元前119年反击匈奴的最后一次战役中，大将军卫青统率大军横扫千里，单于集团已经是强弩之末，眼看着一战可定乾坤。此时飞将军已经年过六十，感到机会不可再失，向卫青坚持请缨，愿担当大军的前先锋同单于决一死战。然而裙带之风上行下效，卫青把主力部队连同立功的机会让给自己的亲信好友，刚因过失掉爵位的中将军公孙敖，令李广出兵东道做侧翼，以步兵弱旅千里远袭。广得令拂袖出帐，负气领军击敌，结果因失去向导迷路而贻误战机。与主力会师后，终因耻于对峙刀笔吏而拔刀自刭。

李氏家族的悲剧并没有就此结束。其弟李蔡自少年随堂兄李广从军，因战功官至汉武帝第二任丞相，后因私占汉景帝陵园前路旁一块空地而被喜怒无常的汉武帝赐白绫自杀；李广三子李敢也是一员虎将，曾因战功得封200户的关中侯。李广死后，李敢气不过而毅然为报父仇刺杀卫青不果，被卫青的外甥骠骑将军霍去病借游猎之机而暗杀于甘泉宫，这残酷的事实让后人怎么都难以接受！其孙李陵从贰师将军李广利出塞迎敌，带5000兵卒抵挡单于80000强敌，纵横千里，杀敌超出自己兵力的总和，最终因救兵不到弹尽粮绝而降敌。朝廷闻讯抄斩了其母妻儿，自此之后，李氏名败，家族悲剧也有了终结。我们不忍过多地指责大将军卫青，虽然他因外戚得幸，因常年侍奉皇帝狩猎而取信，毕竟他北伐匈奴，浩气千里，开疆拓土，巩固北方，功在千秋，泽及后人，不愧为一代英雄也。

世事无常兴亡无据，我不禁想起纳兰性德的《南乡子·何处淬吴钩》：

何处淬吴钩？一片城荒枕碧流。曾是当年龙战地，飕飕。塞草霜风满地秋。

霸业等闲休，跃马横戈总白头。莫把韶华轻换了，封侯。多少英雄只废丘。

院子里静悄悄的，不见游客，也不闻琅琅的读书声。杜先生说，小学校正在搬迁，就要重修李广墓了。不自觉中，我松了一口气。

用过了午饭，我坚持送回了日理万机的杜先生，由办公室的小马同志带我去找第二个天水人，《镜花缘》中的主人公苏若兰。

天水自东晋以来，一直流传着一个用五彩丝线编织出来的感人至深的爱情故事——《回文璇玑图》。这一故事后来被清代文学家李汝珍撰写成《镜花缘》广为传诵。故事说的是前秦时，出生在陕西扶风美阳镇才女苏蕙（字若兰），自幼聪慧，长刺绣，通诗文，许配书生窦滔为妻。后来窦滔做了秦州刺史，若兰因怀疑他与歌姬赵阳台有染，而拒绝同往，窦滔负气携阳台赴任。此后苏蕙悔恨自伤，遂赴秦州寻夫。然而人海茫茫侯门似海，若兰一边沿街叫卖自己编织的手帕一边寻夫。她把回文诗编织在手帕上来卖，窦滔辗转看到苏蕙回文诗被其才情和真情感动，想到昔日相亲相爱更是羞愧。于是送赵阳台回关中，而具车以盛礼迎苏氏归于汉南，和好如初恩好愈重。关于苏蕙的身世，《扶风县志》《扶风县风土志》上均有记述。她的回文诗在《璇玑图诗》《读织锦回文法》中均有记载。我提出寻访苏蕙故居不仅难住了热情的小马，而且寻遍他的熟人竟无人能道出所以然。

"到织锦台一片问问吧，兴许能找到。"一直无语的司机师傅突然建议道。

下得车来几经打探，终于在一位临街闲坐的老妇人嘴里得出结果——务农巷28号。据这位天水老人回忆，原先织锦台巷道口有一座高大的牌楼，头道匾书"晋窦滔里"，二道匾书"古织锦台"。如今牌楼、匾额早已无了踪影，只留下苏蕙娘巧织《回文璇玑图》的爱情故事流传下来。

终于找到了苏蕙娘故居，结果却叫人好不失望。一个普通的门洞里，拥挤着的大小窝棚把本来就窄小的院子挤得杂乱不堪。这使我不禁想到莎士比亚笔下的罗密欧与朱丽叶，他们被莎士比亚安排出现在意大利的维罗纳古城，虽然只是个艺术人物，但是当地人却把他们的假想故事发生地卡佩洛街23号视为爱情圣地，广为鼓吹，接受世界各地的善男信女万里朝拜。每年"罗密欧和朱丽叶"都要接到来自世界各地数以万计的信件，市政府甚至专门组织人员，假戏真做地为来信——回复，以人为本的理念洋溢其中。既圆了青年男女的爱情美梦，又开辟了旅游财源，皆大欢喜。

《回文璇玑图》的绝唱和苏蕙的奇才与淑范值得世人赞赏与敬重。李白在《闺情》一诗中称颂道：

> 黄鸟坐相悲，
> 绿杨谁更攀。
> 织锦心草草，
> 挑灯泪斑斑。

回来的路上我禁不住向旅游局小马同志建议道：要是把务农巷28号房客迁出，辟为苏蕙故居，或是回文璇玑图纪念馆，岂不是一个美满的结局。

我要找的第三个人叫纪信。公元前206年，汉高祖刘邦赴鸿门宴会时，站在樊哙、夏侯婴、靳疆边上的就是纪信。当然，他名垂青史不是因为这次护驾有功，而是以"荥阳误楚，身殉汉皇"载于史册，《史记》《汉书》都载有其事。那时，项羽大军进逼荥阳，刘邦内乏继粮，外无援兵，情势日趋危急。刘邦采纳张良的缓兵之计，派出使臣向项羽求和，表示愿以荥阳为界，以西属汉，以东归楚，但遭到项羽的断然拒绝。刘邦一时无计可施，坐等城破死战，形势异常危急。纪信闻讯面见汉王，提出设计诈楚，刘邦急召陈平策划。晚间，只见2000余名身披铠甲的女兵簇拥黄罗伞盖出荥阳东门，纪信假扮作刘邦高坐黄屋之上。汉军声言城中食尽，汉王出降。四门围城的楚军山呼万岁拥向东门以观汉王投降，一时戒备松懈场面混乱不堪。刘邦乘机带数十亲随由荥阳西门逃出直奔成皋而去。纪信诈降被项羽识破后，历史本该让项羽显尽英雄本色，若他仰天一笑赦免献身救主的纪信，甚至予以重奖后送还汉营便会留下虚怀若谷的千古美名，可惜他"匹夫之勇，妇人之仁"又一次显现出来。当他得知刘邦已遁去时竟恼羞成怒，把纪信活活烧死，成全了纪信"汉代孤忠"的美誉。

刘邦称帝以后，封纪信为秦王，先立祠于顺庆，赐号忠右，后在天水

257

城东北建城隍庙祀奉纪信。在我国民间普遍信仰着城隍神，大多数城镇都建有城隍庙。城隍多为去世的英雄或名臣，以其英灵来打击邪恶护佑黎民，故而城隍在百姓心目中具有不可替代的精神作用。城隍神在道教护卫神中是一个专门护卫城邦、扶正驱恶的地方神。据《北齐书·慕容俨传》记载，城隍神的信仰最初在吴越地区十分盛行，南北朝时正式称为城隍神，唐代时加封爵禄，五代时封侯称王，其庙几乎遍布全国。宋代荣立国家祀典，各府州县皆立庙祭祀。元代在京都建城隍庙，封其神为佑圣王，城隍神遂成为封建国家的守护大神。然而历史上由中央政府为一个卫士修庙祭祀还绝无仅有，纪信因其智勇双全舍身救主而独得此殊荣2000年。还被后人编撰成戏剧《楚汉争》（又名《纪信替主》）广为传唱。天水城现存的城隍庙为清乾隆三十二年（1767）建，"通省官绅捐资重葺，后二年始成，原为忠烈侯坊"，是一座四进庭院式建筑，建筑布局按中轴线依次为牌坊、享殿、正殿、寝宫、客堂。新中国成立以后这里改建成天水市群众艺术馆，门前牌坊上还留有一副古对联，为纪信做了一个很好的概括总结。联云：

楚逼荥阳时，凭烈志激昂，四百年汉基开赤帝；
神生成纪地，作故乡保障，千万载祜缉笃黎民。

除天水城隍庙供奉着纪信以外，兰州城隍庙又名纪信庙，也历代供奉着他。兰州城隍庙建于北宋，明永乐三年（1405）失火，殿廊大部分被焚，嘉靖三十四年（1555）重新修葺，建起3座大殿，有殿三楹，祀奉汉将军纪信，现在为兰州市第一工人俱乐部。1998年，兰州市总工会多方集资800多万元，重建修葺城隍庙，这是后话。

一个古代的卫士，能得后代几多中央政府的加封爵禄，特别是还能得到挑剔的历代史学家的称赞，文学家的推崇，真是前无古人。这主要是纪信仁义忠烈的品格，舍生取义的精神，视死如归的气概，有勇有谋的行为，最后杀身成仁的结局，代表了中国传统文化的价值取向和道德规范。

　　2150年后，也就是1944年9月5日，又有一位卫士的事迹在中华大地上被广为传颂，他就是人民解放军中央警卫团的卫士，因烧炭牺牲的张思德。毛泽东为悼念张思德而作著名讲演《为人民服务》，指出张思德为人民的利益而死，重于泰山，死得其所。

2001年6月于天水

嘉峪关随笔

　　酒泉至嘉峪关只有21公里。在初秋时节，我的好友王平陪我从酒泉驱车来到嘉峪关。王平是响应国家号召到甘肃酒泉挂职锻炼的青年干部，我因到甘肃公干特地绕道酒泉去探望他。在世纪之交的2000年秋天，团中央在北京八达岭长城举办"龙舞长城"大型活动，著名演员成龙高高举起龙头于"北门锁钥"的楼台上，龙身连绵12座城楼见首不见尾创下了世界吉尼斯纪录。那是我第一次陪同王平登上八达岭长城。5年后，我们又相聚在数千里以外的嘉峪关长城。他乡故人相聚，执手相看笑脸。

　　素有"边陲锁钥"之称的嘉峪关，是万里长城西端的起点，出关城向南约5公里，在文殊山脚下讨赖河北岸峭壁悬崖之上，就是有"天下第一墩"之称的长城第一墩石基。在明洪武五年（1372），明将宋国公征虏大将军冯胜率大军把元朝残部压制在敦煌以外，为了防止蒙古卷土重来，冯胜选中肃州西70里处两山之间有15公里平川的嘉峪关建关设防，从此这里就成为明代最西部的边关。嘉峪关处于河西走廊中部，属于河西咽喉要地，也是古"丝绸之路"的交通要冲。它南依终年白雪皑皑的祁连山，北望苍茫如黛的黑山，东西便是一望无际的茫茫戈壁，依山傍水易守难攻，自古就是戍边设防的重地。

　　"我先带你看一副对联。"

　　一进关城，王平就把我拉到嘉峪关古老的戏台下。仰首望去，上联："离合悲欢演往事"；下联："愚贤忠佞认当场"。字面浅寓意却深远。遥想当年，就在这雄关下面的古道上，曾经骆驼商队、进贡的番臣和传播福音的神甫，带着西域的良马、葡萄、珠宝和波斯、印度、叙利亚、古罗马的各种奇珍异宝穿过茫茫戈壁与沙漠，进入玉门关姗姗东来；丝绸、茶叶、火药、造纸术、印刷术和使者持节源源西去。忽而出征的旌旗猎猎，忽而和亲的队伍出关，还有取经的和尚，归汉的文姬……千百年来上演了多少人间悲喜剧。这让我不禁想起了一首古老的敦煌曲子词《生查子·三尺龙泉剑》：

> 三尺龙泉剑，匣里无人见。一张落雁弓，百支金花箭。
> 为国竭忠贞，苦处曾征战。先望立功勋，后见君王面。

"我到酒泉后对长城做了系统的研究。"登上嘉峪关城楼王平感慨道，"在冷兵器时代，长城在保障商贸交通，特别是阻挡外来侵略之中起到了巨大的作用，若无万里长城，今天的中华历史恐怕是另一番样子。"

我很是赞同他的观点，其实对长城的评价，长久以来就有很大的分歧。有赞同者指出，万里长城是"有备则制人，无备则制于人"。有了防御工程就主动，没有就受制于别人，就要被动挨打。持这种观点的有汉文帝、隋文帝、唐太宗、杜甫等；而反对者认为长城是无道暴政的活化石，劳民伤财耗尽国力，最终也不能阻挡强敌。秦始皇作为大规模修建长城的决策者首当其冲备受指责，民间甚至还编了一个《孟姜女哭长城》的故事来骂秦始皇。故事说的是苏州书生范杞梁，为逃避劳役远走他乡，在路上邂逅相识了从山西逃河逃难出来的孟姜女，两人一见钟情。可就在他们成婚之日范杞梁被抓去修长城。时节进入冬季，妻子千里寻夫送寒衣，顺着长城一直找到了山海关，这时才知道范杞梁已经死了，可怜的孟姜女哭了三天三夜，哭倒长城800里，露出了丈夫的尸体，她掩埋了丈夫的尸体后自杀了。其实，《孟姜女哭长城》的故事是由春秋时代齐国的一个故事演绎而来。齐国有个大将叫杞梁，他在守宜城的时候战死了，妻子来祭奠他，哭了三天三夜，哭倒了冀县城墙，这个地方就是现在的河北冀县，后人借用杞梁的故事来骂秦始皇，表达了人民对遥遥无期的徭役已经痛恨至极。同老百姓一起骂秦始皇的还有贾山、陈林，以及康熙帝、乾隆帝。相比起来，贾谊、司马迁、孙中山的观点更为科学、公正，他们把暴政与长城作用分开评价：秦始皇施行暴政应该唾弃，但长城对中华民族的贡献应予肯定。从历史的高度来看，在冷兵器时代，长城对稳定国防、维护统一起到了巨大且不可替代的作用。同时通过在长城沿线开发屯田，发展了生产，更重要的是保护了国家通信和商旅往返交通，特别是保护了著名国际通道"丝绸之路"的通畅。一个国家政权对国家疆域的控制，往往是通过道路这一条件来实现。很难想象，如果中央政府连指令都不能迅速下达到辖区各个地方政府的话，还谈什么政权和控制？历史小说中经常出现的八百里加急和六百里加急，说的就是国家命令和重要信息在国内流程的速度。实际上国家驿站建制中最快的是六百里加急。以清代为例，皇帝的诏书由军机处发出，出午门到西北兰州有两种方式：一种是限期送达，一种是加急送达。送达兰州的限期是41天，加急要18天；送达广州的限期是56天，加急要32天；最远的是送达新疆喀什要125天。驿站制度直到1880年李鸿章在天津建立起第一家电报局才逐渐退出历史舞台。

"秦国确实不简单，它开天辟地地做了许多影响以后2000年多的事情。"

"是啊，海内一统，法令一致，车同轨，书同文，行同伦，统一度量衡……"

"早在三皇五帝之世，地也不过千里，法令不及诸侯。"

"秦国疆域向北一直推到内蒙古河套北部以至宁夏平原以南地区，与匈奴地域直接接壤。连起六国长城抵御匈奴强大的骑兵已经成为必然也是唯一的选择。"

"秦始皇实行移民建县的政策很高明，大量地移民人口，既繁荣了边疆，又保证了兵源。这个巩固边防重要的政策被后代一直沿用着。"

"孙中山先生说过，始皇虽无道，而长城之有功于后世，实与大禹之治水同等。"

大禹治水是中华民族的一个壮举，在久远的年代，人类共同经历了一场全球性大洪水。全世界现在可查的就有600多种有关洪水的记载。研究这段历史发现这么一个特点，就是在600多种关于洪水的记载和传说中都是记载人类是如何逃生的。唯有中华民族是通过治理河道来疏导大水。英国著名历史学家汤因比说："黄河流域民族制水斗争，是统一专制的东方帝国的起源。"治水跟一个民族帝国的起源紧密相连，可见其对民族进步和发展的重要性。孙中山先生把长城的功劳与大禹治水同等，这是极高的评价。他还有一句话，如果没有万里长城中华民族可能早就亡国灭族了。

中国的文化有强烈的群体意识，这个群体意识源于大禹治水。在大洪水以前，华夏文明与世界上的两河流域文明、古希腊文明、古巴比伦文明相差无几，都是以游牧为主。凶猛的洪水迫使幸存的部落和民族团结起来，团结到一个号令下，共同面对人类的大灾难。民族团结的力量把几千里的河道疏通，最终使凶猛的洪水流入大海。经历几十年艰苦的努力完成这项巨大工程的另一个结果就是形成了中华民族第一个国家形式，统一分封制国家——夏。从而，形成了延续至今的中华民族的主体精神，即主体精神就是源于中华民族这种群体意识和群体文化，从古至今，一脉相承。从秦国之后的2000年中，统一的时间是1215年，分裂和战乱的时间为800多年，国破山河在，最终是实现统一，这是一条铁律，任何敢于触及它的人或是团体，终归逃脱不了遗臭万年的下场。

台湾学者柏扬先生说过："回顾历史，中华民族有一个显著的特点，就是中国人的英雄气概和独立高贵的精神价值总是在面临外来入侵和国家分裂时全部显现出来和在反击中迅速壮大！"

"有人说长城代表封闭、保守、无能的防御和懦弱的不出击。我倒觉得长城是中华民族军事谋略和哲学思想的精华，更深层次体现了中国古代'不战而屈人之兵'的最高军事韬略和'内修文德，外治武训'的政治最高原则，以及'恃武者灭，恃文者亡'的哲学思想。"

"国内政治清明，致力发展生产，人民安居乐业，国富就会兵强。"

"长城就是在这些思想的涌动下应运而生。"

回顾世界民族之林的发展史，6000年前，被后世称为"人类盛开的第一朵文明之花"的古巴比伦人；4000年前，创造爱琴海文明的希腊人；

2000年前，讨希腊、征高卢、灭迦太基，边界直插莱茵河，把埃及当作后花园的罗马帝国，都不过是昙花一现。现在的希腊人、埃及人同过去的古希腊人、古埃及人，罗马人与古罗马人基本上没有关联了。文字没了，语言变了，文化断了。当年强大一时的十字军东征、罗马军团、蒙古铁骑，以及亚历山大、恺撒、拿破仑、希特勒、东条英机都已经灰飞烟灭，成为过眼云烟。青山依旧在，几度夕阳红！中华民族屹立于世界民族之林，燧人氏燃起的火把一路照耀下来从不曾熄灭过，中华文化与传统古今一脉相传。

不觉中夕阳西下，秋风袭肘，千古雄关森严壁垒寒气压人。远处黑山渐隐，文殊南去，大漠孤烟直，尽显苍凉悲壮之态；眼前危楼高峙，台堡林立众志成城。天色已晚，我们的谈兴却还未尽：

"人类乐而不疲地高筑大墙都是为了和平，无论是防贼、防盗还是防兵火，无论是土墙砖墙石墙还是篱笆墙，为的是不动干戈。"

"可是世界上自从有墙那天起就没有一天的太平日子。以生存理念而画地为牢应该是人类的悲哀吧？！"

"走，我们找个酒馆喝几杯去！"

那天，我们醉倒在嘉峪关下。

2005年初秋于酒泉

我所养的一盆吊兰及其他

在边城生活两年，日子一天天过去，在一片忙碌的尘嚣中远去。用诗人的话来说叫春去也无迹，秋去也无痕。然而一件不经意的小事，却悄悄地沉淀了下来，蛰伏在心底。又不经意地翻腾起来，将苦涩荡漾得像久不停息的涟漪，一波一波捶击着心壁。

我说的是我曾经在边城养过一盆吊兰。

从本质上说，我是一个喜欢生命、欣赏生命的人。奇花异草，阿猫阿狗，小鸡小鸭，我都是很喜欢的。童年时，因为常常把雪白的馒头偷偷拿去喂隔壁家的大黄狗而没少挨外婆的申斥。看电视也喜欢《人与自然》《狂野周末》《探索》之类的节目。连CCTV-7常播的怎样种葡萄、怎样种草莓之类的农村经济节目，也时不常地看上几眼。可自己并没有种过什么，也没有养过什么，因为我深知自己的忙碌和懒惰，深恐对另一个生命负不起责任。

可就在边城的第一个冬季，一天被热情的同事拉到家里喝酒，席间对他家窗台上的一盆吊兰赞叹不已。同事见我喜欢，便说："这东西摘下一段茎叶，随便往土里一插就能活，喜欢的话，送你一株。"第二天同事拿了一个玻璃的罐头瓶子，用几层旧报纸严严实实地包着吊兰的茎叶，像是抱着一个三世单传的婴儿，径直送到了我的宿舍。

于是，我照着这位热心同事交代的，给它选了盆，换了土，上足了水，果然它真的活了下来。因为是自己养的，便多了几分偏爱，总觉得它那叶子绿得好、绿得嫩、绿得有活力。慢慢地，它越来越茂盛了，渐渐地又从一株株的叶丛中心抽出一根细细的茎来，小心地探出盆沿，往下延伸；那茎上又生出一株株的叶丛来，像是一只只捧着东西的小手。我这才知道为什么叫吊兰的原因。其叶是兰，其养还要吊起来。于是又在高处寻了一个合适的位置，将花盆固定在那里，每日浇水又添了登高爬下的麻烦。

它总还是争气的，越长越旺，毫不吝啬地把它活力四溢的绿色挥洒在房间里，长长的枝条越来越多、越来越长，像是一条向山下跳跃奔腾的溪流，一株株的叶丛像是溪流快乐的浪花。最先长出的枝条，已经快要及地了，来访的宾客朋友见了，无不惊叹。我也很是得意，常常坐在它的对面，久久地对视，让它那无邪的浓绿，抚平我浮躁的心。

时节转眼进入夏季，那年是当地20年不遇的一个多雨的夏季。记得一天夜里，天气闷热，心浮气躁无心做事便黑了灯正要睡去，忽然开着的窗户中吹来阵阵风，吹在吊兰的叶子上，风走动响的飕声伴着墙壁上叶影的闪灯摇曳，似诉说着整个宇宙的秘密。可我却听不懂，我倚在躺椅上，吸着烟，静静地看着、听着、感受着这自然的呢喃，像慈母的唠叨，像情人的细语。我像在想着什么，却又像什么都没想；像是睡着，又像是醒着。我忘记了自己，却又真正感受到了自己的存在。我的心如同被洗过一般的澄明透亮，恍惚间与自然几乎是一体的感觉。佛家有语：心静自然凉。那个闷热的夏夜里，我却感受到了从未有过的清爽。

后来，我的吊兰开花了，在那一株株浓绿的叶丛中，星星点点地点缀着米粒大小的白色的花朵。远看，小小的花朵里面竟存着很精巧的淡蓝色的花蕊。不经意闻它是没有味道的，俯近身子仔细嗅，却能闻到一种淡淡的沁人心脾的清香。

渐渐地，那盆吊兰仿佛成了我生命的一部分。林语堂先生说，以爱美人之心爱花，则护惜倍有深情。每天的浇水、施肥、松土倒是次要的，与它的绿叶与小花的对思交流却成为每天生活的重要内容。每当于此，我的心中就会涌现出一句舒婷的诗：孤独的影，高傲的心。

突然有一天，我发现它的小花憔悴了起来，很快叶子失去了活力，枯萎了，大约只是一晚的时间，它没有任何先兆地死了。在清理花盆时才发现，先前的泥土已经干干净净，盆里满是它白白的根。它的小花仍惨白地待在已经枯萎的叶丛中，像仍在悲壮地做着怒放的梦。

面对死去的它，突然间我觉得心里空空的，后来又被一种无形的东西渐渐填塞得满满的。觉得发闷，我伫立良久，那枯萎的花叶，给我的是一种情绪，可我又说不出确切来，只是耳边飘飘感到一股抑郁的音乐的旋律。

我的吊兰，它就这样死了。带走了我那一串串绿色的梦，它茁壮，壮得生命四溢，我又怎么会想到，这竟成了它致死的原因呢？无限制的生命的发展，终于拖垮了在限制中发展的根系。终于到来的是——崩溃！

生命的意义并非单独存在于生命个体，更多的是存在于作为生命个体对应面的整个世界与之的关系中。生命的体现只能是世界对生命个体的馈赠和生命个体对世界的给予和改变。我的吊兰是幸运的，它死于怒放远比半死不活地蜷缩在盆土中做梦好得多！其实生命也是脆弱的，其脆弱的程度，远远超出人们的想象。

记得中国女排第一次大翻身。"排球热"堪比世界杯足球赛，交战的热点和焦点是在中美之间，中国的"铁榔头"郎平自然家喻户晓。美国队有一个"黑珍珠"海曼也深受大家的喜爱。有一天看电视直播美国队的比赛，只见海曼在球网前高高跃起，奋力把球一扣，她也随即倒地，令我震惊的是，她当场猝死球场。这就像我的吊兰一样，在生命大发光华的时候死去了，在最后的时刻，她展现的仍然是高高跃起的黑色闪电般的身影。只是像闪电一样迅疾地消失了，留下一声响雷般的震撼在我心里。她没有遗憾，像一个真正的战士一样，只是把太多的遗憾留给了我们。

从那时算起来，大约已经20年的时间了。这20年来，生生死死的事情经历太多了。邓丽君，一个影响了几代人的声音，竟在一次哮喘病的突发中，永远带走了她歌声中无法复制的甜美和怀旧色彩；日本资深政治家，当时的首相大平正芳，深夜还在准备第二天在国会上的演讲稿，凌晨3点，没等到天亮，猝死在睡床上；中国著名数学家华罗庚，在外国讲学的时候倒在了讲台上，突然地离开了我们，离开了他热爱一生的数学。再远一些的更加不忍回视，雪莱31岁就离开了人间；拜伦36岁，徐志摩38

岁，纳兰性德30岁，李贺和王勃竟都没有活过27岁，他们都是在"怒放"之后归于平静。有人说，苍松可以活上千年，而牵牛花仅能活一日，但两者同样长寿，因为它们完成了自己的天年，谁也没有夭折。可见，生命不在活多久，而是尽到自己的本分。

渐渐地，心如茧缚。对各种死的消息也难得激动了，深知人生一世，草木一秋，庄子曾说："人生天地之间，若白驹过隙，忽然而已。"《西藏生死书》中说："生者必死，聚者必散，积者必竭，立者必倒，高者必堕。"人近中年，才逐步理解了生命的凝重。

印度大诗人泰戈尔说过："生如春花之绚烂，死如秋叶之静美。"他又说："上帝喜欢的，死得都早。"

谨以此话献给我的吊兰，以及我喜爱而又早逝的人们。

2004年盛夏于边城

草书之旅

——观"叶选宁习字展"有感

从宁公的书法作品中让人看到政治家的虚怀若谷，

修行人的坚韧不拔和智者的达观从容……

——题记

序

余曾在叶选宁先生麾下任职，与先生契合，尊先生为导师。先生草书大作，或得神来之笔，也常不吝馈赠。尤为念念索怀先生亲题相赠《叶剑英诗词手迹暨叶选平、叶选宁恭录叶帅诗词》和《怀念阿曾同志》两书，累年放置案头。选宁先生书法师承大家，左手悬腕，如行云流水，似虬松劲枝，潇洒豪迈；字字疏朗开阔，风骨清爽，雍容华贵。先生磊落人格、宿儒气质，尤其伤残右臂后，倍显超乎常人之勇气，令榆钧钦慕不已，以为楷模。榆钧铭记先生教诲，工作与文学创作不敢懈怠。值《中国画院》本期展示先生书法神韵，故撰赏析以成文《草书之旅》。

一

甲午初春，"叶选宁习字展"在北京荣宝斋大厦隆重开幕。京城政要、业内名家，纷纷驰骛，慨叹揣摩，一时云集。

中国书法是唯一作为美术作品的文字，是中华艺术之核心。书法为表，诗词歌赋为里，学问修养决定书法品行。书画同源，琴棋相通，陆游说，"汝果欲学诗，功夫在诗外"；齐白石说，"如果作画，功夫在画外"，百家同理，一脉相承。书法家其阅历、其见解、其识悟、其才智、其学

269

养、其操守、其精神都关乎书法最后所成。

叶选宁先生系共和国开国元勋叶剑英元帅之子，少年自军校从军，肩扛将星，身系重任。他置身于共和国波澜壮阔、艰苦卓绝创建与发展的60年风风雨雨，经历了高歌猛进社会大变革、大发展的过程，也历经了曲折，遭遇过磨难，体味了世态炎凉和人情冷暖。然而社会大潮就如同黄河九曲，终是滚滚向前。经历的这一切，造就了先生肝胆与胸怀，化作浓浓的翰墨汇集笔端，如淬火的宝剑，神形相应，动静互制，出神入化。

政治家的书法从来都是带着鲜明的个性，各领风骚。有的用笔凝重，章法威严，线条刚柔相济，意境上合雄奇于淡远之中，如曾国藩；有的起笔肃杀扑面，运笔凝练，劲中见厚，结构严谨，笔力雄浑，尽显铮铮铁骨，如左宗棠。选宁先生早年伤残右臂，以左手习字，悬腕飞肘，不舍昼夜；而自幼深受熏染，对历代书法大家的诸多机趣谙熟于心，多有省悟，化为己有；先生隶、楷、行、篆兼备，以行草书为先。书法布局庄重严谨，用笔精到，深厚刚健又不失圆润，枯墨、飞白自然流畅，气贯长虹，大家气象。其字融入个性主张和性格，凝重刚健，瘦劲挺拔，又不失儒雅之婉约。"胸中自有雄兵百万"，下笔自然开合自如，进退合度，气脉、神韵均为上乘。黄永玉老先生评价其书法曰："格局严谨，用笔沉郁，十分讲究。不从流俗，循尚规矩，是少见的。"

数年前余南下穗城为叶老板贺寿，以拙诗相赠：身在峰巅云涌处，乐得清寂能几人。玉柱轻弹定风波，黄钟慢挑理乾坤。三尺纹枰智慧海，半轮明月菩提心。雪化方知松不老，霞光万丈百年春。

二

勤奋是学有所成必备要素，"书圣"王羲之临池学书，池水尽黑，练就"入木三分"。选宁先生酷爱书法，"几十年来像钟表匠那么精确严格修炼他的书法"（黄永玉语），令人肃然起敬。将门之后喜书法者不乏其人，成为大家者却是寥寥无几。先生孜孜不倦，铁杵成针。遇到古人好字，爱不释手，临摹百遍而不觉累；碰到有感于某篇文章好帖，彻夜研读而不知倦。《叶选宁习字集》上下两卷总计500多页，收录先生书法作品400余幅，那私下练习之数量就可谓汗牛充栋了。黄永玉老先生在《叶选宁习字集》序言中描写的"夜半时分，一个胖子在灯下狂书"的画面让人莞尔，同时也深深钦佩。

草书是几种书体中艺术表现力最强的一种书体，用笔颇为讲究。先生选用的是安徽泾县出产的"冰肌玉骨"羊毫长锋。这款笔毛锋柔软，迫使用笔者悬腕悬肘，不得有丝毫懈怠，甚是辛苦。古人写字如怀素等草书大家都是使用狼毫，他认为后人用羊毫长锋若要写出狼毫的遒劲笔意，就得在运笔上痛下苦功。

先生喜欢用的这种毛笔柔顺、吸墨快、含墨量大，使用时笔锋出墨持久。因重力，竖起笔锋有墨滴欲滴下，在笔锋和纸之间有半滴水的空间就是长锋羊毫的使用空间，有意在这个空间里执笔引墨行笔，水墨会有金属液态浇铸感，水墨落纸之后自然渗化，笔锋在纸上行画之后，墨痕成为一个个独一无二灵性的形状。先生作品墨色较重，书面能酣畅淋漓，气贯全篇也算"因祸得福"。使用这种笔会让书者的弊端放大或暴露无遗，有利于不断提高自己的控笔能力，提高手腕的细致使用能力，练就绵里藏针的骨力。先生功夫精进之后依然坚持使用长锋羊毫，如勤奋的修行者般，朴素虔诚地"一门深入，长时熏修"，时至今日已然成为"得道高僧"了。

三

观赏选宁先生书法作品总有一种旷达飘逸之感，让人想起苏轼的《定风波》："莫听穿林打叶声，何妨吟啸且徐行。竹杖芒鞋轻胜马，谁怕？一蓑烟雨任平生。"该词描绘出作者用舍行藏、苦乐随缘、达观开朗的人生态度和坦荡胸怀，勾画出宠辱不惊、去留无意"何妨吟啸且徐行"的潇洒气度，享受着"一蓑烟雨任平生"的达观境界，内心呈现出一幅"也无风雨也无晴"的恬淡妙境。

1974年，一次工伤事故将下放中的选宁先生右臂轧断。事情汇报到周恩来总理处，总理亲自下令抢救，当地医疗部门才把断臂帮他接上，因为错过最佳治疗时机从此右臂功能全无。回到北京后，右臂失去功能的选宁先生没有一蹶不振，而是愈挫愈强，夜以继日逐渐练就了一笔刚劲中透出潇洒的左手书法。"文化大革命"后，前往帅府中致贺的人们，都忘不了安慰叶先生几句，而他却总是用几句幽默的笑话回赠对方的怜悯。如此表现，不由得让叶剑英元帅对他这位二公子刮目相看。

几十年的风风雨雨加上身体的伤痛，让先生在书法中厚积薄发，胸中聚集的"楚天千里清秋"，抑或"杏花疏影里"的情愫从他书写众多的诗词运笔中款款道出。辛巳岁末所作范仲淹《严先生祠堂记》及己卯所作陆游《感昔》，尽管看到其奔放，但是笔触处处留得住，步步为营。字形飞动，笔画处处站得住脚。癸未所作两幅毛泽东主席《西洲曲》（南风知我意，吹梦到西洲）、《满江红·和郭沫若同志》（正西风落叶下长安，飞鸣镝）。前者，毛泽东主席用上这句诗后会叫人忘了它曾是情诗，它会让人心中热情激发，看到热血青年实现抱负的意切。先生"意"和"吹梦"的留逸，使得书面拙厚而不失鲜活。后者，西风落叶，焦黄了四野，静煞的秋景中杀机重重，只待亮剑。而先生飞重墨顿挫与使转共成，掩霸气为静沉。

草书是讲究用墨的，墨色的浓淡深浅变化会让书法更有意味、更加耐人寻味。书者一般要从蘸墨量的多少，水墨比例，笔的枯湿来控制。先生生性维稳大气，为人豪爽，虽有细致周到的观察力，但是不拘小节、光明磊落的性格还是在书作中表露无遗。先生用墨深浅从不刻意水与墨左右浓淡，也不计较每次蘸墨一定要多少，其轻重多是笔的枯湿。翻看先生的习字集会发现先生大多都墨色较重，像己卯作阮元《甬江夜泊》，此篇倒是属于先生不多见的"墨淡"作品，抬眼一望一片萧肃寂寥，枯煞冷清。这首诗写得很凄清："风雨暮潇潇，荒江正起潮。远帆连海气，短烛接寒宵。人静怯闻角，衣轻欲试貂。遥怜荷戈者，孤岛夜萧廖。"第一句之后墨色渐淡，扭转几个重字，浓淡相宜，巧然天成。枯笔涩回，萧疏流连中既已感受到战争中的紧张，墨尽处，留下荒江船头一个刚毅孤离的背影。

早在这些作品之前，先生于丁丑冬至写了两遍郦道元的《水经注·三峡》，一篇竖幅，一篇斗方。两篇都是点画圆劲，气脉通畅，心中情感好似渗入笔墨，融合不分，同构效应，力透纸背。想到有人说：好字若醇醪，品之惹人醉；奇字若飞瀑，观之常驻心；好奇具神力，凡俗不可及。其间，先生已经开始对草书有所心得，挥洒自如了。

先生自幼研习书法，算是童子功。母亲是名门世家，家风一脉无论男女老幼都写得一手好字，外婆、外公、舅父都是他书法之路的启蒙者。少年回京求学于名校，在意气风发的年纪又跟军旅紧密地联系到一起，踌躇满志的途中失去右臂，向之所欣，多不可得，书法是其一，41岁变右手为左手，从头来过好不艰辛。先生对书法的执着有家学的影响，后来又遇到启功、何海霞、黄苗子、黄永玉、贾震、亚明、宋文治、唐云、王大山诸位大师的鼓励，坚定了左臂笔墨生涯。

先生书作中很大一部分是古代诗词，诗词中又多为军旅题材。这跟其本身是天然相承的，文人的涵养温润一如自己的童年，军人的豪迈耿直是他血液中抹除不掉的基因。书为心画，书法是他的情结，草书的品格又与他是那么的契合。书法上的自我磨砺是他对厄运的鄙视，挥毫泼墨快意恩仇是他实现抱负的精神升华。

宦海浮沉大半生，风霜雨雪滋养了他，书法本无性，洗练自成家。仰俯之间，几十年过去了，先生兼容了儒、道、佛三家思想之大成，得也萧然，失也萧然，把一腔肝胆化作笔端的书墨语言。

盛夏的北京，酷热滚滚。一树清荫，一盏绿茶，静静翻阅着《叶选宁习字集》，填首《满江红》权作本文的结束语吧。

过眼青山，依稀是，梦里相识；想当年，虎啸高岗，龙翔潜底；笑看功名如粪土，同袍偕作皆公器；再回首，六十载征尘，秋云逝。

　　江湖远，心未徙；心犹赤，江山帜；听梅州念语，客家淹次；性淡愈知书味永，清风雅量逃名易；到而今，复嚼菜根香，陶公比。

一股清流入心田

金国栋先生就是一股清流，从河内之山阳县①之竹林飘然下山。左手执鞭，右手泼墨，饱蘸华夏璀璨之雨露，游走三尺讲坛与芬芳翰墨之笔端。40年一个转身，直追魏晋盛唐俯瞰秦川。

结识金先生于京城的一个夏天，水晶帘动微风起，满架蔷薇一院香。垂柳之下，文人荟萃，翰墨飘香。金先生专注创作不苟言笑。让我肃然又有亲近之愿。当时恰逢叶选宁先生70寿辰，我填词《满江红》凑趣，正为请不到大家书写而一筹莫展。因为叶先生本身就是书法大家，宦海浮沉大半生，仰俯之间，几十年风轻云淡，叶先生兼容了儒、道、佛三家思想之大成，得也萧然，失也萧然，把一腔肝胆化作笔端的书墨语言。故此，不是一般书法可以入眼的。萍水相逢，唐突相托，金先生欣然接受。怎一个谢字了得！

每次与金先生见面总会促膝长谈。清茶一杯，黄酒一盏，从当午聊到日薄西山。金先生有嵇康之风骨，醉饮田歌酒，笑读古人书。成仙得道自是早晚的事情。

苏轼说："书必有神、气、骨、血、肉，五者缺一，不成书也。"金先生隶、草、楷、行各有心得，纳百家之长，心摹手追，又冶于一炉，寻古而创新，自立门庭。其书法平和自然，笔势委婉含蓄，遒美健秀。骨力遒劲而器宇轩昂。其风采荡漾，起笔回锋刚劲不失大方，厚重不失精细。行走中锋，一波三折，节奏似行云流水，提顿起伏让人联想到王之涣的《凉州词》。字里行间充满5000年厚重文化底蕴。

金先生治学严谨，做学问一丝不苟。从事书法教育40年，传道授业，含辛茹苦，不忘初心，现如今桃李天下却依然如故，为中华书法薪火相传鞠躬尽瘁。踏雪留痕，千百年来正是有无数像金先生这样的仁人志士前赴后继，秉烛耕耘，使得我中华文明一脉相承，至今照耀人类文明，历久弥新。

---

① 今河南省焦作市东。

悟国学论管理

序

循着国学之道，提升企业领导能力。

在修身上，以仁德立身，以报效国家立志；在管理上，远离权术，以诚待人；在经营上，遵规守法，抛弃欺诈，以诚信为本；在处世上，行己有耻，过犹不及；在做人上，内省不疚，诚实守信。

自觉加强自身修为，常怀感恩之心，自觉承担企业的社会责任；报效国家从依法纳税做起，服务社会从善待员工起步；以自己高尚的品德成就持久的凝聚力，创造机遇，追求永远的利益。

一

人类智慧经过万年的酝酿、千年的实践和积累，浩瀚如烟海。中华民族五千年文明的火炬照耀着人类前进的道路，奠定了自己应有的地位。中国传统文化的经典作为人类文明传承的载体，散发出耀眼的光芒。三皇五帝、诸子百家、殿阁园林、文学艺术、医药农桑、唐诗宋词，五彩缤纷，流光溢彩。

诸子百家中，充满人类哲学智慧的儒、道、法、兵最为耀眼。其中的管理理念空灵深邃，而且影响深远。

道家将自然无为原则贯穿到所有领域，探求人类生存与发展，安置生命的终极关怀，成为人类精神家园，也造就了以自然为本无为无不为的管理学说。

儒家提倡学与思并重，学与德并行，知行并进的学风；致力礼法与情义，追求无私与至善，力行对己约，对人恕，对自然俭，对神明敬，成为

276

以道德为本的管理学说。

法家反对墨守成规、抱残守缺，主张变法改革、依法治国。强调奖励耕战、减轻税赋，综合执法、施术和造势的手段，推行法治。目的是富国强兵。

兵家主张"上兵伐谋"，强调"不战而屈人之兵"的全胜思想。中国兵法背后，都有道在支撑，止戈为武而非一味诡诈用兵。兵家治军主张宽猛相济，恩威并施，"令之以文，齐之以武"为的是召之即来，来之能战，战之能胜。

道家的"因循"哲学，将诸子百家学说融为一体，构建了中华民族文化中管理体系的基本框架。儒家"仁义"道德与道家"以屈求伸"为表里，成就了中国人的基本处世方法。如今，我们在汲取世界各国文明成果的同时，更有责任侧重挖掘和弘扬国学。因为每个民族唯有树立和打造出自己民族的文化主体意识，才能在世界民族之林的广厦中登堂入室，与其他民族文化平等、深入地进行交流，才能互相取长补短，相得益彰。

当我们高山仰止中华璀璨的传统文化，当我们徜徉浩瀚的历史长河，为古人哲学思想叹为观止，为骚人墨客辞藻歌赋痴迷沉醉，为权谋智慧瞠目结舌的时候，又深感困惑与迷茫。为什么有着千年政治智慧的民族竟在近代积贫积弱，灾难深重？为什么我们拥有20000多卷兵书，积淀了5000年谋略智慧，竟然抵挡不住几只炮舰的冲击？涌现出张良、吴起、韩信等军事谋略大家与卫青、霍去病和飞将军的古国要背负起那么多丧权辱国的耻辱呢？以儒学为主干的中国传统文化真的已经承载不住时代前进的使命了吗？

儒学思想在中国传统文化中的作用是显而易见的。南怀瑾先生曾形象地把"孔家店"比作"粮食店"，为人们提供精神食粮。他说："在没有宪法的时代，儒家思想就是一种宪法思想，也是政治哲学思想的中心，法律思想中心，因为自秦汉以来，中国儒家思想和道德观念就是中国法律系统的哲学背景。"

陈寅恪先生说儒家思想，"其所依托以表现者，实为有形之社会制度，而经济制度尤其最要者"。就是说，儒学已经潜移默化到民间的族规、乡约中，甚至左右历代的立法，从《唐律》到《大清律例》莫不如此。

然而，曾经给予封建专制制度巨大精神力量的政治智慧，已经成为同样巨大的精神包袱。在它把封建专制推向极致的同时，已经夯实了精神世界的壁垒，几千年来使后人难以跨越。梁启超在把先秦学派与希腊印度学派比较之后，尖锐地提出中国学术有六大缺点：一是论理思想之缺乏也；二是物理实学之缺乏也；三是无抗论别择之风也；四是门户主奴之见太深也；五是崇古保守之念太重也；六是师法家数之界太严也。前两点阻碍了科学技术、自由贸易在中国的诞生和发展；后四点扼杀了学术自由，使读书人的思想故步自封、画地为牢，进而阻碍了民主与科学的发展。

20世纪30年代，著名的新儒学代表人物张君劢曾痛心疾首地说："然秦后两千年来，其政体为君主专制，养成大多奴颜婢膝之国民。子弟受大家族之庇荫，依赖父母，久成习惯。学术上既受文字束缚之苦，又标'受用''默识'之旨，故缺少论理学之训练，而理智极不发达。此乃吾族之受病处。"

许多人视中国传统文化，特别是儒家思想为制约国家发展的思想根源。1919年的五四运动提出"打倒孔家店"，彻底否定以儒家思想为主干的中国传统文化，仿佛消灭了儒家思想国运就会转向昌盛。今天回过头看，五四运动的真正意义是确立了新学的主导地位，同时把孔圣人请下圣坛，还其本来面目，与诸子百家平起平坐。

千百年来，中国思想领域的几起几落表明了一个事实，就是孔子、孟子、老子、墨子、孙子等古代先贤，不管你是喜欢他或是讨厌他，对他们的主张是推崇或是批判，有一个事实却是不能改变的，就是当我们都灰飞烟灭的时候，他们的思想还在昭示着后来者！

一生创办了500多个代表了"日本株式会社"的第一流的大型公司、企业，被称为日本现代企业之父的涩泽荣一，一生把《论语》作为自己的行动指南，极为推崇"义利合一"的经商理念，提出了"士魂商才"的概念。

他说："如果要问获得这种财富最根本的要靠什么的话，那应是仁义道德，否则，所创造的财富，就不能够保持长久。我认为在这里，将似相背离的《论语》与算盘一致起来，这是我们今天最重要的奋斗目标。"

涩泽荣一号召全日本的企业家一手拿《论语》，一手拿算盘。

日本现代管理思想家伊藤肇指出："日本企业家只要稍有水准的，无不熟读《论语》，孔子的教诲给他们的激励影响至巨，实例多得不胜枚举。"

我们过去长时期形成一种二元思维，就是好的完美无缺，不好的一无是处，不是对就是错，不是君子就一定是小人。我们难道不应该习惯多维观察、多维思考吗？

比如，以儒家思想为核心的中国传统文化早已转化为社会制度，从这个角度来看，它已经完全失去了构建社会制度的价值。但是，在非制度方面，道德价值、人生修为、教育思想等依然具有现实意义。

因此可以说，把中华民族传统文化视为一无是处加以全盘否定是不明智的；反之，无限夸大其作用，视为包治百病的灵丹妙药也不是实事求是的科学态度。荀子对历史的态度值得我们借鉴，他说："循其旧法，择其善者而明用之。"明，创新也。正如北大学者楼宇烈老先生所说："中国的文化，既是一散为千万的，同时又是百用而归一的。如果你被经典束缚，你的思想就会止步不前；如果你领会了，就能从这些经典中创造出无数新的思想。而在继承基础之上的创造，才是真正有生命力的创造。"

时下，现代企业家以学国学为热，以为儒商为荣，然而大家是否应该思考：什么是国学的真正内涵？国学与传统文化的关系是否需要重新审视、定位？中国优秀传统文化必是国学的主旨，那么其与西方文明如何对歌或是对抗？国学热中，企业家如何面对现代文明的进步与反叛？在经济全球化时代，企业家在国学的熏陶下如何乘风破浪？

中国传统文化中的经典文化意义在于它夯实了中国文化的根基，包罗了中国文化中的精华。今日我们所指的国学已然超出了传统概念中的子学，即《诗》《书》《礼》《易》《春秋》（古代排列：《易》《书》《诗》《礼》《春秋》）五经的范围，而泛指中国传统文化之精华。中华民族传统文化是中华民族精神力量的源泉，只要我们批判地继承和发扬，站在世界的高度，尊重前人的研究成果，以和而不同的胸襟与智慧梳理、学习和吸纳全人类文明的成果，就能继往开来。

天行健，君子当自强不息；地势坤，君子以厚德载物。中华民族的强国梦任重而道远，中国当代企业家当上下而求索，勇立时代的潮头！

2008年盛夏于北京

未名湖畔读书声

惊蛰以后，燕园的空气中开始带有一丝湿湿水气，嗅起来让人有一种无名的悸动。此时的北京大学校园云淡风轻，垂柳新绿，台榭临湖，澄碧如洗。一片温馨祥和的气象。蓝天，白云，垂柳，古塔，未名湖，燕园的风景和风景背后的人文故事让多少北大学子魂牵梦萦。

2007年3月的最后几天，中国国学大讲堂研修班在北京大学开坛设场，一时国学界名流群英骤至，纷纷登台传经布道。他们中有国学大师楼宇烈，国际著名国学大师、台湾大学哲学系教授傅佩荣，颜回传人颜炳罡，易经传人张其成，以及北京大学哲学系老主任王天有，美国哈佛大学研究员赵士林，清华大学教授、玄学家王晓毅，周易研究中心研究员周立升，中华孔子学会副会长张学智，中国文化书院院长王守常，中国人民大哲学院副院长张风雷，中国宗教学会理事徐文明，中央电视台《孙子兵法》主讲薛国安，中国书法家协会会长张辛，解放军军事谋略研究中心主任罗志华，以及北京大学教授杨立华、谷振诣等知名学者教授，人文荟萃，济济一堂。

北京大学创于1898年，初名京师大学堂，是中国第一所国立综合性大学，也是当时全国的最高教育行政机关。作为新文化运动的中心和五四运动的策源地，其爱国、进步、民主、科学的传统精神和勤奋、严谨、求实、创新的治学风尚，百余年来生生不息、代代相传，也塑造了北大人身上的风骨和使命感。我怀着朝圣的心情迈入北京大学这座神圣的精神殿堂，研习博大精深的国学这一华夏文明的结晶，感悟大师们精辟独到的见解，聆听智者醍醐灌顶的教诲，恰似沐浴精神的春雨酣畅淋漓。

国学大讲堂研修班办得严肃、活泼、多彩而充满生气！

曾被乾隆皇帝誉为"道南正脉"，素有"千年学府"之称的"岳麓书院"，是湘人重教的见证。在与岳麓书院一墙之隔的湖南大学悟国学，是研修班一个精美的课程设计。岳麓书院坐落在湘水之滨、南岳之麓，而湖南大学紧紧环拥在它周围。教室窗外，茂林修竹、葱茏滴翠，鸟鸣溪唱、越墙绕梁，与琅琅吟诵相和，此起彼伏；教室内檀香缭绕，日讲经书三起，漫看纲目数页，优哉游哉，宛若放弃功名专心学问的学子。在这里与其说是学习，倒不如说是一种怀远情愫的追索，一种精神回归宁静的旅行。从岳麓书院结课出来，同学们都似得道的高僧，个个神态安详厚重，言谈里透着晓风清荷般的淡定清雅，举止中显出峰峦磐石似的稳健潇洒。

在浙江大学课时段，恰逢晚秋初寒，国学班祭拜了大禹庙，瞻仰了王羲之曲水流觞的兰亭，一杆同窗围坐咸亨酒店，温上一碗纯正的绍兴黄酒，一边畅饮，一边倾听热情的浙江籍同学介绍绍兴的风土人情，同窗之情切切，温情融融。从楼外楼下来，走进江南的寒意，梧桐的落叶已经掩盖了前人的足印。寻着白居易、苏东坡的足迹漫步苏堤，唐诗宋词该是最好的索引。荡舟西湖，不由欲与三潭印月对话：

寒潭秋风卷帘笼，
孤山微醉印湖中。
十里残荷绕曲岸，
风光尽处入隆冬。

在2000多年前孔子讲学的曲阜聆听颜回的后人颜炳罡教授讲解《论语》，原汁原味，仿佛在时光隧道中穿行，恍如隔世，别有滋味上心头。课间之余，流连于孔府与孔庙体味千百年来沧桑辗转；在千年古镇漫步不禁让人思索万千，究竟是什么魔力让中国人的思想千百年来都不能跨出这个小镇呢？

春来暑往，秋去冬来，一年的学习就在不知不觉中结束了。从北京大学这些教授为人师表中，充分领略了"循思想自由原则，取兼容并包之义"的北大精神和严谨的治学作风，令人耳目一新，受益终身。

　　每当华灯初上，独自在安静的书房仿佛总能听到未名湖畔的读书声。面对书桌上厚厚的一摞国学笔记，总觉得意犹未尽，总觉得应该做些什么。

妫川文学五十年回顾①

《妫川文学精品选集》（以下简称《选集》）的视野启于1950年，止于2000年，前后50年。收集了80余名延庆籍作家的260篇作品。这些作品基本上反映了妫川文学过去50年的成就。

50年，半个世纪，就是说百合②开谢了50回，哈雷③都已回头了。纵是意气风发的少年，也成了皓发银丝的老者，该有个总结了。50年断代也是一种巧合，盛唐尚分初盛中晚，欧洲文艺也分新古典与浪漫，都不是50年能成就的。如按艾略特所言的诗人20年为一代来划分的话，50年也就出两代半。当然，时至今日，自摇滚到太空再入信息网络时代，空间在缩小，信息在膨胀，八百里加急也只是弹指间的事，三五年划出一代诗人已不足为奇。今天，我们站在世纪之交的门槛上抽刀断水，整理编辑《选集》这一断代集，不为别的，只为让深深眷恋妫川热土的文化群对历史、对未来，也对自己有个反思和交代。

延庆古称古夏阳川。天宝元年（742）设妫川县，妫川之名正式开始使用。境内河流清夷水也被妫水河代替，从此整个流域被称为妫川并沿用至今。所谓妫川文化集成于炎黄文化、西奚文化、山戎文化和长城文化，与华夏文明一脉相承。妫川文化除了深深扎根在中华璀璨文明的沃土上以外，还形成于其特殊的地域位置和历史演绎。百里妫川处于相对独立的延庆盆地，自古就是边塞重镇，京畿锁钥，人口单薄却多民族杂居。世纪轮回，战和交替，民族迁移，文化交融。妫川人以文学、书法、绘画、民间文艺等多种形式来反映妫川大地历史变迁、现实生活及民风民俗，并逐渐

---

① 此文为2001年出版的《妫川文学作品精选集》后记。
② 百合：指百合花，延庆区花。
③ 哈雷：指哈雷彗星，一颗著名的周期彗星。春秋时代就有关于这颗彗星的记载。其围绕太阳一周的时间是76年。

形成了自己的风格，造就了妫川特色。其中，以妫川文学最为耀眼。妫川文学所培养出的文化群体有着深深的妫川烙印。他们或者她们，忍受着孤独与清苦，拒绝着浮华和奢靡，在迤逦的文学路上咀嚼艰辛，沉淀生活，义无反顾地艰难跋涉着。他们当中，有的年逾花甲，但笔耕不辍，如孟广臣、孙钊、陈超、冯锋、贺德起等，白头搔更短，其作品沉郁顿挫，饱透沧桑；有的正值中年，文思泉涌，承上启下佳作迭出，如连禾、谢久忠、李自星、张夙起等；有的风华正茂，文笔流畅，挥洒自如勇于创新，如远山、华夏、张和平、赵学功、姚二林等；更有寻常看不见，山岳潜形，一旦出手令人眩目，如北狼、曹凯峰、巨河、张义等。不同的人生视角、多彩的表现手法、独特的艺术风格，造就了缤纷的妫川文学。

妫川文学气候初见形成。从思想内涵来看，讴歌家乡咏颂山川是主流。中华民族文化是渊源。环顾左右，西方文学的支撑点来源于希腊神话，基督教义，近代科学和现代文明。那么妫川文化的支点应该是儒家传统文化，"五四"新文学和新中国文学革命。从风格上来看，淳朴细腻为主导，乡土气息弥漫始终，因而纵向深度略显不足。在小说中，赵树理、浩然的影子随处可见；在散文里，始终未能突破冰心的往事，朱自清的背影，技巧陈旧题材单一，显得柔弱无骨，难经风雨，甚至滞后于时代。这也是妫川50年未能出现一位散文大家的原因所在；诗歌应该是成果较为突出的。特别是后期的20年，随着国门的开启，欧风美雨的浸润，妫川诗歌终于走出乡土情结，向着多元化迈进。从形式上看，首先诗歌占的份额最大且分量也最重，其次是小说，再次是散文。也许是受地域的限制，也许为自身经历所困，妫川文学的视角仍显狭窄，横向驰骋力不从心。从成果上来看，以中国作家协会会员孟广臣先生为代表的小说家在首都文坛上已显露头角，其代表作《大清臣轶事》《生存》，以及谢久忠的《斧子》、北狼的《两极》奠定了妫川小说的地位。诗歌的成果颇丰，以连禾、谢久忠为旗手的妫川诗人结集出版的集子已有几十本，特别是冬至、秀子等娥眉诗人群令人耳目一新，她们诗思活跃，常常结社海棠、行过酒令又添新词。其敏锐，其细腻，其情趣，不让须眉。更有凯峰、巨河等后浪的崛起并伴着在语言和技巧上的较大突破，毅然抛弃了雕鞍顾盼、宝马香车的陈词老调，使妫川诗歌立于21世纪的潮头。然而，古体诗却是夕阳晚秋，平仄韵里难寻新人，仍是李自星、刘明耀和王永川苦撑残局，这对于妫河女的故乡来讲，不能不算是一种悲哀！

《选集》的结集出版，总结重于成果，反思多于瞻前，历史归属感胜于成就感。其实，回顾历史就是为了继往开来。妫川文学乃至妫川文化需要进一步的挖掘和弘扬。路漫漫其修远兮，还需吾辈，甚至几辈志士仁人去求索！

2001年4月13日于庐山云雾山庄

此事可待成追忆①

> 我不知道，我们是否有能力像巴尔扎克或陀思妥耶夫斯基所做的那样，再创作一个完整的世界；也许，我们生活的时代变化得太急剧了，不能以一瞥概其全貌。但是，某些作家的作品也许能使下一代人对我们的精神状态有一个完整的概念。
>
> ——茨威格致高尔基的信

2000年，站在世纪之交的门槛上，注定是人类回望和反思的年代。

也就是在这一年，我主编了《妫川文学作品精选集1950—2000》，并非皇皇巨著，而它的集成却跨越了半个世纪的岁月时光。在一个叫妫河的两岸，在一个独悬京郊塞外的盆地，是谁第一个拿起手中的笔蘸着共和国新生的晨曦，在书写，在吟唱，直至白头九死而不悔，可谓路漫漫其修远兮；是谁，又是谁，薪火传递般地沿着肇始者的脚印一路走来，在孤独和寂寞中走出了诗歌、散文和小说……它们就像散落在古老妫河中的金沙，当把它们打捞出来，聚而为集，荟萃成册。人们忽然发现，这是一个地区最清醒的情感记忆，这是一道奇异的人文风景。

此举堪称中华人民共和国成立以来延庆文化界的一大盛事。

白云苍狗，妫水西流。10年之后的灯下，细览即将付梓的《妫川文学作品精选集（2001—2011）》稿卷，回溯10多年前编辑出版第一套《妫川文学作品精选集》的初衷，其意义在于继往与开来；在于感召与呼唤；在于鼓动与激发。一粒火种，燎原的是一方热土，映红的是一片天空！妫川

---

① 此文为2011年出版的《妫川文学作品精选集（2001—2011）》序。

文学爱好者们经过十年不懈的追求，其文学创作呈现出了花团锦簇、姹紫嫣红的繁荣局面，所取得的艺术成就已今非昔比。无论是把妫川文学的创作放在京郊，还是更大范围的文学圣坛上去考量，我们也能充满自信地说：在这片土地上滋养出来的精神作品——妫川文学，它是纯粹意义上的文学！其特点有4个：一是唱响主旋律，传播正能量。这些作品或反映时代的发展变化，或抒发对大自然的挚爱，或讴歌人间的真情美好，或解读人在社会巨变中的内心百态，无不充分地展现了当代人的价值取向和精神面貌。二是真切自然，文风清新。纯朴的土地，造就了纯朴的人文，纯朴的人文养育了纯朴的作家。而作品中表现出来的文风，不装、不嗲、不屌丝，自然真切，清新俊朗，有一种"天然去雕饰，清水出芙蓉"之感，让人身临其境，回归了文学表现的生命本真。三是文学爱好者广泛、涵盖面大。这充分显示了延庆或者叫妫川这个地方文学传统的生命力和深厚的群众基础。较之从前，现在的作者群，在年龄、性别、职业和学识上出现了跳跃式的集结，已不是个别人的寂寞独行，而是一群人的蓬勃喷发，让人们倍感文学这一精神火炬的生生不息。四是新生代作家卓尔不群，出手非凡。其创作思想的解放，社会题材的广泛，生活视角的辽阔，艺术技法的多元，完全突破了地域性文学创作的局限，让作品真正融入更广阔的文学空间，整体提高了妫川文学的社会艺术性和欣赏性。在被歌德敬畏地称之为"上帝神秘的作坊"里，我仅举周诠、林遥、浅黛和张和平为例。

在眼下这个被媒体广泛诟病为物欲横流，道德底线屡被突破的社会发生转折的关键时刻，党的十八大吹响了"推动社会主义文化大发展大繁荣"嘹亮的号角，妫川听到了，妫川上勤于笔耕的作家们也都听到了，这是历史赋予我们的光荣而艰巨的社会责任！

此事可待成追忆。在我即将收笔的时候，眼前浮现出当年编辑出版《妫川文学作品精选集》那些台前幕后默默耕耘人的身影，他们为妫川文学的发展，真诚而辛勤地付出了，也一并向所有为本次出版做出过努力的人们，表达我衷心的谢意！

对《妫川文学作品精选集》中的每篇作品熟悉，但对作者却绝大部分陌生。由此，我想起了海子那首诗：给每一条河每一座山取一个温暖的名字／陌生人，我也为你祝福／愿你有一个灿烂的前程／愿你有情人终成眷属／愿你在尘世获得幸福／我只愿面朝大海，春暖花开。

癸巳中秋于京郊香山黄叶村

一事无成人渐老^①

圣人说，五十知天命。民间谚语讲，人过五十，天过午。合起来就是说你这一辈子已经活过一半，总该知道你是从哪儿来、要到哪儿去了。

以诗词记事，古人乐而不疲。此法作为记忆库中的索引既方便又多趣。《红楼梦》中的诗常伏线千里，似谶成真，那是更上一层楼。

我喜欢古体诗，因其格律自由，不拘对仗、平仄，押韵较宽，是一种半自由体诗。比较符合我求学贪多喜杂不求甚解的习性。酒喝多的时候也敢填词，有人赞美我就给他写赋，为的就是随喜助兴，博大家一笑也没什么了不得。诗词的张力和数量取决于酒的度数和豪饮还是小酌。题材则在于对饮的人和饮酒环境。春饮于郊野，夏饮于闲庭，秋饮于湖舟，冬饮于书斋。琴瑟和鸣，诗酒共饮，人生一大快事。一曲新词酒一杯，竟然度过了那么多的快乐时光。嵇康说："浊酒一杯，弹琴一曲，志愿毕矣。"余甚以为意。

30年前，我步入社会之时正是百废待兴，国家发展日新月异，新事物应接不暇。仿佛又回到了中华人民共和国初建时的火红年代。自己忙忙碌碌，常常顾此失彼。治学杂收旁学，不得要领；做事尽心竭力，却不知变通而每每吃亏，又不知悔改。年过五十再改不了也就由它去了。只是时光荏苒，初心还在。"叹年光过尽，功名未立，书生老去，机会方来。"等闲白了少年头。

30余载星移斗转，我游历过许多地方，也结识了许多人经历了许多事。有许多淡忘，也有许多刻骨铭心，往事如烟。聊以欣慰的是，一首首诗词承载了多少日日夜夜的蹉跎，饮尽了多少风风雨雨后的欢歌。落落情怀，悠悠岁月，全都羽化成诗词中的长歌短句，等待尘封后的开启。

① 此文为2017年出版的《乔雨古体诗书法作品集》自序。

吾常怀感恩之心不敢相忘的是各位师长、亲朋故友的一路眷顾。或引领，或关爱，或支持，或慰藉。更有艺术家们挥毫泼墨，给拙作点石成金，别是一番情义，让我梦想成真。

50年光阴飞逝，快得让人手足无措。庾信曾感慨道：昔年种柳，依依汉南。今看摇落，凄怆江潭。树犹如此，人何以堪？

弘一法师晚年为自己取了一个号曰"二一老人"，所谓"一事无成人渐老，一钱不值何消说"。机缘巧合，纱灯初上，是到了闭关自省的时候了。

老友大许

  大许走到哪里都能引人注目。一米九二的个头儿，二百三十斤的体重，站到人前总是鹤立鸡群。

  在大多数时候，大许总是一身法式休闲装，欧洲人的板型，洒脱飘逸，颜色鲜艳夺目，配上浑圆饱满洋溢着灿烂阳光的脸庞晃得你看不准他的年龄。偶尔穿上那身藏蓝色带宽暗格子的西装打上紫红色或是深黑色的领带就一定是会见外宾或是出席葬礼。

  因为个子挺拔，大许从中学就是校篮球队主力中锋，禁区外三分球是每场比赛的亮点。女生的欢呼此起彼伏，大许就越发神勇，就像打了鸡血的洋车夫，顾不得问路，只知道勇往直前。

  当然，最风光的场景还是要在校运会上呈现。开幕式上，大许昂扬着大人家一号的头走在所有人的前面，双手紧握着旗杆，身板挺拔得像手中笔直的旗杆，旗杆上面鲜艳的五星红旗迎风飘扬。全场齐刷刷地行注目礼，鼓乐队为他打击着鼓点，"铿锵、铿锵、铿锵铿锵"。彩旗方阵是他的背景，身着超短裙、挥舞手摇花的女生队伍紧紧追随大许的旗帜。此刻大许的心情就像这红旗一样飘扬舒展，又像女生手中的花束一样烂漫且甜蜜。

  大许的中学和大学时代就是在充满烂漫与甜蜜中度过的。仰慕大许的女生像蝶恋花一般在他腋下飞来飞去，来来往往，蜻蜓点水。兴许是小女生纤细的脖颈承受不了太久仰视的缘故，最终还是一个个地都飞走了。大许倒是从不在意，使得许多男生为此落下了难以弥合的内伤。

  再后来，大许体重的增长速度终于超过了自己身高增长的速度，严重超标的体重已经不适合在篮球队了。送他离队的晚上，队友们执手相看泪眼，燕京啤酒喝了一扎又一扎，掏心窝子的话说了一筐又一筐。篮球教练恋恋不舍地拉着他的手惋惜得不能自已。校啦啦队的姑娘们送的千纸鹤摆满了屋子。被深深感动了的大许狠狠地抹了一把盈眶的泪水发誓说，等减了体重一定回来！

后来大许去了法国留学，热爱生活的大许很快就喜欢上了法国的田园风光和法式大餐。阡陌纵横的葡萄园、千奇百怪的古堡、古色古香的咖啡馆让他痴迷。法式牛排、马赛鱼羹、卡蒙贝尔奶酪，以及各地风味小吃，特别是南法乡间和着甘草味的奶油气息让他流连。留学期间的假期大许都是在法国乡间公路上度过的。走一路，吃一路，减肥的承诺就这样被法式小吃日复一日地腐蚀掉了。

转眼留学的日子结束了，大许又像当年赴法时一样兴高采烈地回到了祖国。掂量了一下自己的体重，跟篮球教练一时还不太好意思见面，可面对他的朋友们就无所谓，况且他又是个耐不住孤独，更离不开朋友的人。

朋友们也都喜欢他。女孩儿喜欢他的原因是因为他既挺拔俊朗，又诙谐幽默；既会打趣，还会疼人。照顾起女孩儿来就像单传的老人疼隔代的孙子。比如，说个女孩儿肌肤油皮、干皮、混油皮的区别和使用哪种化妆品更有效果的话题就可以从正午讲到掌灯，细致周到、分寸拿捏，女孩儿纷纷为之倾心，让同行联谊的哥们儿牙根发痒，拔剑四顾，"以后再不能跟这货一起出来了！"

男人们喜欢他是因为他聪明，沟通起来没有障碍。不管彼此离开多久，相隔多远或是行业隔千山万山，只要坐下来聊上半个钟点，久别重逢的气氛就会弥漫整个房间，让来人常常忘记了时间和当初来找他的初衷。

朋友们喜欢他还因为他对朋友的那份古道热肠。你若跟他说，我下周要去法国，他马上连夜发给你一份长长的备忘录，上面会列出一系列游法攻略，诸如观光的名胜古迹、采购名牌的商场、清仓甩卖的市集。还会有进出海关的流程，出行的注意事项，甚至怎样防范小偷和对付难缠的导游都会为你考虑周全。当你这边的飞机刚刚滑过跑道升空，他那边已经驾着那辆老式雪铁龙轿车穿过一座又一座的城市，早早地来到你要落地的机场，像个许久没有来往的穷亲戚突然接到宴请，早早地来到餐桌旁守候着。

他那辆从二手车市场分期付款购进的老款雪铁龙宽大的后备厢里总会放着从超市买来的成箱矿泉水和可乐，人家接站的是往饭店里送鲜花、水果和巧克力，他给你往房间里成箱地堆饮料，因为他早就替你算好了账，酒店房间冰箱里的可乐40元人民币一听，楼下大堂吧是40元一杯，从超市买却只要0.87欧元，合不到10元钱。是不是便宜得要死？

"让你蒙上我的眼睛，随便把我空投到法国的任何地方，落地后只需要你告诉我哪儿是北，我马上可以指给你通往巴黎最近的路。"他总是这样消除朋友对法国的陌生感和对他义务导游能力的担心。

回国以后，大许那份古道热肠不仅没有减退反而呈现增长态势，甚至是有点不管不顾了。遇到你约他谈事，他的热心总是会考验你的耐心与承受力。比如约会时间定在下午2点，过了4点才见他手拿鲜花或是礼品袋春风满面地踱进来，屁股把宽大的牛皮沙发填满的同时就眉飞色舞地说将起来：

"别提了"——这是开场白，说明下面是介绍迟到的原因背景和沿途所见所闻的长篇大论，也是大家上厕所和打电话的时间。

"我提前一个小时就到了，你们都还没来呢。刚好隔壁会议室在搞一个环保主题论坛，本想长长见识，不想听着听着心里发痒，索性上去提它几个问题，结果你猜怎么着？真是把个专家给问住了。我怕人家误会我来搅场子，就把我的想法与大家分享。我从北极冰山的锐减到如何控制二氧化碳的排放，从黄河断流到水资源的科学配置，从对地方官员的考核方式改革来遏制无序发展到提倡绿色出行，混侃一气，说完人家不让走，这不，签了名拿了花才脱身。还有个红包没顾得数，还是新票，一五一十……"

大许也有准点赴约的时候。或许是在法国留学养下的习惯，大许喜欢把重要议事场所都选在咖啡馆。咖啡馆要宽敞明亮，古色古香，挂些复古的油画就更理想了。大许准点到达的时候总会见到下面的场景：咖啡厅里有半数的人从咖啡桌后面此起彼伏地站起来，大许从容不迫地走过去依次同大家握手寒暄，起起落落地一阵骚动之后，各自重新落座，接着就是大许走台的开始。一桌一桌地谈，一桌一桌地换，不换的是他那张圆润饱满生动灿烂的脸。

"你就不觉得闹吗？"有朋友实在忍不住问他。

"这多有意思，把素不相识的朋友聚在一起就是创造缘分。各不相干的朋友济济一堂透着和谐。就是这家咖啡厅的钢琴弹得太烂了，曲子也不对，柴可夫斯基出现在这里显得太严肃，这环境得来舒伯特的小夜曲或者肖邦的圆舞曲……"

如果他单独约了你，千万别高兴得太早，说不定是大许开启电话热线排忧解难的时间。从他打着手机进门，到坐到你桌前，这之间花费的时间，你可以出门打车到北京站，直接上京津城际快车奔天津，到天津站也不过28分钟；这时大许会坐下回几个在他打电话时耽误接听的电话，这当口儿你刚好吃完一屉狗不理包子加一碗酸辣鸡蛋汤，掉头上回京的列车，再28分钟到北京站打车回来，大许正好挂上电话，冲着你微笑，当然不是因为你的回来，而是他的手机要换电池了……

如果你有足够的耐心和充足的闲工夫，也不急着去天津吃狗不理包子，你可以再续一杯咖啡，听听大许的电话热线也是个有意思的事。

大许的电话内容可以说是有山有水，包罗万象，既有理论研讨，又有实践案例，只是它们各不相干。其中的共同点是全都在研究人家的事。从投标青海铁路到给朋友的孩子找艺术学校；从调解人家的保姆吵架到筹备赈灾义演活动；从组织投资团去帮助台湾抗拒金融风暴到为邻居家寻找走失的宠物狗。电话一个接着一个，电池换了一块又一块。曾经有个朋友看着他不无忧虑地说："该给他配一台30门的交换机才好，不然他怎么吃得消……"

大许谈过的项目很多，多的连他的秘书也懒得去统计。成功的项目也时有发生，更多的自然是锣鼓喧天之后便杳无音信。但是不管成功或是失败你都不会从他脸上看到丝毫的惊喜或是悲伤。他甚至没有沮丧的时候，更不会让他一蹶不振。你什么时候见到他，他总是神采奕奕，气宇轩昂。握手、寒暄、走台，打没完没了的电话，乐而不疲东奔西走。朋友失败了他要去分担，人家成功了他少不了要去分享。朋友家出现了矛盾他得去调解，隔三岔五还得去帮邻居满街寻找走失了的宠物狗……大许一天天就这么充实地过着，快乐并享受着这些过程。

京城人才荟萃，各领风骚几度。大许曾经做过两个领域的开拓者，当他功成名就的时候人们才恍然大悟，原来事情还可以这样来做。在人们还在津津乐道他如何化腐朽为神奇的时候，大许已经掉转船头开拓新的领域去了。

道家讲：功成，名遂，身退，天之道也。日月经天昼夜交替，春来夏往秋去寒来本是自然法则。可是现今能真正参透的能有几个？参透了又能身体力行的又能有几人？多是要百尺竿头更进一步，岂不知，到了竿头再上就会过了。过了的结果就是坠落。

台湾国学大师南怀瑾有一句话讲得特别深刻，他说：做人做事，要晓得自己的本分，要晓得适可而止，这才算成熟，否则就是幼稚。

大许乐知天命，参透人生，深知辉煌之后必归于平静。百年一瞬即逝，如白驹过隙，弹指而已，你一生充其量能经历几许？不过从零到一，最终归一到零。所以大许更重视做事的过程而并非事情的结果。对事情，无论大小都一丝不苟地竭尽全力尽到本分，然后把结果交给老天。从来他都是精力充沛地策划、运作，乐在其中也陶醉其中；对朋友，不管新旧高低贵贱，他都一视同仁亲如兄弟，认认真真对待每一个朋友和朋友的每一件事。

大许是充实的，也是快乐的。他那种淡泊功名利禄，积极追求但不强求的人生姿态；坦荡地接受命运的安排并享受生活的态度，是修为的觉悟，是知天命的达观，是曾经沧海后的平静，是一种高层次的、纯粹的精神解放。

　　"求闲云之清静，达野鹤之超脱。"孟子憧憬的人生逍遥游，大许已经是悟出真谛，看来得道成仙已是迟早的事了。

跋

木心说，中国人一上来就受了苦，吃了亏。然后因为苦，出了文学、诗歌、哲学、伦理。他还说，始终不肯背叛自己的人，即使吃了很多苦头，最终却可以笑着。

一

我接触诗歌是在20世纪80年代。

那是一个诗歌的黄金时代，那是个有诗和远方的时代。在社会大变革的时代背景下，春潮涌动，百舸争流。文化复兴，诗歌先行。归来派与朦胧派隔江对歌，"复出诗人"与"崛起诗人"并驾齐驱。"诗穷而后工"的归来派诗人力作迭出，艾青、公木、白桦、流沙河、熊召政等诗人，王者归来，厚积薄发；朦胧派诗人则另辟蹊径，开宗立派、风头正劲，占尽半壁江山。"正义的守望者"北岛，"被埋没的诗人"食指，用"黑色眼睛寻找光明"的"童话诗人"顾城，走出白洋淀的芒克和多多，以及舒婷、江河、杨炼、海子……一时诗坛群星璀璨，姹紫嫣红。

那是一个白衣胜雪的年代。国门初开，欧风美雨潜入，校园歌曲方兴未艾，诗社雨后春笋，大江南北以诗论道此起彼伏。岳麓山上，保俶塔下，未名湖畔，黄埔滩头，青年学子海棠结社，行过酒令又填新词。"长沟流月去无声，杏花疏影里，吹笛到天明。"那是个凭着一首朦胧小诗就可以让漂亮女孩"拼将一生休，尽君今日欢"的时代。那是一段有诗，有歌，有梦的美好时光。

我的第一本诗集《孤山听雨》在这一背景下酝酿、研磨，终于在1997年秋天出版，收录了《沿你低垂的目光》《星空的旋律》《酒光》《重叠的乐章》《封冻的泪湖》《飘逝的云影》《天堂印象》等54首诗歌。这些诗歌创作于1987—1997年，十年耕耘，朝花夕拾。这是一个由稚嫩逐渐走向成熟的10年。有情窦初开的悸动，初涉世事的感悟，对未来生活的憧憬；也有"为赋新词强说愁"的挣扎与风格多变的尝试。技巧上也是飘忽不定，忽而热情洋溢，追求一泻千里的奔放；忽而欲说还休，热衷一唱三叹的委婉。感性多于理性，白描多于想象，而想象似蚕蛹化蝶，成为文字转化为诗歌的翅膀。但这些都无法阻挡青年诗人对生活的热情、艺术的追求和对未来的憧憬与渴望。

又过了10年，2007年我出版第二本诗集《潭柘寺的夏如古井》，收录了《记忆千年》《潭柘寺的夏如古井》《边城吟》《东临碣石》《让灵魂自由地飞》《咏菊》《生命是一种缘》等新诗46首。这本诗集较于《孤山听雨》，更偏重对生活的体味、人生的思考与历史的回望，更注重真情实感的注入而非技巧的雕琢。就像《随园诗话》中说的"诗写性情"。

10年创作46首诗歌不能算高产，一是因为我的爱好广泛，不能集中精力于诗歌；二是一些素材用于散文诗创作而诗歌常常处于"无米之炊"的状况。这里也存在一个让我感到郁闷的问题，就是一个点燃创作激情或是激发出灵感的题材是用诗歌表现还是以散文诗描绘？往往让人颇费周章。也有同一个题材被诗歌与散文诗并用的时候，那一定是令人心潮澎湃，非要淋漓尽致地宣泄不可的事情。如《山花的故乡》与《大青山下有一片辽阔的草原》，诗歌《边城吟》与散文诗《边城吟》等。

这本诗集出版引来一些目光和评论，在此摘录3位作家的诗评：中国诗歌学会秘书长、著名诗评家、中国诗歌报社总编张同吾先生：

《潭柘寺的夏如古井》这部诗集中含两类作品，其一是历史寻踪和文化流韵，其二是心灵探微和情感花束。前者是长河奔流，诗书漫卷，神思飞跃，烟雨迷蒙……后者红叶耀眼，云淡菊香；亦真亦幻，如梦犹醒，这是神思天运的诗行，是真正意义上诗的完成。由于乔雨受到古典诗词的熏陶，在充满现代意识的诗情中，流动着古典诗词的神韵，哪怕是状写域外风景，也在鲜明的语言节奏中，包容着中国式的深邃和凝重，让人能够沿着罗马古道和威尼斯水巷，走向哲学的宏奥。

著名作家、诗人，中国改革报社社长、总编马役军先生：

我得承认，读完乔雨的这部新诗集，对他的认识又有了新的飞跃。从新诗集里可以看到他随着阅历、年龄、思维方式的不断变化，他创造了超越自我的一种深沉的浪漫。10年的播种，树已成林，此刻不仅仅是一种风景，更是一种境界；不仅仅是一种宣泄，更是一种诠释。

中国作家协会全国委员会荣誉委员，中国散文诗学会会长柯蓝先生：

乔雨这本新诗集不仅写出了他走过的世界名都大川和他在祖国西陲的风霜雨雪，而且专注剖析了多梦人生，写出了《记忆千年》和《边城吟》那么大气的长诗……新诗集表现出的宽容和豁达，已超过乔雨的年龄了。如果这些真诚的顿悟，在今天物欲横流、斯文扫地的时候，能惊醒丧失的社会良知该多好。

2008年，我在香港中华书局出版《故园的冷月如水》，收录了旧作与新诗近130首。算是对我诗歌创作的总结，此后的精力便"移情"纪实摄影了。人生要做的事很多，余下的时间却很短。"只怜香雪梅千树，不得随身带上船。"

二

散文诗创作应该是在诗歌意犹未尽时的延续。散文诗因其兼顾了散文的描写性和诗的表现性，具备了"诗的凝练与节奏，散文的舒展与自由"的特点，选题丰富多彩，形式短小灵活，内在充满思考与哲理的深刻。既适合月窗下低吟悄唱，又适合曲水流觞时扣剑而歌。

真正的散文诗，一定具备诗歌的灵动，散文的自由，小说的叙事，戏剧的张力，音乐的节奏。优秀的散文诗，一定具有画面感和带入感。画面感让作品立体而丰满。而带入感是作品优秀与平庸的分水岭。只有带入才能与读者产生共鸣，进而开启延展与想象的空间。才能发现体会作品里的思考、寓意和哲理的内涵。

我创作散文诗几乎与诗歌同步，甚至更早些。1985年我得到一本由江西人民出版社出版的《六十年散文诗选》，售价2.25元，仅印制了12000册。该书精选了"五四"以来65年间100位作家的散文诗佳作，几乎囊括了现代所有散文诗代表人物，有刘半农、鲁迅、许地山、李广田、何其芳、焦菊隐、徐志摩、郭沫若、茅盾、朱自清、冰心、郭风、柯蓝、闻捷、流沙河、舒婷等不同时期、不同风格的作品。这本书把我带入了一个新颖、神奇的世界，从此我养成了以散文诗体写日记的习惯，如《在寂寞中穿行》《相忘于江湖》《过客》《林海》等。

《宋词人物》《风萧萧兮易水寒》《端午断想》《听陈雷激古琴随想》《远去的红尘》是与古人对话。《历历青山在水一湾》《一梦醒来》《月满霜天》是感慨人生短暂如白驹过隙，要只争朝夕的自勉。还有一些反映历史时刻的作品，如1997年初登港岛见证香港回归祖国时创作的《青山遮不住》，发表在香港《中国散文诗》刊物上。10年后创作了姊妹篇《我看青山多妩媚》发表于《中国政协》纪念香港回归十周年特刊。2008年在北京奥运会开幕式上创作的《五环旗在鸟巢飘扬》。还有为"三千孤儿入内蒙古"主题系列活动创作的《大青山下有一片辽阔的草原》等。

1996年春天，我有幸结识了中国散文诗学会会长、当代散文诗旗手柯蓝老先生。随后被聘为中国散文诗学会副会长，参与了柯老在香港创办（香港）中国散文诗刊等工作。在柯老的教诲与鞭策下，我的散文诗创作热情高涨，数量与质量更上一层楼。《宋词人物》首发于2001年5月22日《中国青年报》，2010年经由南京国际关系学院教授、著名翻译家王殿忠老先生（《茶花女》《法兰西遗嘱》翻译者）推荐在《读者》杂志上刊登，后收入国家教材。《端午断想》《清明寒雨霏霏》《四季歌》等多篇散文诗被中央电视台主持人创立的《爱的分贝响亮》栏目制作成朗诵作品播放。2012年农历龙年，应邀为《妫川》杂志撰写的龙年首卷语《妫川赋》被延庆区政府刻碑立于妫水河畔。柯老驾鹤西去后，我把他写给我的书信连同我出版的散文诗集捐献给了中国现代文学馆。也算对柯老在天之灵的告慰吧。

　　我从众多的人生道路上，走过来。我只是这个伟大群体中的一个影子。我不扰乱任何平静，我不引起任何不安，我只是走过。

　　我如同一个远方的星星悄悄地出现。如同一朵白云从天空飘过，从人生的海洋飘过……

——柯蓝语

三

　　我写的散文多以游记为主，也写随笔和杂文小品，很少。

　　古时的文人骚客，赋闲雅士大都喜欢登山临水，访寺寻僧。"行万里路"是古代对优秀散文家的基本要求。潘耒（1646—1708）说："无出尘之胸襟，不能赏会山水；无济胜之肢体，不能搜剔幽秘；无闲旷之岁月，不能称性逍遥。"

　　"庄老告退，而山水方滋。"（刘勰语）古时圣贤追求功成，名遂，身退的境界。事了拂衣去，深藏功与名。江南名城古镇里星罗棋布的"退思园"便是佐证。功成名遂而隐身闹市或赋闲乡野都不失为明智选择。当然也有屡试不第的读书人，赋闲是没得选择。

寄情山水，寂寞了庙堂却成就了山水游记。柳宗元《永州八记》，范仲淹的《岳阳楼记》，苏轼的《记承天寺夜游》，王安石的《游褒禅山记》，姚鼐的《登泰山记》等，已经为游记设定地标，后人难以超越。优秀的游记具备知性与感性。所谓知性，就是游历的地方风土人情，历史沿革加上笔者的思考与感悟。所谓感性，就是以感观经验代替直观表述。佛家强调以眼、耳、鼻、舌、身、意感悟世界，好的游记一定是视觉、嗅觉、听觉并用，触、感、思并行。

"长安何处在，只在马蹄下。"自20世纪90年代后期开始，我先后游历了欧洲、澳洲等地，写出《漫步蓝色海岸》《水中摇曳的威尼斯》《澳洲观星》《镜头里的火车》等。2000年，在台北期间，创作了《跨越心墙》《北投温泉》。2003年，在澳门科技大学攻读工商管理硕士学位，写了《澳门的秋天很冷》。2002—2004年，赴甘肃挂职锻炼，华夏文明发源地厚重的文脉撞击着灵魂，一时思如泉涌，诗歌、散文诗和散文三炮齐发，一口气创作了诗歌《西出阳关》《边城吟》《故园的冷月如水》，散文《走进甘肃》《渭水河畔话天水》《嘉峪关随笔》《夕阳山外山》《我所养的一盆吊兰及其他》，散文诗《边城的梅雨》《飞来蜻蜓，飞去蜻蜓》《想你在边城》等多篇。

我一直追求左手写诗、右手写散文，左右逢源大开大合的创作状态。用诗歌放飞思想，用散文沉淀思考。真正达到"诗以言志""文以载道"的境界。台湾著名作家、诗人余光中说："散文，是一切作家的身份证。诗，是一切艺术的入场券。"30年探索下来，却发现距离目标反而愈加遥远，恐怕还有30年的探索路要走。

谨以此书献给所有为妫川文学发展做出努力和贡献的人！

乔雨

2021年夏至于听雨轩